本书为教育部人文社会科学基金项目

"托尼·本尼特文化思想研究"（项目编号20YJAZH044）的最终成果，

同时得到河南师范大学学术出版基金资助。

托尼·本尼特 文化思想研究

金莉 著

上海三联书店

目 录

导　言

一、研究的缘起

托尼·本尼特（Tony Bennett）1947 年 12 月 2 日出生于英国曼彻斯特市，曾经获得政治、经济和社会学学士以及哲学博士学位，是当今英国文化研究的重要领军人物，其学术思想在世界上有广泛影响。其学术著作主要有：《文化与社会》《形式主义与马克思主义》《文学之外》《制造文化、改变社会》《批判的轨迹：文化，社会和知识分子》《邦德之外：一位大众英雄的政治生涯》《通俗小说：技术、意识形态、生产和阅读》《博物馆的诞生：历史、理论和政治》《文化：改革者的科学》《超越记忆的过去：进化的博物馆殖民》等；与其他学者合编/著的有：《文化、社会和媒介》《文化和社会关系》《摇滚和通俗音乐：政治和政策》《统计品味：澳大利亚的日常文化》等。

本尼特的研究领域主要集中在马克思主义文学与美学理论、大众文化研究、文化政策研究、文化机构研究、知识分子研究以及文化与政府之间关系的研究等方面。从时间上来看，其学术思想发展可以分为两个主要阶段：一是 20 世纪 70 年代中期到 20 世纪 80 年代末，他关注的是马克思主义文艺理论和大众文化；二是 20 世纪 90 年代至今，他聚焦的是文化治理性研究，包含文化政策、文化和政府的关系、文化机构（博物馆、影院、画廊等）的运作和知识分子的作用、文化与殖民主义等问题。

在本尼特之前，英国文化研究代表人物雷蒙·威廉斯、理查德·霍加特和 E. P. 汤普森等人主要进行反对利维斯精英主义和在纯粹道德方面对资本主义进行批判的研究，他们十分关注"日常文化"和大众力量，其政治动机是期望通过改变下层人民的生活方式而推动社会向社会主义方向发展，继而产生一种"共同文化"。而与此同时，欧洲大陆的"西方马克思主义"（以下简称欧陆"西马"）理论家也正热衷于对资本主义大众文化和意识形态的欺骗性进行批判。本尼特正是在此学术背景中开启自己学术之路的。

本尼特的知识背景虽然是社会学，但在学术研究的第一阶段，他也像威廉斯等人一样从研究文学和美学开始。首先，本尼特对欧陆"西马"的马克思主义美学提出质疑，认为它陷入了发展的困境：第一，它存在于前马克思主义的哲学立场中，是对资产阶级美学思想的继承和回应，这是西方马克思主义美学最终陷入唯心主义泥淖的根本原因；第二，"错误地把某个文化形式建构为普遍的，而否定了其美学意义的历史相对性"。[①] 这种把文学和美学当作批判思想或审美认知的普遍模式的观点与马克思本人所倡导的历史唯物主义的观点是相悖的；第三，欧陆"西马"理论家认为只有那些真正伟大的艺术和文学作品具有真正的作用，其他的"文化现象"（如大众文化和生活方式）都仅仅"是意识形态"的，没有分析的意义和价值。

针对欧陆"西马"理论家在马克思主义文学和美学方面的困境，本尼特对形式主义和马克思主义之间的关系进行了再审视，借鉴葛

---

① ［英］托尼·本尼特著：《英国文化研究的另一种范式——托尼·贝内特学术自述》，《洛阳师范学院学报》2007 年第 4 期，第 8—11 页。

兰西和福柯等人的思想强调"审美是主体塑造的技术",这体现在下列新颖概念和理论中:文学本质和文学功能的新界定、"社会文本""阅读型构"和大众文化理论。本尼特认为,文学"成了包括文艺实践、制度和话语在内的现存构造与运行的组成部分"①。文学的功能也不是批判或认知,而是作为"一种真理的政治学,提供技巧或作为自身技巧的一部分来运作,从而以特定方式塑造人和主体"。② 为了批驳"文本形而上学",本尼特提出了"社会文本"概念,将文本视为多种不同意义来源的文本有机构成方式,文本总是处于历史的变化当中。"社会文本"与它密切相关的"阅读型构"概念一起改变了"接受研究"的被动意味。"阅读型构"意为"一整套为文本生产出读者、也为读者生产出文本的话语和制度条件,它非常有效地使文本和读者——以及它们之间的地带——都以特殊的方式活动起来"。③ 本尼特在构建自己文学和美学概念及理论的同时,还随着英国文化研究的范式之争、"葛兰西转向"的到来,把"社会文本""阅读型构"和葛兰西的文化霸权理论都运用到大众文化的研究中。本尼特认为大众文化是客观存在的社会现实,不能像传统文化研究或文化批判那样一味地对它进行或批判、或否定、或忽视,实际上大众文化不能简单地被看作是意识形态的承载者,而是统治阶层和被统治阶层争夺文化领导权斗争的场域。显然,本尼特的观点有别于英国本土和欧陆"西马"理论家对大众文化的态度,他第一次旗帜鲜明地将大众文化而不仅是高级文化纳入自己文化研究的领域当中。

　　值得一提的是,本尼特在上述反驳"西马"、构建自己相关理论的

---

① T. Bennett. *Outside Literature*. London and New York: Routledge, 1990, p. 4.
② [英]托尼·本尼特著:《英国文化研究的另一种范式——托尼·贝内特学术自述》,《洛阳师范学院学报》,2007 年第 4 期,第 8—11 页。
③ [英]托尼·本尼特著:《文化与社会》(绪论),王杰、强东红译,广西师范大学出版社2007 年版,第 22 页。

过程中,从原本坚守马克思主义的研究框架转向了后马克思主义方向,特别是 20 世纪 80 年代之后,为了在新的历史条件下挽救马克思主义,他借用了拉克劳与墨菲、德里达和福柯等人的话语理论的论述,摒弃了本质主义文学批评传统。这与英国文化研究两大发展时期步调一致。在英国文化研究发展的第一时期,有三大研究范式:"文化主义、结构主义和新葛兰西主义",时间跨度是 20 世纪 50 年代至 80 年代①。随着英国文化研究在 80 年代进入第二发展期,其研究议题更加扩大,研究地域超出本土越向国际学术界。在此背景下,本尼特的研究阵地曾一度从英国转到澳大利亚②,研究议题也偏向了"治理"(governmentality)。本尼特在定义文学时蕴含了对话语制度和体制的构造及运行的研究,在将美学的功能设定为一种主体塑造的技术时,对大众文化的关注也连带对大众文化运行的物质性要素——意识形态国家机器的运作机制和体制给予重视。这表明本尼特第一阶段的研究虽然以马克思主义文学和美学以及大众文化为主,但他已经有意无意地把"治理"(governmentality)纳入自己的文化研究当中,这为他接下来文化研究的范式转向,即走向"文化治理性"研究范式奠定了基础。

　　自 20 世纪 90 年代起,本尼特正式进入其第二研究阶段——重视文化治理性的研究。文化研究内容的改变不仅是本尼特前期研究积累的必然发展,还是新的研究背景所提出的要求。本尼特自 1983 年移居澳大利亚后,发现葛兰西的文化霸权理论所依托的"市民社会"在澳洲几乎不存在,而且葛兰西理论对体制和制度等文化物质性

① 黄卓越等著:《英国文化研究:事件与回顾》,三联书店出版发行,2011 年(前言)第 1—2 页。

② 本尼特 1976—1983 年任英国开放大学(Open University)教职,1983—1998 年任职于澳大利亚格里菲斯大学(Griffith University),1998—2009 年回到英国接任霍尔的开放大学社会学教授一职,2009 年至今受聘出任西悉尼大学教授。

因素并不重视,加上资本主义已经发展到后现代的发达资本主义时代,微观政治斗争取代宏观政治斗争并渗透到社会生活的每一个毛细血管中。因此,福柯的"治理性"观点因重视知识与微观权力关系而成了本尼特文化研究的首选借鉴理论。"通过福柯的观点给我们增加了大量对不同类的文化/权力整合体的形成、组织和功用的理解。"①在福柯"治理性"概念下,文化与政府的关系是不可分割、相互依附的。从 18 世纪末到今天,政府对社会的管理早已不是依靠暴力和血腥的镇压,而转为对民众的规训和治理,文化在主体的行为改变和道德改善方面起着非常重要的塑造作用。因此,政府的规划、方案和政策目标都将文化囊括在内。文化政策、文化机构的角色和文化治理性中的知识分子以及文化在殖民主义中的作用,都理所当然地进入了文化治理性的理论范围。

　　本尼特的思想演变——从第一阶段关注马克思主义文学和美学与大众文化到第二阶段构建文化治理性研究范式,是受英国文化研究、欧陆"西马"研究的发展、他本人的知识基础和社会历史背景变化的共同作用之结果。他的文化思想不仅是学理性的,而且还充满实践性,具有马克思主义政治的和历史的维度,注重解决文化和权力间的关系所产生的具体社会问题,他的思想不仅对西方的文化研究有重大影响而且对我国的文化建设尤其是马克思主义文化的发展有较大的借鉴价值。

　　但是,目前国内外有关本尼特的文化思想的研究成果没有形成较大规模,也鲜有专门的著作。现有的研究多是书评、某些著作中的一个章节、期刊论文和部分硕博论文等。同时,对本尼特文化思想的研究广度和深度还远远不够,全面性和系统性也不强:目前关于本尼

---

① 金惠敏:《修正文化研究政策——托尼·贝内特访谈》,《学术界》2010 年第 4 期,第 50—63 页。

特文化思想的研究多侧重某一或某些方面,如有偏爱本尼特文艺理论思想研究的、有注重文化机构研究的、有侧重知识分子作用的等等;而且,对本尼特早期学术研究得多,对近期尤其是对他进入21世纪的学术成果研究得少,很多研究者聚焦于对本尼特的《形式主义与马克思主义》《文学之外》和论文集《文化与社会》中的思想进行分析阐述,但对其他著作较少有人专门进行研究,如《文化:改革者的科学》《博物馆的诞生》《批判的轨迹:文化,社会和知识分子》《文化、阶级、区隔》《构建文化,变革社会》。显然,本尼特马克思主义文化思想研究的空间还很大,具有较高的理论意义和实践价值。

二、研究的意义

(一) 理论意义

第一,对本尼特马克思主义美学思想的研究能够促进我国学者对"西马"文论进行新的审视和洞察,科学地、深入地、全局性地把握"西马"文论。本尼特认为马克思主义是革命的理论,是为社会和政治革命服务的科学,因此它界定问题的方法也是革命的,马克思主义用全新的问题替代了资产阶级政治经济或哲学史先前既定的旧问题,但唯独对美学没有进行重新界定,因此这导致每一个"西马"文论家在进行马克思主义美学研究时前面都有一个前马克思主义美学存在。本尼特的这些卓越见解为我们继续研究"西马"文论提供了重要的理论借鉴。

第二,对本尼特大众文化思想进行研究相当于是对国外文化研究发展的理论轨迹、方法和过程进行学理分析和梳理,有利于我们更加清晰和深刻地认识和把握当今世界风起云涌的文化研究的兴起与发展脉络及其走向。本尼特认为大众文化研究应该"转向葛兰西"以便较好地调节英国两种范式——文化主义和结构主义范式的矛盾对立,因为大众文化是资产阶级与无产阶级争夺文化霸权的"场",资产阶级霸权的巩固依赖于接纳对抗阶级的文化因素,获得无产阶级的"赞同"。

第三,本尼特的"文化治理性"理论对我国政府与知识分子如何发展和繁荣我国文化事业有着重要的启迪价值。本尼特将文化研究引向文化与政府的关系,为文化研究提供了一种新的内容、新的角度和新的方法,即新的文化研究范式。如果说实现"葛兰西转向"之后文化研究的关注点是与资产阶级争夺意识形态领导权的话,那么其忽略的部分就是对文化物质性机制和文化实践性的关注。而本尼特受到福柯"治理性"概念的影响,提倡将政策纳入文化研究之中,强调一种对文化物质性的机制研究,使艺术智性活动最后被刻写成文化治理的手段以及改善大众精神行为品性的手段,从而使文化研究更具有实践性,与现实结合更密切。文化治理性理论也为当代知识分子充分参与政府文化机构、对文化决策施加影响提供了理论支持,使知识分子重新从深居"学院"转向社会实践,为解决社会实际矛盾和问题、促进社会进步和发展发挥重要作用。

(二) 实践意义

第一,理论是行动的先导,研究本尼特的文学与美学思想可以在实践上推进"西马"文论的研究和马克思主义文艺理论中国化的发展。本尼特对"西马"文论作了深入的分析后发现:由于马克思和恩格斯没有给后人留下可供继承的系统的文艺和美学理论,"西马"文论家只好把马克思的著作与资产阶级美学结合在一起,最终陷入了唯心主义美学的泥淖;同时,本尼特重新审视形式主义与马克思主义文论的关系、展开二者之间的对话、肯定巴赫金的历史诗学理论之后,创立了"社会文本""阅读型构"等概念,为修正"西马"文论中的唯心主义做出了贡献。但是本尼特认为要形成真正的符合历史唯物主义的马克思主义美学就必须跳出"文学",走向"文学之外",转向后马克思主义。这些理论和见地对我国马克思主义文化理论工作者客观、科学地认识"西马"文论,使马克思主义文论与中国实际更好地结合都具有重要的现实启迪和实践意义。

第二,研究分析本尼特的大众文化思想和对大众文化的实证研究为我国的大众文化研究提供了理论范式和实例借鉴。在西方文化研究陷入文化主义与结构主义范式之争的紧要关头,本尼特明确提出了文化研究的"葛兰西转向",为化解两种范式之争、实现文化研究的范式转换起了重要的推动作用。改革开放以来,我国大众文化发展得如火如荼,在提高国民文化生活质量的同时,也存在不少矛盾和问题。文化研究的"葛兰西转向"虽然发生在西方资本主义国家,但是对我国正确运用各种媒介,加强大众文化建设、引领文化发展方向提供了可操作的现实路径:因势利导,支持大众文化产业的发展,要将正确科学的马克思主义思想融入人们喜闻乐见的各种文化形式,使人们在享受文化产品的同时,潜移默化地提高心智并形成科学的生活理念。

第三,本尼特的"文化治理性"理论不仅对西方的文化研究意义重大,对我国的文化建设与发展也有重要的实践指导价值。"文化治理性"理论涉及文化与政府、文化政策、文化机构和知识分子观等等。文化在现当代国家的管理和治理中处于核心地位,从某种程度上说,政府对社会的管理就是对文化的管理,这是从文化即社会生活方式的概念来讲的,而且政府是最有资格和能力执行对文化进行管理的主体。因此,我国政府在注重经济发展的同时,更要注重对人民思想和文化道德方面的提升以改变他们的行为,进而促进国家发展的真正繁荣富强。

三、中心议题和主要内容

本书分为六个部分，重点研究本尼特对马克思主义文化理论的修正、改造、补充和发展，以及他对文化研究和英国文化马克思主义研究的范式的突破与转换。

第一章探讨了本尼特对马克思主义尤其是欧陆"西马"的文学和美学理论的反思、解构和建构。本尼特的文化思想从反思西方马克思主义文艺美学的缺陷出发，在后马克思主义影响下并且在坚持历史唯物主义的前提下，重构文学概念和马克思主义批评研究的维度。他主张文学是一种社会实践、是制度的和话语的，其功能是一种塑造主体的技术，马克思主义批评应该研究文学审美是怎样将主体塑造成为具有现代素质的公民。本章分为四节：第一节阐释他对欧陆"西马"文学和美学理论困境的分析；第二节分析他对形式主义与马克思主义之间关系的重新建构；第三节讨论他从马克思主义转向后马克思主义的原因和目的，并对文学概念和西方马克思主义文学批评进行再审视；第四节阐述他建构了不同于传统的文学本质观和美学功能观，认为文学审美是塑造主体的技术的新看法。

第二章分析了本尼特对大众文化的理论研究和批评实践。上一章中本尼特所秉持的"大"文学概念，实际上已经彻底摒弃精英主义文化研究，将大众文化视为文化研究的重要内容。本尼特关注文学话语制度和体制的构造及运行，将美学的功能设定为一种主体塑造的技术，对大众文化运行的物质性要素（即阿尔都赛所说的意识形态国家机器）的运作机制和体制的重视，为最终走向文化治理性研究奠定了基础。这一章分为四节：第一节讨论英国文化研究的范式之争，此为本尼特进行大众文化研究的理论背景；第二节分析了本尼特一改传统文化研究对大众文化总体否定和批判的立场，力推大众文化研究的"葛兰西转向";第三节阐述本尼特在重视大众文化研究过程中、在后马克思主义视域下为文学研究作出的学理性发展:他提出了"社会文本""阅读型构"和"文本间性"概念;第四节讨论分析了本尼特运用"社会文本""阅读型构""文本间性"和葛兰西文化霸权理论对"邦德"大众文化现象的批评讨论,彰显其重视文化批评实践的研究品格。

　　第三章探讨本尼特的文化思想走向文化治理性理论以及对文化研究范式的拓展。本尼特在福柯"治理性"思想的影响下,在吸收和借鉴康德、葛兰西、威廉斯、霍尔等人的理论研究成果后,构建了"文化治理性"理论,探讨了文化与权力、文化与社会的新型关系。本尼特不赞成传统文化研究者一直将对资本主义"抵抗"的希望寄托于底层、民众与社会组织的思路,他关注的是政府治理下的制度创新与政策改造。文化机构是文化知识和技能的孵化器、文化传播和主体塑造的主要物质机制,更是文化治理性研究范式的核心内容。不管是文化政策问题的解决,还是文化机构功能的发挥,都离不开"实践型"知识分子发挥主体性的作用。本尼特认为,不管知识分子愿意与否,都必须利用当前政府所能提供的自由空间,力求实现为底层人民谋利、促进文化向社会主义文化转型的目的。全章有四节内容:第一节分析文化治理性的理论基础是从"葛兰西思想"转向"福柯治理性";第二节具体阐释文化治理性理论的内涵;第三节在文化治理性理论视域下研究重要的文化机构——公共博物馆;第四节重点分析知识分子应该在文化治理性理论视域下发挥什么样的社会功能。

　　第四章进一步讨论分析文化治理性理论的相关领域,以便详细看出文化是怎样被构造,发挥作用并改变生活和社会的。此时,本尼特的关注重心是文化与殖民主义,以及习性/习惯在塑造主体中的作用问题;他发现文化知识、美学和人类学知识都与西方政府的治理(含对本国人民的治理和对殖民地"他者"的治理)复杂地纠缠在一起。对这些主题全面而深入的分析是本尼特系统地建构文化治理性理论的积极努力,由此提出了"构建文化,改造社会"的文化思想。本章由三节组成:第一节阐释本尼特对文化的多角度审视及其为文化治理性理论范式进一步奠定理论基础和营造治理领域;第二节探讨本尼特对文化治理性和殖民主义之间的关系的论述,讨论了文化知识是如何在文化机构中被构造并被用于治理"他者"的;第三节探讨本尼特对习性、习惯等因素是如何在塑造主体方面发挥作用以及人们是如何可以利用这些因素进行主体塑造的观点。

第五章从马克思主义视野中分析了本尼特的文化思想尤其是文化治理性理论。从马克思主义文化思想的视域对其进行评析,厘清本尼特文化思想与其他西方马克思主义思想家理论之间的复杂关系,阐明了其思想对马克思和恩格斯文化思想的承继和发展之处,阐释了其思想对英国本土文化研究范式的重要作用和意义。本章有三节:第一节对马克思主义创始人的文化理论和西方马克思主义后继者的文化理论进行简要分析;第二节讨论本尼特文化思想对马克思主义文化理论的继承、改造和发展,凸显了本尼特文化思想的卓越之处以及在马克思主义文化理论中的重要地位;第三节重点分析了本尼特文化治理性理论在英国文化马克思主义发展过程中的重要作用,它是文化研究和文化马克思主义研究可用的新范式和新方法。

结语是第六部分,就本尼特文化思想和理论对我国文化建设的启示和借鉴以及其局限做出了总结。以文化治理性理论为核心的本尼特文化思想,对发展我国的马克思主义文论,解决我国当前的文化冲突,促进我国的文化建设以及帮助人们明晰文化精神方向都有较高的借鉴意义和指导价值。

第一章

解构与建构：本尼特论马克思主义文艺美学

以汤普森、威廉斯、霍加特、霍尔、伊格尔顿和本尼特等人为代表的英国新左派逐渐走出前苏联庸俗马克思主义的研究模式，借鉴欧陆西方马克思主义的成果并且秉承英国经验主义传统，最终形成了颇具英国特色的马克思主义研究——文化研究，也叫英国文化马克思主义。虽然这些代表人物的研究侧重点各不相同，但就从激进程度和实用主义角度看，作为文化研究新贵的本尼特别出心裁，更加注重包括文学艺术在内的文化在社会中的实践运用。学术生涯的起始阶段，本尼特遵循英国左派传统对文学艺术的研究，极力坚持通过修正方法维护经典马克思主义核心原则的研究路径。于是，本尼特从批判西方马克思主义文艺理论的种种错误开始，对西方马克思主义文艺美学进行解构；然后，他重估形式主义的价值以及它与马克思主义之间相互对话、相互发展的可能性与现实性。之后，因社会时代的发展以及学术发展的需要，本尼特的研究显示出更多的后马克思主义倾向，他提出审美是对主体进行道德塑造和促进其行为改变的技术，是国家的治理性技术，该构想融合多种理论资源试图借助颠覆现有西方马克思主义理论而实现挽救西方马克思主义理论的目的。本尼特的过人之处是注重文学文本之外的多种文化、制度、历史和权力因素相互交融所发挥的对主体塑造的功能，从而走出了一条别具一格的马克思主义文化政治学的研究道路。

第一节　洞悉西方马克思主义文学理论的困境

在我国，广义的西方马克思主义包含所有西方国家左派理论家对马克思主义本身和马克思主义相关内容的研究：狭义的西方马克思主义则指欧洲大陆和英美国家的左派有关马克思主义的研究。不过，本尼特在自己的研究中虽然有时也取"西方马克思主义"狭义范围，但更多时候却仅指欧洲大陆西方马克思主义的相关流派。而在本章，如果没有特别说明，"西方马克思主义"就是遵从本尼特的这种"狭义中的狭义"观点，仅指欧洲大陆西方马克思主义的相关流派，英国左派的观点不在本章"西马"之列。在英国新左派眼中，20 世纪 20年代后从卢卡奇、葛兰西开始经列斐伏尔、阿多诺、马尔库塞、戈德曼、本雅明、阿尔都塞、哈贝马斯等人阐释与发展的马克思主义文艺和美学思想，被称为"西方马克思主义"理论，主要集中于（文学）审美和文化问题研究上并且成果异常丰富。当这些丰富理论成果被传入英国后，受到了佩里·安德森和特里·伊格尔顿等人的欢迎。不过，本尼特却敏锐地发现，西方马克思主义在取得卓越成果的同时，亦有着致命的缺陷，尤其是卢卡奇、马尔库塞、戈德曼、德拉·沃尔佩和阿尔都塞等人的著作，都明确地"试图在马克思主义理论基础上发展出一种哲学美学——也就是把审美当作一种与科学和意识形态区分开来的、精神与现实之间关系的不变模式来论述"①，这种"西方马克思

---

① ［英］托尼·本尼特著：《文化与社会》（绪论），王杰、强东红译，广西师范大学出版社
　2007 年版，第 13 页。

主义"传统对马克思主义思想和美学之间关系的处理在许多方面都会在思想界产生严重误导别人的效果。本尼特认为,西方马克思主义"审美话语的结构与马克思主义者思想的社会化和历史化的推动力是不相容的"①,换言之,是与马克思主义的历史唯物主义、政治立场和实践维度相背离的。具体来讲,本尼特认为"西方马克思主义"传统面临着诸多困境,如唯心主义简约论、审美多元决定逻辑、体裁社会学理论误区以及对大众文化和通俗小说的忽视等等。

一、唯心主义的简约论:西方马克思主义审美研究的方法逻辑

人们普遍认为,马克思和恩格斯在经济、社会和政治思想方面与资产阶级政治经济学间实现了真正的"理论断裂",形成了立足于社会和政治革命的理论,因此马克思主义的后继者们在发展政治经济理论时有完整的理论体系为参照基础。但在文化或意识形态领域方面,后继者就不那么幸运了,几乎没有什么明晰的理论体系可参考:一是因为马克思本人去世较早未能对艺术和文学问题发展出一套系统的理论,二是因为西方资本主义发展到了新的阶段,西方左派需要重新获取可解释社会现实的思想理论。从上世纪 20 年代往后,西欧的资本主义阶级统治得以巩固,民众革命热情处于低迷的状态,除葛兰西之外,其他"西马"理论家的理论和实践之间的联系就被切断了,如卢卡奇,初始阶段还涉及政治实践,但很快就转入真空政治的理论研究,而马尔库塞和阿多诺等人从一开始就从纯理论意义上关注马克思。其结果是,"西方马克思主义者"一方面声称,在意识形态和文

---

① 〔英〕托尼·本尼特著:《文化与社会》,王杰、强东红译,广西师范大学出版社 2007 年版,第 24 页。

化方面要坚持历史唯物主义,但另一方面,"他们往往宿命般地受到唯心主义范畴传染,会不自觉地采纳那些被证明是较发达和较先进的资产阶级文化理论"①。在"西方马克思主义"者的著作中,你可以发现其美学理论的真理的最后关键是,存在一个前马克思主义的资产阶级哲学美学立场:"对于卢卡奇来说是黑格尔,对于克莱蒂是康德,而对于阿尔都塞则是斯宾诺莎。"②西方马克思主义没有能够产生一套新的话语和问题来取代对前马克思主义美学的关注,而是对资产阶级美学的继承,在有关文学审美的问题上表现的是一种唯心主义简约论:西方马克思主义哲学美学的研究过程和程序都是一致的,都是"消除任何具体事务的具体分析之必要","不对任何特定社会历史关系中艺术现象的变化功能进行具体分析,而是通过完全哲学抽象的过程达到目的"③,对文学的本质、审美主客体以及社会历史规定性都进行了简约处理。

首先,西方马克思主义理论家赋予文学一种"形而上"的本质存在。在卢卡奇看来,"现实主义的主要美学问题就是充分地表现人的完整性"④,超越"现象与本质、个别与规律、直接性与概念性等的对立"⑤,激活人类的心灵力量;阿尔都塞则认为真正的艺术不是"科学的认识效应",而是明显的"美学效应","通过它同现存意识形态(不论以任何形式出现)的实在所保持的距离"⑥,看到或觉察到意识形态

---

① 〔英〕托尼·本尼特著:《形式主义和马克思主义》,曾军等译,河南大学出版社2001年版,第83页。

② 〔英〕托尼·本尼特著:《文化与社会》(绪论),王杰、强东红译,广西师范大学出版社2007年版,第14页。

③ T. Bennett. *Outside Literature*. London and New York: Routledge, 1990, p. 144.

④ 周忠厚等编:《国外马克思主义文论家文论选评》,中国人民大学出版社1991年版,第354页。

⑤ 谭好哲编:《艺术与人的解放》,山东大学出版社2005年版,第14页。

⑥ 〔法〕路易·阿尔都塞著:《列宁与哲学》,中国社会科学院外国文学研究所外国文学研究资料丛书编辑委员会汇编:《西方马克思主义美学文选》,漓江出版社1988年版,第520页。

的形式,从而实现对社会和个人的真实存在的科学认识;马尔库塞则认为,文学的本质在于对现实的批判和否定,从而促生社会主体的新感觉与新意识。

本尼特认为,上述西方马克思主义理论家将文学的本质与丰富多彩的现实社会相剥离,采用的是资产阶级美学从具体到抽象的路径而不是马克思主义从抽象到具体的方法,而且它们有着共同的本质:都将文学界定为"由一种其术语与意识形态共谋的二律背反支配"①。西方马克思主义"形而上"的审美意图不仅没有发展具体而现实的美学观念,反而在文学审美上与资产阶级美学保持一致,更甚者强调文学审美与社会实践完全脱节,这与马克思主义强调实践的理论导向是完全背离的。

其次,"西方马克思主义"美学对审美主客体的社会历史规定性简单化。本尼特指出,西方马克思主义有关文学本质的叙述实际上是文学的功能,无论历史如何发展、社会如何变更、社会关系结构多么复杂,文学的功能就是不断帮助社会主体克服劳动异化的影响,对本真生活有着科学的认识并促进主体意识的自我完善,而这种文学的功能最终变成了文学的本质。更为重要的是,"西方马克思主义"把审美主体与对象也理想化了:审美主体一般指精英分子,其主体意识最初是不充分的,后经克服异化而成为充分的了;审美对象往往是与大众文化相对立的传统文学、经典文本,表征了主体意识发展的历史,在艺术活动中,真正的主体得以生成,而艺术作品的固有价值又被主体认识到。这是因为西方马克思主义美学在社会主体和文学文本之间预设了一种审美关系,"将审美对象和审美判断主体视为由它们的历史形成过程所标志而实现的",即"主体把自身视为人的自我

---

① 〔英〕托尼·本尼特著:《文化与社会》,王杰、强东红译,广西师范大学出版社 2007 年版,第 26 页。

建构历史过程的产品,相应的艺术作品体现了这种过程,同时也预告了它们的完成。任何对各种各样的孕育艺术作品的社会关系的审视,任何对这些孕育在那些关系之中所起的不同作用的审视,都被预先确定,以至于这种关系被坚持,最终被抬升为普遍的易受哲学规定影响的主客体关系"①。

这种简化而抽象的审美主客体关系被表述为同类关系不仅忽略了历史发展的不同阶段,而且还忽略和排斥了通俗文学和大众文化,人们很容易看到"审美主客体的社会历史规定性的简单化"被精英主义幽灵所笼罩。因此,本尼特指出,西方马克思主义美学理论是一种向上的简约论,它虽然克服了形式主义的审美先验性观念和唯心主义的主体既定性观念,却过滤掉了社会和历史对文学艺术的影响。也就是说西方马克思主义"既重视艺术的超验性又努力根据特定的社会历史状况来解释它,这是传统的主要矛盾,一种从未伪装过的话语矛盾"②。"唯心主义简约论"的逻辑表明西方马克思主义美学是从资产阶级美学里飞跃出来的。本尼特在《文学之外》以诙谐的笔调描述了这种美学批评理论的构建过程:首先,就"文学"与"非文学"的划分来看仅仅就是激发以前的标准找出它们的差异,即通常是"照搬资产阶级批评所提出的形式等级"③来界定哪些作品是文学哪些作品是非文学;下一步就是阐释那些独特的、超历史的本质,即"真正"艺术内在的对现存社会秩序的批判,而这种批评美学的要素在康德、黑格尔、谢林或其他人的作品中预存着,只需等着西方马克思主义理论家进行政治性的激活就可以了;当然对这些要素进行重新配置时还要

---

① [英]托尼·本尼特著:《文化与社会》,王杰、强东红译,广西师范大学出版社 2007 年版,第 26—27 页。

② [英]托尼·本尼特著:《文化与社会》,王杰、强东红译,广西师范大学出版社 2007 年版,第 25 页。

③ [英]托尼·本尼特著:《文化与社会》,王杰、强东红译,广西师范大学出版社 2007 年版,第 38 页。

引用一下青年马克思的论述,至此,构建这种批评美学的工作就做完了①。这就如手持斧头的雅典娜从宙斯的头中跃出那样脚不沾任何地基、没有任何实践性的基础,这样的马克思主义美学理论还与马克思主义的历史唯物主义和实践性基本内核相符吗? 但情况比这还糟糕,除了研究逻辑的唯心主义简约论之外,西方马克思主义文论还存有"审美多元决定的逻辑"(the logic of aesthetic overdetermination)错误。

　　纵观本尼特对西方马克思主义文学理论的批判,可以看到一些关键词,如"形而上""精英主义""与社会实践脱节""与社会历史割裂"。这些词充分显示出很多西方马克思主义理论家由于"传统马克思主义"相关理论缺乏而无"遗产"可继,只得从马克思主义之外的资产阶级美学理论中寻找思想的尴尬,从而不自觉地掉入资产阶级美学"精英主义"和"学院主义"与社会实践相背离的现实窠臼之中。

二、审美多元决定的逻辑:西方马克思主义对文学艺术的表征方法

　　何为"审美多元决定的逻辑"? 回答这个问题就要阐明它与文学相对自律性的关系。首先,文学的相对自律性又称为文学的内在规定性或文学特性,是指"由特定的形式和组织特性所构成的特征,既有别于其他符号形式(意识形态形式),也有其自身特有决定因素的产物"②。对于梅德韦杰夫和巴赫金而言,文学内在规定性就是"文学被它所反映和折射现实的特殊的形式和手段决定时,它与其他符号系统的区别"③。也就是说,"文学是无所不包的意识形态实体中的处

---

① T. Bennett. *Outside literature*. London and New York: Routledge, 1990, p. 145.
② T. Bennett. *Outside literature*. London and New York: Routledge, 1990, p. 124.
③ [英]托尼·本尼特著:《文化与社会》,王杰、强东红译,广西师范大学出版社 2007 年版,第 31 页。

于独立的部分之一并占据着特殊的位置,同时被具有自己结构的语言作品所构成"而区别于其他意识形态系统;①文学的相对自律性在阿尔都塞和马歇雷眼中则是"它帮助我们'看''感觉'或'感知'它所暗指意识形态的能力",文学以这种意识形态为基础同时又帮助人们认识这种意识形态进而力图改变这种意识形态。换言之,文学的相对自律性即文学性,是文学区别于哲学、科学、历史等符号的自身特征,是"文学"之所以被称为"文学"的与外界乃至作者本身无关的品性。

本尼特把西方马克思主义构建文学相对自律性的过程称作"审美多元决定的逻辑",认为该逻辑"正是在建构文学相对自律性的过程中被充分表征出来"②。要想得到文学的相对自律性/文学性,就是要假定"被指称为文学的文本一定有一系列潜在共同品性","尽管它们在其他方面不相同"③。也就是说,不管各种所谓文学文本是用作表演还是阅读,在特定体裁系统中的地位如何,它们产生的原初条件和接受的历史条件等等都可以置之不理,只在于抽象出一系列能说明形式结构中潜在的共同性的规定关系,以便于能够给那些文本冠以"文学"的称号。而从历史唯物主义视角看,文学自律性的决定因素和这些因素的效果都不能与其他社会的、历史的关系相分离。然而,在实际建构中,西方马克思主义在"'理论化'文学特有的决定因素与更加一般性的经济、政治和意识形态决定因素间的'互动方式'"④相互作用时,运用的逻辑是让各因素间的"互动方式"产生一个相同的结果——支持使文学成为文学的文本形式结构的特征。这种

---

① P. Medvedev and M. Bakhtin. *The Formal Method in Literary Scholarship: A Critical Introduction to Sociological Poetics*. Baltimore: Johns Hopkins University Press, 1978, p. 16.

② T. Bennett. *Outside literature*. London and New York: Routledge, 1990, p. 124.

③ T. Bennett. *Outside literature*. London and New York: Routledge, 1990, p. 125.

④ T. Bennett. *Outside literature*. London and New York: Routledge, 1990, p. 124.

表征文学的过程,显然与文本的社会历史具体性场域是相分离的,从而导致它偏离了历史唯物主义方向而陷入唯心主义泥淖。

西方马克思主义理论家在关注文学相对自律性的问题时一直在致力于调节(但不可能调节)两个问题域:一是对书写形式在其产生和社会安排的历史环境中的写作与功能进行分析;二是对被理解为独特的、超历史的符号系统的文学内在的分析。梅德维德夫和巴赫金在与形式主义作斗争中一直在努力削除这种二元对立,认为"从内部来说,文学作品是由保持其为文学作品的因素本身所决定的,从外部来说,它是由社会生活的其他领域决定的,……与整个文学环境相联系而不是在那种情景之外"①。至此,本尼特认为梅德维德夫和巴赫金的论述没有不足之处,只是在涉及文学与其他意识形态形式的本质差异(文学的独特性)时,即文学作品产生的反映和折射现实的独特方式有何特性时,他两人就表现得含糊不清了。

阿尔都塞和马歇雷对此问题的分析也存在缺陷,因为他们也认为文学独特性是基于意识形态但又赋予人们"看"或"感知"意识形态和改变意识形态的能力。本尼特认为此种观念的谬误之处首先表现在:文学之所以具有相对自律性是因为它具有一种恒定的功能和作用,它与意识形态的关系是恒定的,在此前提下,分析文学与意识形态之间的关系时只能是在特定环境中对实现文学的恒定功能/作用的特殊方式和偶然因素进行分析,而结果就是"在无休止的论证文学不是别的东西,即不是意识形态,这样它才必定是它自己"。② 第二个谬误是文学不仅折射社会现实还反映和折射其他意识形态的论调。

---

① P. Medvedev and M. Bakhtin. *The Formal Method in Literary Scholarship: A Critical Introduction to Sociological Poetics*. Baltimore: Johns Hopkins University Press, 1978, p. 29.
② [英]托尼·本尼特著:《文化与社会》,王杰、强东红译,广西师范大学出版社 2007 年版,第 33 页。

该论调把意识形态视为第一层次的符号化系统,把文学当作是第二层次的符号系统并在第一层次之上运转,即文学是更深一层级的折射,能够反映文学本身就在其中的整个意识形态领域,结果文学就被安置为"上层建筑的王后"。这与另一阿尔都塞式亚变体形式——伊格尔顿的相关论述是相同的,伊格尔顿在《批评和意识形态》一书中的中心论点是:"文学作品通过意指意识形态的方式间接意指历史,意识形态在它与历史之间发挥中介作用。"①在西方马克思主义者眼中,只有科学(此处指马克思主义)才能通晓历史并且知道意识形态和历史的关系,历史不是作为历史而是作为意识形态符号进入文学的,"如果文学能被表征为'上层建筑的王后',那是因为它通过科学作为'上层建筑的国王'发挥作用而获得的位置"②。换言之,作为"上层建筑王后"的文学以作为"上层建筑国王"的马克思主义为基础,离开"国王"就不可能存在"王后"。西方马克思主义者表述的"国王和王后的关系论"之缺陷是显而易见的,正如本尼特所说:"这必需依据科学和意识形态在上层建筑组织中所占据的位置来构想。那么典型地,文学通过一种双重区分的手段来定义:它的特性在于那些使它一方面与意识形态区分开来,另一方面与科学区分开来的属性的联合。"③这样的结果就是使文学自律性的概念导致一种无立场的扩散:文学不是意识形态但也并非完全不是意识形态的,因为文学的作用使之在一些方式上与意识形态联系起来了;文学不是科学但并不完全是非科学的,因为在阿尔都塞看来,文学构成了康庄大道上的路标,可以引导主体从意识形态的幻觉走向科学真理,或者如卢卡奇所

---

① 〔英〕托尼·本尼特著:《文化与社会》,王杰、强东红译,广西师范大学出版社 2007 年版,第 121 页。

② 〔英〕托尼·本尼特著:《文化与社会》,王杰、强东红译,广西师范大学出版社 2007 年版,第 34 页。

③ 〔英〕托尼·本尼特著:《文化与社会》,王杰、强东红译,广西师范大学出版社 2007 年版,第 34 页。

认为的那样,文学提供了与科学一样客观的一种知识形式。

　　总之,在本尼特看来,"审美多元决定逻辑"把一种非常激进的无历史引入马克思主义文学理论中。因为依据诸如阿尔都塞和卢卡奇等理论家的看法,除了从"认识论"而来的理由,文学文本没有与其他被认为是意识形态或科学的文本保持相同关系的必要。这种论点仅仅强调文学文本的功能在于引导人们感知和改变意识形态,不仅使得文学文本脱离历史,脱离实践而且也完全否定了文学所具有的其他功能,特别是审美功能。

三、体裁社会学:西方马克思主义对写作类型的划分

　　西方马克思主义文艺理论对体裁社会学给出了一些假设。比如,卢卡奇主张,"艺术体裁不是任意的。相反,是由特定的社会和历史条件具体决定的。它们的特色和特性取决于它们的能力去表述一定社会阶段的本质特征。因此,不同的体裁会在历史发展的不同阶段产生(如从诗歌转向小说),有时它们彻底消失,有时在历史过程中再次以改进的方式浮现出来"[1]。此类关于"体裁(写作类型)是在一定社会条件下产生并与此种社会类型有着对应关系"的论述,在西方马克思主义文学理论家之中很有代表性,显然坚持了基本的历史唯物主义立场,本尼特对此很是赞同,认为他们是"在历史唯物主义的前提下研究文学"[2],但也发现了他们只是肤浅地坚持了历史唯物主义,即仅仅关注了体裁是什么并且还是依据社会对写作类型的"内在"形式的决定作用判断其归属,而严重忽视了体裁本身作为社会代码的功能是什么,忽视了社会对体裁功能的决定作用。面对体裁社

---

① G. Lukacs. "Problem der Asthetik", translated by John Frow in *Marxism and Literary History*. Cambridge, Mass: Harvard University Press, 1986, p. 10.

② T. Bennett. *Outside literature*. London and New York: Routledge, 1990, p. 77.

会学的缺陷和不足，本尼特明确提出自己的目的是"重新思考体裁的概念，重新定义历史和社会事业的本质，从而使体裁能够更有产出性并被恰当地运用"①。

　　首先，本尼特关注的是影响力比较大的体裁区分所依据的方式——"主导性"（dominants）因素。"主导性"是俄国形式主义所命名的，指"艺术作品的焦点成分：它规定、决定和改变其余的成分"②。文学文本都表现出各种形式特征，归属于某一体裁就意味着这些文本里有一个共同的形式特征，这个共同形式特征构建和组织了"主导性"的作用并使其他的特征从属于其规定的影响之下。本尼特以西方马克思主义者的小说理论为例对这种体裁划分的方式进行批判，他认为伊恩·沃特（Ian Watt）和吕西安·戈德曼（Lucien Goldmann）的小说理论很有代表性。沃特认为小说诞生在 18 世纪的英国，当时的社会价值观是对"个人价值的认可和个人主义的流行"，因此"个人主义"既是资本主义社会的"主导性"因素，也是小说体裁的主导性因素。在此"主导性"因素视域中，沃特将小说定义为"一种形式现实主义，其独特的叙事模式是致力于表达个人主义和具体化、情景化的生活观念"③。与沃特专注于"个人主义"不同，戈德曼将小说定义为"个人英雄在一个堕落的世界中以堕落的方式追求人生真正价值的故事"④。戈德曼之所以有不同于沃特的"小说"定义，是因为他认为"资本主义社会的交换价值"才是社会的基础、是"主导性"因素，小说的结构象征的是资本主义社会中人与商品的关系：小说中主人公在堕落社会中对真正价值的追求支配着小说的结构，而

① T. Bennett. *Outside literature*. London and New York：Routledge，1990，p. 79.

② R. Jakobson. "The dominant", in Matejka, L. and Pomorska, K. (eds), *Readings in Russian Poetics*. Cambridge，Mass：MIT Press，1971，p. 82.

③ T. Bennett. *Outside literature*. London and New York：Routledge，1990，p. 86.

④ L. Goldmann. *Towards a Sociology of the Novel*. Tavistock，1975，p. 6.

生活经验则是由人们对使用价值的渴望与交换价值对此渴望的歪曲所形成的矛盾所组成的。因此,在戈德曼眼中,小说就是日常生活以市场经济和个人主义社会为基础在文学中的转换形式。沃特与戈德曼定义小说这一体裁的重要区别在于:前者的个人主义侧重点是"个人主义的生活观念",后者的个人主义侧重点是"资本主义社会的交换价值"。但他们的小说体裁"主导性"因素中都有对"个人主义"或"个人英雄主义"的重视。

本尼特指出,体裁社会学以个人主义为"主导性"因素构建小说理论,小说被看作是一个鲜明的现代体裁,是资本主义社会的主要文本,"其原点和演进与资本主义的上升和发展一致"[1];同时,依据小说列出社会组织的方方面面,以便将资本主义与其他的经济社会形态区分开来。也就是说,小说体裁的发展历史和资本主义社会的发展史相对应,但它们之间又有等级关系,后者决定前者的产生,但后者一旦产生必将是前者的表征。沃特与戈德曼都是以"个人主义"为"主导性"来建构自己的小说概念,但其结论差别很大。这足以反映出体裁社会学本身所具有的理论缺陷。因为它仅仅注意到了社会对文学成分内在形式特征的决定作用,却忽略了各种写作形式在社会生活中如何发挥作用,即体裁本身作为社会性代码所具备的功能。

另外一个影响较大的体裁区分方式是福勒(Fowler)所主张的把"体裁看作是写作中相似性与差异性关系的更加松散的组织"[2]。这种理论也招致本尼特的反对,因为所谓体裁中的"相似性与差异性"都是事先划定的假定的界限,每一个作为固定参照物的体裁都是流动、移动的,是不稳定的实体。在某一社会环境中实施的体裁区分可能在另一个社会环境中就不是这样的了,结果就是同一文本在不同

---

① T. Bennett. *Outside literature*. London and New York: Routledge, 1990, p. 84.
② T. Bennett. *Outside literature*. London and New York: Routledge, 1990, p. 98.

的社会历史环境中受支配于不同的分类。以侦探小说为例，从"共时"上看，它在英国环境中被认为和间谍小说有很大区别；而在美国，间谍和犯罪小说都被归入侦探小说中使之成了更宽泛的体裁。从"历时"角度看，爱伦·坡的《莫格街谋杀案》现在被看作是侦探小说，但是在刚刚出版时无论在美国还是在英国都被当作期刊"文章"，而爱伦·坡本人在当时也并没有被视为是一位作家而是被当作一位"敏锐的精神现象观察家"看待。①

　　鉴于以上分析，本尼特对体裁理论建构理论给出的建议是："体裁理论的恰当的关注点不是要给体裁下定义——这只会导致给当代阅读实践设置制度化的规范处方，而是去审视体裁系统的作品和功能。"②"既不依据固有形式特征也不依据其相似性、差异和延异的关系构建，而是在社会环境和技术中，通过规范写作和阅读实践，将体裁构建成特定社会环境领域的文本的使用和效果。"③也就是说，把"体裁"建构成"'互文'性"，即在特定的社会组织关系中构建的文本间的关系以及文本和读者间的关系。这样一来，体裁就不是被解释成社会生成的文艺种类而是其自身就是一套的社会关系。从体裁理论推及文本理论，"作品的真正本质保证在新的'互文'维度内被再次铭写，相应地，作品也会被铭写于新的意识形态和政治关系、制度运用的形式等等"④。可见，文学与社会的关系不是反映与被反映、被决定与决定的关系，也不是意识形态显著符号的产品；文学自身就可以被看作是制度的场所、社会关系领域，与其他社会关系是互动的，是明显的社会活动的范围，集中卷入和交错于构造权力的政治和意识

---

①　A. E. , Much, *The Development of the Detective Novel*, Westpoint, Connecticut: Greenwood Publishers, 1963.

②　T. Bennett. *Outside literature*. London and New York: Routledge, 1990, p. 110.

③　T. Bennett. *Outside literature*. London and New York: Routledge, 1990, p. 103.

④　T. Bennett. *Outside literature*. London and New York: Routledge, 1990, p. 111.

形态关系中。比如,莎士比亚的戏剧在 18 世纪时功能集中在政治技术层面,展现了伊丽莎白和雅各宾政治的王权特征;而到了 19 世纪,这些戏剧文本被用在家庭教育中,成了这样一种道德、心理论述和教学法的资源材料,以便产生一定形式的社会个体;现在,这些剧本又在学校被作为自我形塑的文化技术的一部分。

　　综上所述,本尼特对西方马克思主义文艺理论所面临的困境进行了深度剖析,揭示了西方马克思主义理论家试图坚持历史唯物主义却又深受资本主义美学引力影响的现状。"那种认为我们应当把美学和文学视为思想或认知的普遍模式的观点,是一种源自启蒙思想的假设;马克思主义思想虽然旨在提供对这些问题的另一种回答,却使我感到仍然继承了旧有哲学的问题,而非与之彻底决裂"①,这严重背离了历史的、唯物的、实践的和政治的马克思主义基本原则。不过,本尼特认为"不存在美学的马克思主义文学理论不等于不存在其他形式的马克思主义文学理论"②。因此,在批判的同时,本尼特也一直力图建构自己的马克思主义理论,试图找到"真正的历史唯物主义"的文学文本研究范式,于是他首先重新审视了俄国形式主义,并力求从中找出建设新的马克思主义文艺理论的方法与路径。

第二节　形式主义与马克思主义再分析

　　本尼特认为,西方马克思主义文艺理论始终无法摆脱"既重视艺

---

① 〔英〕托尼·本尼特著:《英国文化研究的另一种范式——托尼·贝内特学术自述》,《洛阳师范学院学报》2007 年第 4 期,第 8—11 页。

② T. Bennett. *Outside literature*. London and New York: Routledge, 1990, p. 136.

术的超验性又努力根据其特定的社会历史状况来解释它"①的悖论,因为"艺术的超验性"是永久恒定的但"又努力地依靠社会历史情况来解释艺术",这显然是既"违背历史唯物主义"又想"依赖历史唯物主义"。为了对西方马克思主义文艺理论进行修正,使之重新回到马克思本人所主张的历史唯物主义和实践性的轨道上,本尼特再次审视了俄国形式主义与马克思主义②的关系,通过评析俄国形式主义的著作,致力于寻求一些观念、方法和分析手段以便向人们暗示出一种"真正的历史唯物主义"的文学文本的研究方式。本尼特的这种修正尝试先从评估形式主义的功绩入手,然后讨论马克思主义与形式主义的分歧和对峙,最后主张马克思主义只有通过与形式主义对话才可以促进自身的发展。

一、重估形式主义的功绩

俄国形式主义主要指以研究艺术形式为主要任务的文学研究学派,重视以语言学为切入点去探讨文学的艺术特征及其发展历史,要求研究文学作品的语言、风格以及结构形式,即作品的创作手法和技巧。形式主义者认为,文学不能研究外部联系,如作家生平、社会环境、创作心理等而应该研究文学内部固有的秩序和结构。形式主义源头虽然可以追溯至 19 世纪 80 年代,但它成为一种学术流派是在 20 世纪初,其基础的组织有两个:一是 1915 年由雅各布森领导的"莫斯科语言小组",另一个是成立于 1916 年由什克洛夫斯基主导的"诗学研究会"。这群形式主义者是 1917 年十月革命之后的十年间为文

---

① ［英］托尼・本尼特著:《文化与社会》,王杰、强东红译,广西师范大学出版社 2007 年版,第 25 页。

② 本尼特作品中的"马克思主义"是指"西方马克思主义"和东欧(特别是俄苏马克思主义),不包含我国和其他国家的马克思主义分支,在本书中如不加特殊说明,皆指此意。

艺理论的发展做出了重要贡献的文艺理论家,其卓越功绩被本尼特归纳为三大部分:对"文学"术语的界定高度精确;对反映派进行质疑;尽管他们自己的著作反映了传统美学的影响,但也同时削弱了这种影响。

首先,形式主义者对"文学"进行了独特而严谨的界定。一般比较严格的"文学"意义是指虚构的、想象性的和创作性写作的概念,它有别于哲学或科学写作,分为"严肃"文学和"大众"文学两类;而在西方马克思主义阵营中,对"文学"的界定是"通过它在主流意识形态类型中所具有的进行揭示或断裂的能力来进行的"①;而形式主义者则从"形式"观照文学、分析文学并寻找文学规律。雅各布森把文学定义成一种"对于普通言语的系统歪曲"②的写作形式。文学"应被视为通过各种多样性的形式手法来为已被接受的思想及其表达的范畴进行转变的实践。通过颠覆由日常语言范畴和主流意识形态形式或其他文学作品的代码强加于现实的思想或知觉的特殊模式,文学因而被视为对这些形式的陌生化,这样以便削弱它们对我们认识世界的控制"③。"文学性"与"陌生化"是形式主义者界定文学的核心概念,前者就是"使一部作品可称为文学的东西"④,后者则是"把生活中熟悉的变得陌生,把文化和思想中熟悉的变得陌生,把以前文学艺术中出现过的人们熟悉的变得陌生,把过去文学理论中人们熟悉的变得陌生"⑤。"文学性"包含文学的语言、结构、手段、方法和形式,不包括

---

① 〔英〕托尼·本尼特著:《形式主义与马克思主义》,曾军等译,河南大学出版社 2011 年版,第 6 页。
② 〔英〕特里·伊格尔顿著:《二十世纪西方文学理论》(导言),伍晓明译,陕西师范大学出版社 1987 版,第 3 页。
③ 〔英〕托尼·本尼特著:《形式主义与马克思主义》,曾军等译,河南大学出版社 2011 年版,第 20 页。
④ 张首映:《西方二十世纪文论史》,北京大学出版社 1999 年版,第 131 页。
⑤ 张首映:《西方二十世纪文论史》,北京大学出版社 1999 年版,第 133 页。

文学的内容。因此,"陌生化"是判断某个文本是否具有"文学性"(即文学独有的确切性质)的依据,也就是说如果某个文本具有"陌生化"的能力,它便具有了"文学性"。形式主义者虽然认为文学批评的主要任务是凭借着分析文学文本的结构技巧而实现陌生化效果,但是其研究对象貌似是,但其实不是具体的文学文本自身,而是通过分析文学文本与非文学文本之间的差异关系,找出文学独有的确切性质("文学性")并发展出一定的理论概念和方法论,进而把文学研究发展成一门有着自己的工作方法和程序的独立的科学。对"文学"概念的严格界定使得文学研究达到科学的高度,使得"文学"学成为研究艺术内部规律的独立学科而不是社会学、政治学、心理学、思想史等学科的附庸,这就是形式主义者在文学批评研究中所取得的第一个重要成就。

第二,形式主义质疑了反映派的相关论述,认为文学不是也不能成为现实的反映,这深受索绪尔语言学观的影响。索绪尔理论体系重要核心概念是"语言"和"言语",前者具有某种优于后者的属性。在索绪尔看来,"语言"表现为某种系统,是约定俗成的规则,而"言语"则是具体的、易变的个人意志和智能的行为,它被当作"语言"的派生和例证。事物的真实意义和语言所表示的意义之间没有必然的内在联系,"语言所言说的'对象'并不是外在于语言的'真实事物',而是完全内在于语言的'观念性对象'","能指和所指间的关系是任意的,也就是说,是约定俗成的"[①]。

语言只是意指现实,而不是反映现实,形式主义者将语言与现实的关系移到文学与现实的关系上,提出一切文学形式是"现实的符号中介,是现实的象征,而不是现实的反映"[②]。这是形式主义者针对

[①] [英]托尼·本尼特著:《形式主义与马克思主义》,曾军等译,河南大学出版社 2011 年版,第 4 页。

[②] [英]托尼·本尼特:《俄国形式主义与巴赫金的历史诗学》,张来民译,《黄淮学刊》1991 年第 2 期,第 63—73 页。

19 世纪 30 年代起兴起并风靡全欧的批判现实主义文学潮流提出的异议。现实主义者往往集作家与理论家于一身,贡献巨大的有巴尔扎克、托尔斯泰、陀思妥耶夫斯基、别林斯基、果戈里等人。巴尔扎克主张"文学意识是社会生活的反映";托尔斯泰从其创作开始时就关注社会现实和人生,强调文学作品忠实反映实际生活、典型再现生活原貌;陀思妥耶夫斯基极其重视艺术的真实性,反对虚假;别林斯基要求通过创造典型的方法按实际生活的原貌对现实进行描写。总之,现实主义者都"重视真实地再现生活,揭示社会生活中的各种矛盾,强调典型的意义"①。19 世纪的批判现实主义的这些主张直到 20世纪中期影响依然巨大,特别是在俄苏文学史上占有很大地位。但是,形式主义者却强调:文学文本不但没有反映现实,反而采取"陌生化"的手法干扰人们对世界的习惯性的看法,使人们对所描述的内容因具有疏离感而使之成为一个值得重新关注的对象,进而获得审美感知和艺术的享受。也就是说,作家之所以成为作家,不在于他挖掘了社会的本质或发现了历史的规律,关键在于他是否创造了新的形式和由形式组成的世界,即作家(包括批评家)不能取代思想史家或政治家的工作而去寻找"社会的本质"或"历史的规律",而应注重对艺术形式的分析。因此,在形式主义者看来,所有文学形式"仅仅是现实的一种特殊的、符号学意义上的被组织起来的意义"②,"是对现实的符号性的沉思,是现实的符号化,而不是对现实的反映"③。形式主义者坚持对艺术形式的分析,尤其是在今天,他们利用计算机等新技术对作品的风格、语式与用词进行统计学和语言学的归类和分析,

---

① 朱志荣:《西方文论史》,北京大学出版社 2007 年版,第 217 页。
② 〔英〕托尼·本尼特著:《形式主义与马克思主义》,曾军等译,河南大学出版社 2011 年版,第 16 页。
③ 〔英〕托尼·本尼特著:《形式主义与马克思主义》,曾军等译,河南大学出版社 2011 年版,第 55 页。

获得了大量的科学数据,极大地促进了文学研究的科学化发展。

　　本尼特认为形式主义者的第三项功绩是它既反映了传统美学的影响,又削弱了此种影响。虽然形式主义者的研究也是一种美学模式——"文学"本身的理论,但它是一种科学美学,因为它采用经验主义的方式,通过研究支配文学文本结构的形式属性来解释文学的特殊性,这与那种依据作者的天才能力来阐释文学文本特性的美学企图完全不同。具体来说,俄国形式主义者对文学形式有着很强烈的偏爱,他们特别重视分析那些把文学素材转变成艺术品的美学原则,如韵律、语音、句法、隐喻、转喻、情节等。这种对形式的偏爱恰好反映了形式主义者受康德"为艺术而艺术"学说的影响。同时,从"陌生化"角度考察文学文本的美学效应,追求以"文学性"为研究对象,这充分显示形式主义深受传统美学的影响,对"文学性"的追求是形式主义对传统美学倡导"文学文本性"的反映。

　　不过,形式主义者尽管接受了康德的"为艺术而艺术"的主张,但他们是按照一种特别的唯物主义意识把它理解为适合进行科学分析的客观形式手法的结果,反对"文本的形而上学",这在很大程度上也削弱了传统美学的影响。形式主义者主张文本应被看作"文学"的组织特征,不能被简化为经济、社会和历史因素,但他们并不认为文学作品存于非历史真空之中,尤其是形式主义发展到20世纪20年代中期以后这种主张尤为突出。1927年,尤吉伊·提尼亚诺夫和雅各布森发表的《文学和语言研究诸问题》是这方面问题的关键转折点。文中尽管坚持文学的自主性研究,但却认为这种自主性具有相对性,"从根本上讲,文学形式的变化和发展只是时间流逝本身的结果"①。比如,人们一旦已经熟悉了杰尔查文的激情昂扬的诗歌语言,如果普

---

① 〔英〕托尼·本尼特著:《形式主义与马克思主义》,曾军等译,河南大学出版社2011年版,第29页。

希金把俗语引进自己的诗歌时,就给人一种诧异感和陌生感,这说明"陌生化"也是相对的,"文学性"亦有相对性。因此,形式主义者认为,"文学的文学性不是孤立地取决于它的内在属性,而取决于它的价值和功能,取决于它在不同'文学系统'中与其他文本所确立的关系"①,存在于"互文"关系中。那些把文学概念作为超越历史的抽象概念来理解,仅关注审美效应或政治效应的文本概念都属于"文本的形而上学"——"即假定文本具有一种由其来源时的环境所标志和所决定的一劳永逸的存在和与其他文本的固定不变的关系"②,而这恰恰是许多传统批评和西方马克思主义批评的共同基础。形式主义者极力反对的就是"文本的形而上学",因为,在"互文"关系中,形式主义者把文本看作是随着历史的不断变化而变化的实体来研究,文本会根据不同的历史决定因素产生不同的"效果"。因此,本尼特认为,"形式主义者以复杂和矛盾的方式,给美学操办了丧礼"③,大大地削弱了传统美学的影响。

形式主义者尊重文学的自主性,重视对文学独特语言和结构的研究,反对将文学看作是隶属于经济学、社会学、哲学、心理学等学科的附庸,反对"文本的形而上学",重视文学文本在不同历史时代的自身意义和价值,这些骄人的功绩使之对英美新批评和结构主义批评等理论都有深刻影响。但是,形式派的理论主张与西方马克思主义以及上升中的俄苏马克思主义批评之间有些关键的理论相左之处,加上其自身的某些不足和缺陷,使它与马克思主义文论长期处于对峙之中。

---

① [英]托尼·本尼特著:《俄国形式主义与巴赫金的历史诗学》,张来民译,《黄淮学刊》1991年第2期,第63—73页。
② [英]托尼·本尼特著:《形式主义与马克思主义》,曾军等译,河南大学出版社2011年版,第57页。
③ [英]托尼·本尼特著:《形式主义与马克思主义》,曾军等译,河南大学出版社2011年版,第57页。

二、分析马克思主义与形式主义的对峙

形式主义从诞生之日起就与各种文论流派处于交锋和对峙之中,尤其是与俄苏马克思主义和西方马克思主义之间的斗争非常激烈,隔阂非常严重。形式主义极其重视文学本身的意义和价值,主张"文学性"是其内部因素和规律决定的,主张把文本的形式作为研究对象,对"反映论"的质疑,尤其是形式主义在初期阶段为了强调文学学科的独立性和科学性,忽略历史和社会,这一切都与马克思主义批评流派的主张存在严重冲突。

首先,形式主义与其国内的俄苏马克思主义批评理论之间的严重隔阂。现实主义在 19 世纪的俄国发展迅速,而且,"反映论"在革命后的苏联马克思主义文论界发挥着支配的作用。19 世纪末期,普列汉诺夫将马克思主义原理与现实主义理论结合起来,对文艺的起源以及文学和社会的关系进行了全面的论述。十月革命后,列宁提出了"反映论"是文学艺术的本质,文艺是对社会现实的反映和认识。上世纪 20 年代,卢那察尔斯基对列宁的文艺思想进行了深刻而系统的阐述。形式主义与俄苏马克思主义在理论上进行了激烈的争鸣。形式主义的领军人物什克洛夫斯基在《马步》中批评马克思主义文论所提倡的唯物主义文艺观:假如日常生活和生产关系能决定艺术的话,那么情节就会被固定以适应这种决定关系,倘若艺术中沉淀着阶级和等级特征,则关于贵族的故事就会与关于神父的故事相同等等。而俄苏马克思主义理论阵营中,托洛茨基在《文学和革命》中严厉批判了形式主义割裂文学与社会的紧密联系,认为企图将文学艺术独立于社会环境的理论是完全错误的;彼列维尔泽夫则尖锐地指出,形式主义者号称自己是科学的,但其科学性仅仅限于确定文学的特殊属性,却无法找到文学发展的根源和动力。

　　本尼特认为这种学术争鸣发展到 1929 年,"理论上的压力开始带上更加官方和公开的政治色彩"①。于是,什克洛夫斯基和艾亨鲍姆虽然留在苏联,但其学术活动受到限制并被迫对以前的学术主张进行反思。雅各布森迫于压力西迁,后来成为捷克结构主义的创始人。到了 20 世纪 30 年代,形式主义实际上名存实亡而成为资产阶级颓废思想和逃避现实观念的代名词。这表明形式主义理论与马克思主义批评理论之间平等对话的大门在前苏联被紧紧关闭了。

　　第二,形式主义走出本国国界的发展也并非顺利,与西方马克思主义的隔阂与对峙同样严重。本尼特认为使二者无法进行有效对话的最大障碍是卢卡奇有关文学理论和哲学的假设。首先,卢卡奇深受黑格尔美学的影响,重内容而轻形式。黑格尔认为艺术作品的感性物质形式只是哲学内容的外部的、偶然的表现,这种美学思想主导了卢卡奇的马克思主义批评观点,他认为文学批评的主要关注点应该是文学作品中的哲学内容的社会决定论方面。此时,形式主义者所理解的形式概念被理解成透露文学文本社会理想的"世界观"结构,而不是显示其"文学性"的叙述结构和技巧。比如,卢卡奇淡化托尔斯泰作品的叙述技巧而注重其作品中表达俄罗斯农民世界观的社会理想,并认为托尔斯泰的文学作品与其神学、哲学等其他学科的著作仅仅具有形式上"表面"的、次要的差异,而最重要的是这些作品的内容都是潜藏的社会和哲学世界观的基本统一。因此,本尼特指出,以卢卡奇为代表的西方马克思主义文艺理论的倾向是:轻视不同类型文本之间的形式差异而追求它们所蕴含的哲学内涵。其次,卢卡奇的文艺理论坚持"反映论"。"反映论"可以追溯至亚里士多德的模仿论。依照模仿论的逻辑,文学作品是超越世界的表象,是对"事物

---

① 〔英〕托尼·本尼特著:《形式主义与马克思主义》,曾军等译,河南大学出版社 2011 年版,第 21 页。

本质"的捕获、凝结和反映。卢卡奇极力推崇模仿论,认为文学作品的关键问题不是其形式特征,而是文学作品与现实的一致程度,他依照文学作品与"事物的本质"——在马克思主义理论中就是阶级斗争——相匹配的程度给其分类和排名。比如,卢卡奇认为现实主义小说因为能够客观如实地反映现实而优于现代主义小说,因为后者是对现实零碎片段的表征,充满个人化和主观化的因素。而同为现实主义小说,托尔斯泰的小说要比福楼拜、莫泊桑等人的小说伟大,因为托尔斯泰的作品充满了对俄国农民的深切关怀和对社会矛盾的深刻反映。显然,"反映论"的评价和形式主义者倡导的文学文本评价标准——独特的组织特征的效果(文学性)——是相对立的。因此,卢卡奇的文艺主张加剧了形式主义与西方马克思主义之间的对峙。

　　马克思主义文艺理论与形式主义在俄国国内外的较量,以形式主义的挫败为结局,这种理论上和政治上的双重打压在本尼特看来"妨碍了任何形式主义与马克思主义之间的有意义的对话"[①],结果使得形式主义的理论功绩被抹杀,而马克思主义文论也失去了反观自身、发展自己的好机会,以至于陷入资产阶级美学和唯心主义的泥淖,这与马克思主义创始人所倡导的政治诉求、实践哲学以及历史唯物主义原则是相背离的。

三、力促马克思主义与形式主义之间的对话

　　形式主义与俄苏及西方马克思主义文艺理论之间的对峙,在本尼特看来不仅限制了形式主义的发展,也严重影响了马克思主义文

---

① [英]托尼·本尼特著:《形式主义与马克思主义》,曾军等译,河南大学出版社 2011 年版,第38页。

艺理论的自身发展。因此,本尼特主张消除理论隔阂,实行对话,互采所长,实现理论共赢。

首先,马克思主义文艺理论与形式主义之间有相互对话的必要性。应当看到,西方马克思主义文论有着严重的理论缺陷,如前文所说的唯心主义简约论、审美多元决定论、体裁社会学的误区和"文本的形而上学"。这种僵化的、形而上学的文艺理论应该吸收其他理论的精华而促进自身的发展。与此同时,本尼特注意到,形式主义理论也有着自身的致命的缺陷——远不是如其标榜的那么"科学"地定义文学和分析文学作品,最要命的是形式主义"不能把文学之中的变化的内在机制与外在的推动力联系起来"[①]。本尼特将此原因溯源到索绪尔的语言学理论。为了研究的方便,索绪尔将语言的规则系统作为凝固的既定点进行共时性研究,这样虽然使索绪尔能够解决语言系统化有哪些特性的问题,却不能解答为什么不同群体的言语在运用语言时带来了不同的规则,引起了语言从一种共时性状态转向另一状态,即"语言如何从言语的共时性系统蹒跚地跳到另一个系统?"[②]形式主义者将索绪尔相关理论运用到文学文本中,正如语言的功能和意义取决于语言封闭系统中的符号之间的差异性和相似性那样,"文本的功能与意义源于它与既定的'文学系统'之中的其他文本的关系"[③]。但类似的问题出现了,形式主义者不能解释"文学系统"和那些位于其中的文本是如何变化的,即文学进化的动力在哪里。马克思主义文艺理论与形式主义理论各自的理论缺陷决定了只有二者对话才能确保它们缺陷所带来的不良后果有所减弱。

---

① [英]托尼·本尼特著:《形式主义与马克思主义》,曾军等译,河南大学出版社 2011 年版,第 58 页。

② [英]托尼·本尼特著:《形式主义与马克思主义》,曾军等译,河南大学出版社 2011 年版,第 61 页。

③ [英]托尼·本尼特著:《形式主义与马克思主义》,曾军等译,河南大学出版社 2011 年版,第 62 页。

　　其次,马克思主义与形式主义之间对话有着极大的可能性。本尼特认为形式主义并不像它们的名字那样形式化,那样忽视社会历史因素,而是对历史有着不自觉的理论诉求,包含着对社会历史发展因素的考量,这是对西方传统哲学美学和西方马克思主义批评理论中"文本的形而上学"的批判,但却形成了与历史唯物主义原则之间的相互契合。"陌生化"和"文学性"作为形式主义的核心概念,充分说明了这一点。实际上,在历史发展中发生的变化,从"熟悉"到"陌生",或者反之,这两种手法都能产生"陌生化"的疏离效果,进而产生"文学性"。与此同时,文本"文学性"的产生也是依赖于它所处的"文学系统"中与其他文本的关系,即文本的"互文"关系中。这就把历史维度纳入"文学性"之中,因为,在某一历史阶段具有"陌生化"功能而被称作文学的文本,有可能在另一个历史时期被看作陈词滥调而被划入"非文学",与此相反,先前被认为普通的作品可能在后来被认为具有极高"文学性"的典范作品。尤其是在20世纪20年代中期以后,形式主义者在坚持文学的自主性的同时,却认为这种自主性具有相对性,雅各布森等人甚至正式承认,"文学的历史只能在与之相关的经济、社会和政治发展的关系中才能得到书写"①。总之,形式主义对历史的不自觉的诉求为它与马克思主义进行对话奠定了一定的地基。

　　第三,在本尼特眼中,马克思主义与形式主义之间对话已经开始了,主要表现在阿尔都塞派与形式主义派之间。但遗憾的是,这种正在进行的二者对话却总是被马克思主义文艺批评主流所忽略不谈。阿尔都塞作为著名的哲学家,有关文艺理论问题方面的著述虽然不多,却对西方马克思主义文艺理论产生了巨大的影响。正如前文

---

① ［英］托尼·本尼特著:《形式主义与马克思主义》,曾军等译,河南大学出版社2011年版,第29页。

所述,在卢卡奇的文学批评理论中,文学文本被视为意识的特殊形式,人们可以通过阅读文本揭示它们所蕴含的一定历史时期的社会基本矛盾、阶级斗争和社会总体的本质。阿尔都塞则与卢卡奇相反,认为社会的发展变化源于"多元决定"的矛盾,即经济、政治和意识形态三个实践层面矛盾的重叠和结合的结果。那么表现在文学上,阿尔都塞认为文学虽然是一种意识形态产物,却有别于意识形态,因为文学之所以为文学就在于通过变形与现实主流的意识形态保持距离,因此,研究的注意力应该在于分析文学这种特殊的意识形态与其他意识形态或文化形式之间相区分的确切本质,同时要注意文学的作用不是"反映"社会现实,而是自身作为组成社会实践层面的一部分所产生的影响。阿尔都塞的此类观点显然与形式主义倡导的研究文学的自身特征——文学性以及形式主义抵制"反映论"的主张相一致。此外,本尼特认为阿尔都塞与形式主义之间的对话还显示在与"陌生化"的贴近上:阿尔都塞主张艺术"所给予我们的,乃是它从中诞生出来、沉浸其中、作为艺术与之分离开来并且暗指着的那种意识形态"[①],这样读者在阅读中就与(受主流意识形态形式影响而生成的)惯性心理之间产生了距离,进而对社会产生新的认知;而形式主义的"陌生化"恰恰是通过颠覆人们已经熟悉了的概念、观念、规范或意识形态,以便给与人们一个对世界的全新感知。

　　本尼特认为,阿尔都塞虽然在"文学"的概念上借鉴和整合了形式主义的"文学性"和"陌生化"概念,但却忽视了形式主义的文本历史逻辑,所以他像其他西方马克思主义者那样,也犯了"文本的形而上学"错误,认为文学具有一种稳定的社会结构,具有不变的美学效应,是对社会本质的一种变形的认知知识,文艺既不是科学也不是意

---

① 陆梅林选编:《西方马克思主义美学文选》,漓江出版社 2008 年版,第 521 页。

识形态,但可以"看到""感觉到"那种意识形态的性质,这明显地沾上了唯心主义的色彩。但就对"陌生化"对象而言,形式主义注重的是语言技巧、语言结构和语言规范等"形式",而阿尔都塞则侧重深层次的意识形态的"结构"。总之,在阿尔都塞的作品中存在着一种"历史的、唯物主义的与唯心主义的观念之间的张力"①。相比较而言,本尼特认为巴赫金的努力是更为有效的马克思主义和形式主义之间的对话。

第四,巴赫金的历史诗学理论是马克思主义与形式主义间对话取得的非凡成果。本尼特认为瓦尔丁·沃洛希诺夫出版于 1929 年的《马克思主义与语言哲学》一书是第一部马克思主义语言理论著作,它为巴赫金和梅德韦杰夫彻底研究形式主义和超越形式主义提供了理论背景。

首先,沃洛希诺夫打破了索绪尔认为语言学是对语言固定系统的关注,取而代之提出语言学研究的对象是"构成它的规则在具体言说中被使用、纠正、调整的方式,这种方式完全由社会决定"②。并且,意义的生成不是如索绪尔所倡导的那样存于语言的系统之中符号与符号之间相似性和差异性的关系中,而是"在具体言说中,语言学符号(语词)的结构、意义、使用"时内在"对话式的"③过程中产生的。也就是说,"要在言说者与倾听者之间的对话关系之中、在词语发挥作用的语境中来理解语词",④意义的形成离不开由谁、对谁说的背景。

① [英]托尼·本尼特著:《形式主义与马克思主义》,曾军等译,河南大学出版社 2011 年版,第 97 页。
② [英]托尼·本尼特著:《形式主义与马克思主义》,曾军等译,河南大学出版社 2011 年版,第 63 页。
③ [英]托尼·本尼特著:《形式主义与马克思主义》,曾军等译,河南大学出版社 2011 年版,第 63 页。
④ [英]托尼·本尼特著:《形式主义与马克思主义》,曾军等译,河南大学出版社 2011 年版,第 64 页。

因此,沃洛希诺夫认为语言符号在实际和具体使用中社会化地形成,语言的变化动力不仅在于其自身的矛盾和不稳定性,更源于社会言语交谈的环境。其次,语言不是固定而中立性的领域,它会被不同阶级基础的哲学所激发起来,成为"阶级斗争"的竞技场。因此,沃洛希诺夫概括说,"语言学特有的关注应该是构建一种言语体裁的类型,它能解释它们折射现实与符号化现实的特殊模式,这种模式与社会言语的相互作用有关,与它们本身重新回到宽广的经济、社会、政治框架之中的情景有关,这些关系是它们的基础,并生成了它们"①。

　　本尼特认为,巴赫金与梅德韦杰夫正是以沃洛希诺夫的马克思主义语言学理论为背景,致力于构建一种社会学的、富有历史感的文学体裁类型。"巴赫金提出历史诗学的方案,把文学的作用视为特定社会意识形态条件决定的一系列历史的具体语境中写作实践的结果,而非具普遍性的东西。"②巴赫金说,"每一种文学现象(如同任何意识形态现象一样),同时既是从外部也是从内部被决定的。从内部是由文学本身所决定;从外部是由社会生活的其他领域所决定"③。这表明巴赫金与阿尔都塞一样都重视意识形态在文学范畴中的分量,但不同的是他没有像后者那样把意识形态抽象为固定的结构,而是显示出更多的历史发展意识,也更准确地贯彻了马克思主义的基本原则;同时,巴赫金也不赞同形式主义否定社会历史等外在因素对文学的决定作用而仅仅探究文学内部规律的主张。

　　巴赫金不仅在理论构建上试图融合形式主义与马克思主义,还

① [英]托尼·本尼特著:《形式主义与马克思主义》,曾军等译,河南大学出版社 2011 年版,第 67 页。
② [英]托尼·本尼特著:《英国文化研究的另一种范式——托尼·贝内特学术自述》,《洛阳师范学院学报》,2007 年第 4 期,第 8—11 页。
③ [苏]巴赫金著:《周边集》,钱中文主编,河北教育出版社 1998 年版,第 145 页。

在文学批评中促进二者的对话，这突出表现在他对拉伯雷作品的分析上。巴赫金将拉伯雷的作品定为"怪诞现实主义"，它作为新的独特写作形式诞生于一系列新的社会、政治和意识形态关系相互作用的基础上。首先，在中世纪时期，官方的意识形态体现在宗教仪式、宗教文本和节日之中，是一种单调、严肃和阴郁的末世学；而民间的诙谐世界，特别是"狂欢节"中人们尽情纵容的快乐世界中所体现出来的民间诙谐文化就是与官方意识形态相对立的世界。拉伯雷所运用的"怪诞现实主义"原则支配着民间的诙谐世界的"狂欢观"，它所起的作用就是对官方意识形态的颠覆与贬损。比如修道院的钟塔在官方意识形态世界是最为重要、神圣不可侵犯的对象，而在拉伯雷的作品中则把它比作阴茎，甚至布道也似拉长的屁，这种使圣洁"对象""堕落"和"更新"的策略被大量使用，"以这样的方式，中世纪意识形态的整个世界被废黜了，也就是被'更新'或'陌生化'了"①。不仅如此，人的身体部位也成了替换中世纪官方意识形态的手段，身体因可以周而复始、无穷的繁衍而扩大，这就蕴含着文艺复兴时期新兴历史人文主义的手段。

本尼特特别强调，巴赫金对拉伯雷的作品分析，显示的不仅是民间诙谐世界所显示的策略对官方意识形态的"更新"和颠覆，更为重要的是，拉伯雷的作品"是一套新的历史生成的社会文化关系的产品"②。而这种新的书写产品类型就是当代欧洲纯文艺，它之所以能够产生是受具体的社会、政治和意识形态所限定的，即有着一种稳固的物质基础。首先是从历史时期看，文艺复兴从 14 世纪发展至 16 世纪末期，而到了拉伯雷所处的文艺创作时期（16 世纪 30 年代到 60

---

① ［英］托尼·本尼特著：《形式主义与马克思主义》，曾军等译，河南大学出版社 2011 年版，第 71 页。

② ［英］托尼·本尼特著：《形式主义与马克思主义》，曾军等译，河南大学出版社 2011 年版，第 74 页。

年代),早期的文艺复兴历史阶段的发展为民间诙谐文化的发展提供了意识形态空间;第二,纸张和印刷术的发展、教育大众化的普及和教皇霸权的衰落都促使白话取得了合法地位;第三,市民阶级的崛起引起封建主义意识形态和政治危机。总之,本尼特认为,因文艺复兴而生成的新写作形式——"怪诞现实主义"所造成的对官方意识形态的颠覆和贬损,构成了封建秩序的经济和政治瓦解的一部分。"怪诞现实主义"体裁的产生是受政治、技术、社会阶层的变化和相互关系的共同作用下实现的。

本尼特最后强调的是,巴赫金在评价文学文本的作用时没有把它"从作为已被接受的文本存在的现实历史中抽象出来,赋予一种'永不变化'的功能和作用"[①]。拉伯雷的作品在当代被视为欧洲纯文学的开端,在文学史上地位举足轻重,可是它在 200 年前(17、18 世纪)因政治气候的变化而被当作纯诙谐的副产品。在这一点上,巴赫金与形式主义极其相似,赋予文学文本的功能会随着"互文"关系的变化而发生变化,但他又超越了形式主义,将这种变化视为历史具体化而非抽象化的问题——在考虑作品的影响时必须加入政治的、物质的、技术的甚至是不同的文学批评的作用,以一种真正历史唯物主义者的视角去审视文学。因此,本尼特认为,巴赫金比阿尔都塞更有力地推动了马克思主义与形式主义之间的对话。

马克思主义与形式主义之间的对话,使得人们对文学概念和文学功能等核心理论有了更加深入的认识和理解。除了阿尔都塞的意识形态批评和巴赫金的诗学理论之外,后来的西方马克思主义者,如"杰姆逊的辩证批评和马尔库塞的新感性批评分别代表了从不同理

---

① [英]托尼·本尼特著:《形式主义与马克思主义》,曾军等译,河南大学出版社 2011 年版,第 76 页。

论层面上与形式主义展开理论对话"①。借助于对二者对话的讨论，本尼特发展了马克思主义文本分析法——将注重文本的文学性（文本之内）与注重文本的社会研究（文本之外）结合起来，不仅突破了苏俄马克思主义文论的庸俗社会学模式，而且打破了西方马克思主义唯心主义简约论。但是，形式主义自身的本质缺陷是不能解释文学发展变化的真正动力，即外在的社会历史因素的唯物基础的决定作用，而马克思主义文论随着时代的发展遇到了新的困难和挑战。因此，仅凭二者之间的对话和交融并不能很有效地解决马克思主义美学理论的深层次矛盾。于是，本尼特将研究视野从马克思主义转向了"后"马克思主义。

第三节　从马克思主义转向后马克思主义

本尼特对西方马克思主义文艺和美学所处的困境进行深入剖析之后，进一步挖掘了形式主义与马克思主义之间的对话，这在很大程度上有利于促进马克思主义文艺理论和文艺批评的发展，这一切都是在坚持马克思主义基本原则和核心要义的前提下，即在马克思主义框架内试图"修正"和发展马克思主义文论所进行的努力。可是随着时代的发展，特别是 20 世纪 80 年代后，本尼特逐渐放弃了在马克思主义的框架内对马克思主义美学的修补，认为这样很难真正挽救马克思主义，于是，他借用拉克劳、墨菲、福柯以及其他后马克思主义话语理论的论述，在摈弃本质主义文学批评学说所建立的一套真理

---

① 段吉方：《重建"对话"思维》，张江、丁国旗编，《马克思主义文艺研究》，中国社会科学出版社 2016 年版，第 100 页。

体系基础上,构建了自己具有明显"后"马克思主义特征的文学理论和文化理论,他以这些研究为理论基础走向文化治理性的文化研究范式。

一、马克思主义与后马克思主义

马克思主义的核心要义是历史唯物主义和辩证唯物主义:生产力决定生产关系,而作为生产关系总和的经济基础决定了上层建筑,社会存在决定社会意识,社会的发展由生产力与生产关系的基本矛盾和阶级斗争所推动。但马克思和恩格斯认为生产关系、上层建筑和社会意识分别对生产力、经济基础和社会存在具有巨大的反作用。正如伊格尔顿所说,"马克思主义是一种关于人类社会以及改造人类社会的实践的科学理论;更具体地说,马克思主义所要阐明的是男男女女为摆脱一定形式的剥削和压迫而进行斗争的历史"①。马克思主义自 19 世纪 60 年代到 20 世纪 70 年代都是人们批判资本主义、反抗资本主义剥削和压迫的有力武器。时至今日,马克思主义在世界范围内的影响都远大于历史上任何一种社会理论,不过,在当今西方资本主义社会中,作为经典马克思主义的变体——后马克思主义的发展却十分迅速。

后马克思主义是与后现代主义紧密关联的新思潮,它的产生有着自己特定的经济、政治和社会文化背景。20 世纪 70 年代初期,西方资本主义的快速发展使得西方学者提出了后现代社会的概念,又称为"信息社会""知识社会"和"网络社会"。在后现代社会中,知识成为社会的主要资源,社会的经济结构和政治制度都发生了巨大变

---

① [英]伊格尔顿著:《马克思主义与文学批评》(引言),人民文学出版社 1980 年版,第 2 页。

化,人们的生活方式和文化观念都深受后现代性的影响。伴随着工业经济转为知识经济,传统的标准化与自动化的福特主义生产方式,逐渐被去标准化和去中心化的更为灵活的新生产模式所取代;同时,白领阶层超过蓝领工人的人数,传统的以争取物质利益为目标的工人运动转变为各种新社会运动,如生态运动、女权运动、同性恋运动等等。这样的社会经济和政治变迁滋生了后现代主义文化思潮,该思潮具有反抗现代性、解构现代性的特点,它"反对现代主义文化所追求的'绝对的''永恒的''本质的'东西","倡导多样性、差异性、个体性,否定一元性的、统一性的、一致性的存在"①。在后现代社会经济、政治和文化背景下诞生的后马克思主义是一种批判资本主义的新思潮,其代表人物主要有墨菲、拉克劳、福柯、德里达和利奥塔等等。

后马克思主义和经典马克思主义是既继承又解构的关系。本尼特指出,"后马克思主义包含着多种成分,它与马克思主义思想有一定的决裂,但同时也在实质上受惠于和受影响于马克思主义传统"②。也许,后马克思主义对马克思主义的最大继承是对资本主义的批判精神,秉承马克思主义的终极目标——"把所有人从剥削和压迫中解放出来,使之获得平等和完全的民主"③;而两者之间的最大差异是,马克思主义致力于革命推翻资本主义压迫制度而后马克思主义提倡多元化的民主斗争。不过,本尼特认为后马克思主义"在自己所致力的政治形式和理论化模式上都超越到了马克思主义之外"④。后马克思主义对马克思主义的解构,主要表现在以下几点:首先,拉克劳解

---

① 陈炳辉等:《后马克思主义的理论》,中国社会科学出版社 2011 年版,第 8 页。

② T. Bennett. *Outside Literature*. London and New York: Routledge, 1990, p. 16 - 17.

③ [英]保罗·鲍曼著:《后马克思主义与文化研究》,黄晓武译,江苏人民出版社 2011 年版,第 16 页。

④ T. Bennett. *Outside Literature*. London and New York: Routledge, 1990, p. 19.

构了马克思主义的社会"整体性"观念——他不赞同马克思"从基础或概念上可把握的运动规律出发,社会可以被理解为客观一致的整体"①,而倡导社会关系是散漫性的,社会不可能具有整体化的统一原则;其次,马克思主义的生产力和生产关系、经济基础和上层建筑的矛盾运动推动社会发展的规律,被后马克思主义者视为经济决定论、本质主义、普遍主义和还原主义加以解构;第三,解构了马克思主义的阶级斗争理论和方法,替代它的是后现代的话语政治和身份观念。总之,用本尼特的话说,后马克思主义"不仅质疑马克思主义的某个论点和方法,还特别拒斥马克思主义的理论关注点"②。

　　本尼特认为,面对后马克思主义的非难,在西方马克思主义阵营内部有两种比较著名的反应方式。一派是以安德森为首的乐观主义者,他们认为,马克思主义理论"是能够解释自己发展和变形的"③,马克思主义作为一种科学理论是开放的、发展的,是可以自己解释自己的发展变化的。所谓"马克思主义的危机"只不过是发生在拉丁语欧洲,从广阔的地形学上看,马克思主义在英国(或世界其他地区)在继续发展着。而另一派以霍尔为首,承认马克思主义发展所面临的困境,"也接受许多马克思主义构想可能需要更正或修正,以便于能够保持它在理论上的可信度和政治上的实用性"④。霍尔认为后马克思主义者所做的努力是"给马克思主义一个置之死地而后生的品质。它不断地被超越又不断地被保留"⑤。

　　受安德森和霍尔上述观点的启发,本尼特认为:"后马克思主义

---

① [英]拉克劳著:《我们时代革命的新反思》,孔明安、刘振怡译,黑龙江人民出版社 2006 年版,第 215 页。

② T. Bennett. *Outside Literature*. London and New York: Routledge, 1990, p. 20.

③ P. Anderson. *In the Tracks of Historical Materialism*. London: Verso, 1983, p. 32.

④ T. Bennett. *Outside Literature*. London and New York: Routledge, 1990, p. 20.

⑤ Stuart Hall. "The Problem of Idology—Marxism without guarantees", in Matthews, Betty (ed.), *Marx 100 Years On*. London: Lawrence & Wishart, 1983, p. 57.

不是简单的放弃马克思主义思想,它依然把马克思主义当成可理解的传统;如果后马克思主义要想让自己的关注点和构想再发挥作用的话,马克思主义仍然对其新的理论和政治的形成贡献自己强大的力量。"①比如,后马克思主义依然沿用马克思主义的重要概念:意识形态、生产方式、社会发展阶段、矛盾等等。"在一定程度上,马克思主义的各种范畴不断地尾随着它们自己掘墓人的脚步,后马克思主义构建一系列与马克思主义相区别的概念空间的计划依然没有成功。"②虽然后马克思主义不是反马克思主义,本尼特认为它也绝不可以被看作是马克思主义的合格继承人,而只能是"一种混杂的理论和政治立场的集合,一则突破马克思主义的一些核心思想,二则又深受马克思主义传统的影响"③。本尼特本人也在新的历史时期,特别是在 20 世纪 80 年代反本质主义思潮的冲击下,由原来捍卫经典马克思主义转为倾向于后马克思主义,借助后现代的话语理论、领导权理论和福柯的治理性理论逐步建构起自己独具特色的文艺理论以及由文艺理论扩展开来的文化理论。

二、重构文学概念和马克思主义文学批评的功能

本尼特认为俄苏马克思主义和西方马克思主义认识论模式的文艺理论和美学就是黑格尔式的马克思主义,因为,"无论是前苏联模式的马克思主义,还是以卢卡奇为起点的西方马克思主义,法兰克福学派、阿尔都塞学派,这些马克思主义文艺理论的共同点是:从反映(前苏联共产党)、审美启蒙(西方马克思主义)、艺术疏离(布莱希特和法兰克福学派)、科学真理(阿尔都塞学派)几种'认知'模式去理解

---

① T. Bennett. *Outside Literature*. London and New York: Routledge, 1990, p. 23.

② T. Bennett. *Outside Literature*. London and New York: Routledge, 1990, p. 16 - 17.

③ T. Bennett. *Outside Literature*. London and New York: Routledge, 1990, p. 16.

文学,这是黑格尔从宗教意识形态、麻醉剂、幻觉等意识角度分析文学的各种变体"①。本尼特在后马克思主义视域下,借助于解构主义和话语结合理论,批判了认识论的马克思主义文论,并重新界定了马克思主义的文学概念和批评研究维度。

首先,文学"可用于指称特定社会组织的表征空间,其独特性在于选定文本被付诸使用和运用的制度话语的调节形式,至于那些文本的实际身份的经验问题被视为一种并不影响定义的偶然性"②。可见,某一选定文本是否被定义成文学与它是否具有特殊书写的存在形式关系不大,而在于它在一定制度话语中的使用和运用模式。历史上很多作品的境遇证明了本尼特这种观点的合理性:很多今天被当作文学文本的作品在历史上某些时期并没有被视为文学作品,如我国的《金瓶梅》曾被列为传播淫秽思想的不入流的禁书,而现在则更多地被列入开启中国现实主义小说的先驱的地位;美国著名作家艾伦·坡的作品被引进英国的初始阶段被当作心理学和精神分析的科普读物,而不是如现在所理解的侦探小说。

其次,文学是一种社会生产实践。本尼特赞同威廉斯的主张——从实践环节而不是从社会意识角度去界定文学,强调了文学的物质性和实践性。文学不仅涉及上层建筑和意识形态,也关涉物质基础和生产力发展,对社会有建构性作用,因为语言符号就是文学生产的材料与工具,其产品就是文本,它们一起构成了文学作为社会生产实践的要素。这表明文学是"一系列社会现实和社会手段,在同一层面与其他社会实践领域相互影响"③。可见,作为社会实践的文

---

① 周海玲:《托尼·本尼特的文化政治美学研究》,南京大学博士学位论文,2011 年,第60 页。
② [英]托尼·本尼特著:《文化与社会》,王杰、强东红译,广西师范大学出版社 2007 年版,第 44 页。
③ [英]托尼·本尼特著:《文化与社会》,王杰、强东红译,广西师范大学出版社 2007 年版,第 44 页。

学在其构成上同时是制度的和话语的。

第三，基于以上对文学的定义，"文学理解为特殊的写作已经被认为是极其站不住脚的"[①]，因为这样的假设必须通过审美方式，即把它当作具有审美特性的语言来理解文学，这不利于构建统一的"文学"之内（内部实质）与之外的关系。本尼特提出要与文学（内部实质）保持一定距离，而建构"文学"之外的立场。本尼特赞同罗兰·巴特的文学观——文学不是个人活动，是涉及多方面的：历史的、制度的和功能的，对文学的研究就变成了对技术、制度、仪式和集体精神的研究。因此，本尼特认为，文学"成了包括文艺实践、制度和话语在内的现存构造与运行的组成部分"[②]。

第四，本尼特对西方马克思主义的文学概念进行了批判和解构。他说，"在我看来，尽管各种版本的马克思主义批评都具有自己的特殊性，互不相同，但是它们都有一个共同的缺点：承诺的是一种宏大批评姿态，将自己想象为是在进行一种斗争，是在抽象层面和宏观政治层面上获取主体性，但事实证明，他们不能解释支配着批评工作机制的教育—道德—认识的技术特性"[③]。比如伊格尔顿就倡导，"现代批评生而反对专权国家；除非它的未来被定义为反对资产阶级国家的斗争，否则它就没有未来"[④]。虽然，这种宏大的批评姿态拥有勇敢的光环，却不能摘取很多富有成效的实践果实。因为，任何学术实践都不能仅仅关心自己研究范围内的内容，而更应该关心如何在现存机制的关系中立足，这样才能区分出哪些是维护现存机制的实践，哪些是努力转变现存机制的实践。具体到马克思主义批评来讲，"就需

---

① T. Bennett. *Outside Literature*. London and New York：Routledge, 1990, p. 14.

② T. Bennett. *Outside Literature*. London and New York：Routledge, 1990, p. 4.

③ ［英］托尼·本尼特著：《文化与社会》，王杰、强东红译，广西师范大学出版社 2007 年版，第 66 页。

④ T. Eagleton. *The Function of Criticism: From the Spectator to Post-Structuralism*. London：Verso, 1984, p. 107.

要考虑文学—教育机构的现实机制,需要考虑政治机构得以运转的主体化技术,也需要考虑它们所支持的审美、道德或认识的自我形成形式"①。

第五,本尼特建议另一种马克思主义批评的视角:不把文学当成真理,文学批评不是去阐释先验的作为审美对象,而要关注在主体的体制化环境中说明文学的塑造主体自身的方式。实则就是,本尼特倡导的马克思主义批评就是介入阅读和创作过程,把政治因素、历史因素和实践因素纳入文学分析之中,赋予文学文本以传统的文学理论无法介入其形式本身所携带的文化内容。需要特别指出的是,此处的政治因素不能仅仅局限于国家机构或政党政治等因素,而是指福柯权力理论视域下的权力的运用,这种权力是一种微观权力,遍布于社会生活的各个角色之间,如教师与学生、长辈与晚辈、上级与下级、男性与女性等等,将政治因素纳入文学就意味着文学研究要积极介入权力关系领域;此处的历史因素也不是马克思主义视角中的绝对可知的既往事实,具有连续性和客观性的宏大历史,而是后马克思主义视野中的由一系列叙事和修辞手法所产生的话语效果,具有偶然性和断裂性,文学与历史的关系已不再是以前的反映与被反映、决定与被决定的关系,而是相互渗透、溶解的关系,二者都是话语实践的构成因素。

概言之,本尼特借用福柯等人的后马克思主义话语,质疑、反思和摒弃了俄苏马克思主义和西方马克思主义的本质主义文学理论所建立起的一套真理体系,他将文学纳入整个文化系统中,把它看作一种话语表征来阐释文化与社会的关系。"文学这个术语就应该指向一种具体的,而非单一的、体制性地构建的实践——写作、阅读、评论以及教学。在文学的历史和体制化特异性中需要政治的干预,当然,

---

① T. Bennett. *Outside Literature*. London and New York: Routledge, 1990, p. 66.

这种干预不可避免地也是植根于文学形成之中。"①从文学之"外"立场与源自于文学的本质主义界定的立场相比，需要更复杂、更具体以及更分化的理论分析形式和政治接合形式，从其松散地构建的外部——制度、话语、历史和功能来揭示它的支配性修辞。本尼特认为不拘泥于文学的内部本质的研究有利于人们通过审视文学之"外"的方法来揭示文学的真正本质和功能，即文学（审美）不是什么深不可测的存在，而是一种塑造主体的技术。

第四节　审美、自由、治理和主体塑造

本尼特认为，对审美的定位应该是"将其看作一种特定的判断力形式，一种随历史发展而变化的能力"②。这种能力如康德所说的对于每个人而言都是潜在可获得的能力，但这要以使他们接受一定的审美教育为前提。因此，18 世纪的美学思想和 19 世纪的审美教育进入了本尼特的研究视线，他研究分析了美学与文学的教育、自由和治理之间的关系，认为包括文学在内的文化审美，是主体获得自由的方式，是国家治理的手段和主体得以塑造的重要技术，他得出了审美早已超越其自身而成为社会可用之物的结论。

一、18 世纪的美学和自由治理

本尼特对沃尔夫、沙夫茨伯里和斯密等人的思想进行了仔细分

---

① T. Bennett. *Outside Literature*. London and New York：Routledge，1990，p. 271.
② 王杰，徐方赋：《美学·社会·政治——托尼·本尼特访谈录》，《文艺研究》2011 年第 3 期，第 91—101 页。

析并讨论了康德的判断力批判的思想。他从欧陆思想资源回归到英伦思想史，指出美学理论自启蒙以来具有一种独特的功能，为社会的自由治理提供了一种参照，具体到英国的环境就是把市民人文主义植入到社会治理领域。

18世纪90年代，康德的《判断力批判》出版。此书对1806年普鲁士的改革有重大影响，标志着普鲁士从警察国家向立法国家的转变，因为它将文化定义成一个在市民社会中自我塑造自由的过程。康德认为审美是无功利的，并假设审美判断力是普遍的，它规定了诸种能力之间自由的主体性和谐，审美的作用在于它能够使人的各种能力达到自由协调。康德将审美判断力分为两种：在艺术品中体验到的美感和在自然中体验到的崇高感。本尼特认为康德关于审美判断力的论述是受英国的市民人文主义和18世纪有关审美趣味话语的影响。

18世纪50年代，克里斯丁·沃尔夫（Christian Wolffe）认为，人民虽然有感知美的直觉能力，但他们对美的鉴赏是模糊混淆的，人民的审美能力只有经过较高级的理性能力拥有者（即统治者）的校改和修正之下才能起作用。本尼特认为这是霍布斯式观点的复兴，正如较低级的能力由较高级能力的修正和校改那样，社会秩序也是自上而下被治理的。"并不涉及被统治者这一方的任何自我活动"，"公民的作用就是通过学习，经由公开的讨论，被引入自愿的服从，被引导着去理解体现于法律中的理性"①。但是，鲍姆加登（Baumgarten）与赫尔德（Herlder）却不赞成沃尔夫此种论述，他们认为（审美）判断力虽在国家的监护之下却仍是被统治者的一个自我活动，这种活动是个建构性的活动、自我雕塑的反思过程，并不是完全被动的。

---

① ［英］托尼·本尼特著：《审美·治理·自由》，姚建彬译，《南京大学学报》2009年第5期，第48—59页。

　　无独有偶,18世纪的沙夫茨伯里也认为审美判断力在自我内部开辟了一个自我检查和自我改善的空间,这个观点受到下列两个传统的影响:一是坎贝兰不赞成主权的治理观,他认为市民社会是如艺术品那样规则和均衡的,不由任何政治权威产生;二是佛罗伦萨遗产所显现出的治理的职责在于保证市民有充分的自由参与市民事务管理,而不受依赖或从属于他人关系的影响。在沙夫茨伯里时代,宫廷和教会的衰落、都市的兴起使得礼貌范式在治理散漫的世界、产生秩序中成为一种很好的选择。在他看来"关于美的礼貌话语就是为政治的权威和社会的秩序提供一个基础","将社交谈话的对话面转化成一种手段,……自我展开与自己的对话,并且调节他自身"①。本尼特认为,沙夫茨伯里的这种有关趣味和判断力的礼貌话语就是一种自我管理的机制,成了塑造自身的模式,从整个社会看就是塑造社会主体的机制。在沙夫茨伯里的美学中,无功利占据着重要方面,他将无功利的能力局限在地产占有者,认为他们因有地产而有实践和理智能力,无私心地关心民众,而那些乡下人和工匠他们受生活所限没时间也没能力对艺术或国家事务实施无功利的沉思。当然这种观念严厉遭到诟病,因为审美无功利被当成了特殊利益的面具,地产拥有者虽有闲暇时间思考,但很多情况是思考如何扩大其地产范围的。不过本尼特并没有讨论或批判无功利美学的缺陷,却看到了沙夫茨伯里美学中隐含的积极意义,本尼特也赞成那些能够自我行使命令而且能够控制自我的人具有指导他人行为的能力。

　　如果在沙夫茨伯里眼里对话机制、自我独白在主体塑造中意义非凡的话,而斯密在《道德情操论》中关于"内在的人"(man within)的论述,则非常注重观看机制的作用。斯密的这种观看机制仍有独

---

① 〔英〕托尼·本尼特著:《审美·治理·自由》,姚建彬译,《南京大学学报》2009年第5
　　期,第48—59页。

白的听觉联想的痕迹,但主要借用休姆的对自然同情心的论述中推导出的相互性准则——"他人观点的相互借镜,自我审视的这种内在机制解释了人如何成为他们自身的治理者的"①。市民社会的成员通过他人的眼睛来观察、调整自己的行为。斯密与沙夫茨伯里一样将获得"观看的道德"(specular morality)的能力赋予生活中某些地位中的人,而妇女、野蛮人和暴民被排除在外,他甚至坚持认为,"野蛮人因受生活必要性的迫切需要的驱使而只会执行斯巴达式的铁的纪律,他们没有时间和空间对周围的人同情或者从那些人那里获得同情"②。斯密也将审美标准看作筛选社会中最有能力进行自我治理的人,并因此成为最有资格承担管理他人的手段。

综上所述,本尼特认为,康德的有关自由、审美判断力与治理之间关系的论述吸收和转换了 18 世纪英国有关审美的论争,特别是沃尔夫、沙夫茨伯里和斯密的论述。康德的重要假设:审美无功利和审美判断力的普遍性以及审美使人各方面能力获得和谐发展,即获得主体性和谐这些观点都吸收了英国审美话语的某些元素。康德把审美看作是市民自我塑造过程的文化概念。受到康德美学遗产的启发,本尼特认为包括文学在内的审美文化在新的环境,如公共博物馆、艺术馆、图书馆和画廊中变得可感、可触和可展示了,在此环境中的文学文本、人工制品、技艺和遗迹与人相互作用,成了一种可以利用的新方式。本尼特认为文学(审美)与自由之间的关系不是纯粹抽象的东西,而是被刻写在特殊的治理聚集物之中的——文化机构、文化政策和文化规划等审美实践当中。从 19 世纪起,审美实践把原初作为政府培养官僚和资产阶级私人修养的教育延伸到了大众,从而

---

① [英]托尼·本尼特著:《审美·治理·自由》,姚建彬译,《南京大学学报》2009 年第 5 期,第 48—59 页。

② A. Smith. *The Theory of Moral Sentiments*. Cambridge:Cambridge University Press,2002,p. 239 - 243.

转变成了一种公共教育规划,并且逐渐地使被统治者被引入自我塑造与自我治理的轨道,这个过程大体上经历了从对主体的道德塑造到对主体行为的改变,或者称之为从浪漫主义的人的完善理想到福柯式的治理概念中的公民塑造的过程。

二、文学、美学和自我形塑

浪漫主义美学理论家,如席勒等预想了这样一种情景:劳动分工造成了人的异化而使人丧失了整体性,造成了各种各样的分裂,如感官与理性、自然与必然、文化与社会、主体和客体;审美教育可以帮助人们克服分裂,使人的整体性重新汇合到人们身上,因为审美体验可以调节主体内部两种矛盾倾向的场所——一是大写的人,从各种支配中解放出来成为不受束缚的人,二是人格受具体限制的人。审美体验之所以有这种克服主体内部分裂的功能是因为审美是无功利的,审美对象是没有任何利害关系的凝视对象,是超越具体限定的主体构成成分,审美体验至少能暂时地帮助人们克服具体受限制的人和大写的人之间的对立。

伊恩·亨特在《为文化设限》一文中指出,"浪漫主义美学提供的是一种审美—伦理训练,目的在于生成一种特殊类型的自我关系,进而生成特别范畴的人的道德和风尚",不仅如此,文艺作品和读者的关系还被他看作是"道德实践的核心,个体在这种道德实践中克服内在的分裂"①。这是因为,艺术作品本身所包含的形式与意义、情感和观念之间的分裂看似是作品本身的,实则是对主体道德实体内部分裂的回应,因此,读者通过文艺作品"意识到自己的不完整性,从而不

---

① I. Hunter. "Setting limits to culture", *New Formations*, 1988a, No. 4, p. 109.

得不开始无休止的道德形塑过程"①。阅读就成了读者克服分裂、形成完整性格的实践。本尼特认为,文艺审美对主体道德性格上的塑造,"是福柯式的把美学视为自我实践观点的一个例子"②。不过,审美体验的获得需要借助于审美教育才能得到。

　　亨特对现代文学教育谱系的发展进行了系统论述,本尼特对他的观点持肯定态度。总体上看,现代文学教育最终被认为是大众教育机制中"新"的师生教育关系的组成部分。此处的"新",首先体现在亨特驳斥了人们把文化改善性当作工业文明腐朽解毒剂的传统看法;"新"其次体现在亨特提倡文学教育是"一种道德技术,用来形成公民的道德品质,同时形成道德的楷模——英文老师"③。在 19 世纪,大众教育发挥的作用是道德规范和标准化的国家机器,同时也鼓励学生在学习中的自我表现技术。当时,大众教育要受到国家督察员的监督,这些督察员是从文学知识分子中因其道德出众、成为道德楷模而被招募而来,他们最初的职责是监督文学教育在学校的实施,同时是为学生形塑自己的道德树立楷模形象。亨特认为大众学校的道德美化经历如下过程:"因为学生的行为、思想、感觉和情绪的显然表现形式易于通过道德楷模(教师)的规范化凝视而得到纠正,所以他们就被引向接受一个无尽的、非强迫的、自我改正的工程,最终成为他/她自己的道德规范化的积极动因。"④不过,文学文本的作用在此过程中非常重要,学生通过文本练习将自己内心活动暴露在早期阅读的标准化认可的面前,学生通过拥抱自我完善的课程加上拥有

---

① I. Hunter. "Setting limits to culture", *New Formations*, 1988a, No. 4, p. 187.

② 〔英〕托尼·本尼特著:《文化与社会》,王杰、强东红译,广西师范大学出版社 2007 年版,第 55 页。

③ I. Hunter. *Culture and Government: The Emergence of Modern Literary Education*. London: Macmillan, 1988b, p. 150.

④ 〔英〕托尼·本尼特著:《文化与社会》,王杰、强东红译,广西师范大学出版社 2007 年版,第 56 页。

道德楷模身份的教师所给予的纠正建议而提升自己的心灵并获得自由。亨特将自己的分析一直贯穿到 20 世纪,而且把心理学教育和文学教育结合在一起,使得道德自我形成机制还被转换成一系列的管理测试来检验、纠正人们因人格不平衡所引起的对文学作品的误读。于是,文学批评就相应地成为道德塑造机制的有益补充,文学批评有利于生成道德良师,他们"擅长把文学文本运用为自我规训文化的组成部分","懂得如何、何时和何地从这种(导师的)位置撤出来"①,以便让学生自己实现道德塑造。学生的塑造一则是受教师所树立的榜样的感召,二则是教师指导下对文学作品的正确理解;与此同时,教师也通过引导学生进行正确的文学批评或解读而成为更完善的"道德良师"。

本尼特认为上述文学审美教育的功能非常有效,即便是在 20 世纪也有明显的功效。乔纳森·罗斯在《英国工人阶级的知性人生》一书中描述了工人阶级几代人受益于文艺教育,他们依据无功利性和自由的关系以及文艺教育在自我改变和社会改革中的作用表达了自己的感激之情。比如 1936 年有关教育价值的相关评价有,"重视心灵和精神的事物,激励一种将人置于第一位,而将他的经济功能放在第二位的态度,倡导自由同商业主义分离,倡导无功利的精神","到那时有些人懂得真正享受生活……而世界上其他人则无非是苦力、奴仆和酒鬼,因此我不希望被划分为后一阶层"②。无独有偶,文学批评家约翰·凯瑞认为,"阅读文学或许可以作为喝闹酒的有效解毒剂","指定阅读优秀的文学作品是对心灵的提升和对生活的改变"③。

---

① [英]托尼·本尼特著:《文化与社会》,王杰、强东红译,广西师范大学出版社 2007 年版,第 59 页。

② J. Rose. *The Intellectual Life of the British Working Class*. New Haven and London: Yale Nota Bene, 2002, p. 284.

③ [英]托尼·本尼特著:《审美·治理·自由》,姚建彬译,《南京大学学报》2009 年第 5 期,第 48—59 页。

20 世纪的英国成人教育(主要是工人阶级)和文学教育与 19 世纪的审美教育极其相似,学生们按照经验丰富的导师和同学们的指引和鼓励进行文学阅读,用他们思想和情感受到校正的方式来表达自我,正如亨特所说的那样,文学课程成了自治机制的核心。

值得一提的是,不同于亨特和福柯声音的另一支有关审美塑造主体的力量也深受本尼特的关注,那就是西方马克思主义。在 18 世纪美学理论、康德美学遗产以及浪漫主义美学理论的影响下,西方马克思主义文化理论家也把审美当成是对主体的塑造,但塑造的类型不是对道德和品行的塑造而是对革命主体的形塑。本尼特对此也进行了具体分析,指出这是一种政治-教育工具,但是,"这个教育工具没有在任何地方(西方)产生一些广泛的社会影响"[①]。

本尼特指出,西方马克思主义与其他批评模式相区别之处就在于:"马克思主义批评寻求主体的革命化,而不是努力诱发道德的自我管理资质来满足现代管理形式的需要。"[②]文学审美阅读不是协调人格矛盾的工具,不是品格形成的技术,批评家不再是道德的楷模而是指引、鼓励和改变大众认识上的楷模。西方马克思主义"这样组织文本、读者和批评家之间的关系,以至于把文本作为读者认识上转变的工具,把批评家作为他/她在转变上的监督者",如果把这也称为主体塑造技术的话,"那么这种技术向量与其说是道德的和伦理的,不如说是认识的和政治的"[③]。比如,伊格尔顿认为,文学在资本主义社会中使人们生成一种道德上、政治上空洞但表面上是自

---

① [英]托尼·本尼特著:《文化与社会》,王杰、强东红译,广西师范大学出版社 2007 年版,第 63—64 页。

② [英]托尼·本尼特著:《文化与社会》,王杰、强东红译,广西师范大学出版社 2007 年版,第 62 页。

③ [英]托尼·本尼特著:《文化与社会》,王杰、强东红译,广西师范大学出版社 2007 年版,第 62 页。

由的幻觉，这就使他们不能够自我意识到自己所受的限制从而抑制了他们可能出现的政治热情。因此，伊格尔顿所暗示的是另一条文学塑造的主体技术，即通过"主体获得对它的限制条件的自我意识'自然地'成长起来的，这会把主体带向另一个方向：革命"①。本尼特认为，西方马克思主义的此类审美对主体的塑造观，无论在学术传统上取得什么样的成就，但它在发达的当代资本主义社会机制中没有在任何地方移植成功。理由是多方面的：首先，资产阶级政府不可能通过教育系统提出这样的政治工具；其次，通过文学审美批评主流意识形态并获得历史知识是间接的方式，不如采用更为直接的方式，如直接宣传、罢工、请愿和运动等等；第三，借助文学文本塑造作为政治宣传的工具来组织劳工运动，其效果是微乎其微的。因此，本尼特认为，"马克思主义批评在这种主体形成的现代文学技术之中占据了一个独特地位"，②但它实际上仅仅是借助文学文本侦查和消除意识形态的错误（但从未完成）将主体卷入了无休止的认识上的自我形塑过程，虽然西方马克思主义者希望主体剥落意识形态的错误认识的影响，并且主体能够获得更确切的历史知识，但在本尼特看来这"只能是批评家所憧憬的但从未获得过的理想"。③

概言之，本尼特研究了亨特对文学、审美、教育和自由之间关系的分析，探讨了审美教育的实际功效，分析了西方马克思主义者所主张的革命主体塑造的思想。多方考量后，本尼特更赞成亨特的观点，他认为亨特是"彻底的福柯主义者"，因为亨特充分地关注了机构联

---

① ［英］托尼·本尼特著：《文化与社会》，王杰、强东红译，广西师范大学出版社 2007 年版，第 53 页。

② ［英］托尼·本尼特著：《文化与社会》，王杰、强东红译，广西师范大学出版社 2007 年版，第 64 页。

③ ［英］托尼·本尼特著：《文化与社会》，王杰、强东红译，广西师范大学出版社 2007 年版，第 63 页。

系机制,并进而指出审美不是"起着压制作用的意识形态","而是被看作个人形成技术的组成部分,它的作用被评价为积极和建设性的,成了一种规范广大民众品行的手段,成了更为常见的管理手段和治理性的组成部分"①。这样,就如福柯所言,现代公民的品质被塑造成形了。

本章小结

本尼特的马克思主义文艺美学观念源自他本人对现存西方马克思主义文艺理论的批判和思考。因为马克思主义创始人没有明确成系统的马克思主义文艺观,所以后世的继承者都从不同角度借用和阐释马克思主义的意识形态论、"异化论"、对资本主义批判的其他相关理论。可是在这个借用和阐释过程中,西方马克思主义经常自觉或无意识地陷入现存的资产阶级美学中而无法自拔,本尼特对此进行批判的关键词是"形而上""精英主义""与社会实践脱节""与社会历史割裂"。这些词充分显示出很多西方马克思主义理论家从马克思主义之外的资产阶级美学理论中寻找思想的尴尬,从而不自觉地掉入资产阶级美学"精英主义""学院主义",与大众以及社会实践相背离的现实。不仅如此,西方马克思主义理论家,如阿尔都塞和卢卡奇,认为文学文本就是发挥"认识论"的启蒙功能,是帮助人们感知、疏离和抵制资产阶级意识形态的,这种看法抹杀了文学文本的其他功能,尤其是审美功能,是一种文学"简约论"。

---

① [英]托尼·本尼特著:《文化与社会》,王杰、强东红译,广西师范大学出版社 2007 年版,第 59 页。

　　本尼特对西方马克思主义文艺理论所面临的困境进行了深度剖析，并试图构建自己的"马克思主义文学理论"。本尼特揭示了西方马克思主义理论家深受资本主义美学理论引力的现状，认为其严重背离了历史的、唯物的、实践的和政治的马克思主义基本原则。不过，本尼特本人对此现状持乐观态度，他强调摒弃带有资产阶级美学影子的"马克思主义文学理论"而去构建其他形式的马克思主义文学理论。在批判西方马克思主义文学理论的同时，本尼特试图找到"真正的历史唯物主义"的文学文本研究范式，这个"追寻"历程大体分为以下几个阶段：

　　第一，重新审视俄国形式主义的功绩。本尼特非常推崇形式主义的下列观点：如尊重文学的自主性，重视对文学独特语言和结构的研究，反对将文学看作是隶属于经济学、社会学、哲学、心理学等学科的附庸，反对"文本的形而上学"，重视文学文本在不同历史时代的自身意义和价值。但是，因为形式派的理论主张与西方马克思主义文论和俄苏马克思主义文论之间理论相左而导致形式派在俄国失势，二者甚至形成一种敌对斗争的态势。本尼特批评西方马克思主义和俄苏马克思主义批评因忽视形式主义的理论功绩而失去了反观自身并获得发展的好机会。本尼特对形式主义的审视和对马克思主义文论的批评是相当客观和中肯的。形式主义的理论主张摒弃了同时代盛行的其他文学批评理论的主张，如历史传记批评、道德哲学批评和心理分析批评等，而将文学批评转向文学作品本身所具有的审美特征。但本尼特却忽视了形式主义本身所具有的过于注重"形式"，甚至将"形式"凌驾于"内容"之上的错误主张。

　　第二，本尼特主张马克思主义文艺理论与形式主义对话，构建"社会文本分析法"和马克思主义批评方法。本尼特指出，为了抵制传统资产阶级美学对马克思主义文艺理论所造成的"形而上、简约论、精英论"等不良影响，必须立刻和形式主义理论对话。他认为这种对话已经悄然地开始了,如巴赫金的诗学理论、杰姆逊的辩证批评论和马尔库塞的新感性批评。这些发展起来的理论使得人们深刻地理解文学概念和文学功能等核心概念。在此基础上,本尼特发展了马克思主义文本分析法——将注重文本的文学性(文本之内)与注重文本的社会研究(文本之外)结合起来的"社会文本分析法"。本尼特主张的马克思主义批评是:不把文学当成真理,文学批评不是去阐释先验的作为审美对象,而是要关注,在主体的体制化环境中说明文学的塑造主体自身的方式。实则就是,本尼特倡导的马克思主义批评就是介入阅读和创作过程,把政治因素、历史因素和实践因素纳入文学分析之中,赋予文学文本以传统的文学理论无法介入其形式本身所携带的文化内容。此处,本尼特已经显现出受福柯等后现代主义者的影响,其研究视野即将从马克思主义转向后马克思主义。

第三,本尼特转向"后"马克思主义的标志是他认为文学(审美)是一种塑造主体的技术。本尼特摒弃了西方马克思主义者主张文学是塑造革命主体的思想,而接受了福柯和亨特的相关理念。福柯和亨特都特别注重对机构联系机制的分析,所有人都被这些机制规范、管理、治理和塑造。因此,本尼特萌生出文学审美是主体塑造技术的观点,文学审美是现代公民塑造的重要途径,他本人多次强调"文学是对主体审美、道德和认识塑造的技术"。

总之,在本章中本尼特对西方马克思主义文艺理论和美学面临困境的分析、对形式主义与马克思主义关系的再审视、对后马克思主义理论的吸收和融合、对文艺审美与自由和自由治理关系的研究,都是为了建构自己的超出文学文本之外、超越认知论的马克思主义文论,更具实证性和具体性地阐释文艺审美形式的复杂性和意识形态的隐蔽性。无论是对西方马克思主义文艺理论的批判还是对形式主义的赞扬,亦或是促使二者的对话,都是本尼特对马克思主义文论的反思和推进,其中固然有诸多合理科学之处,却也有相互矛盾、顾此失彼的缺陷。比如，他批判西方马克思主义忽略文学的审美功能而突出文学对"意识形态"的"认识论"功能，这有其合理之处，但他本人强调文学是一种机制、一种技术，也很大程度上忽略了文学的审美功能。本尼特对文艺审美塑造主体的理论构建仅仅是个开始，随后他对大众文化理论的构建，对文本阅读理论的构建，对博物馆等文化机构的关注，对知识分子功能的阐释，对"构建文化、改造社会"的阐释和分析等种种研究，最终是为了构建出更具政治维度、实践维度和唯物主义维度的文化治理理论，以便能够提供一个令人满意的对社会、文化、历史和权力关系的全面阐释，从而可以指导人们从更实用的角度参与文化实践。

第二章

理论与实践的契合：本尼特对大众文化的研究

　　大众文化现象在英国18、19世纪就已经存在，但是其理论建构、理论研究和理论纷争的大量出现则是从20世纪20年代才逐渐开始。20世纪20年代到50年代是大众文化理论的早期发展阶段，英国有利维斯主义，欧洲大陆有法兰克福学派。而到了60年代初期伯明翰研究中心的成立使得对大众文化的研究进入了兴起时期：英国文化研究在研究范式上先有本土的文化主义范式，接着法国的结构主义被引进并成了文化主义的竞争对手，继而到70年代中期之后两种范式之争愈发激烈。本尼特不可避免地也被卷入如火如荼的文化研究范式之争中。因此，本尼特的工作内容和研究重心转向了大众文化：推动文化研究"葛兰西转向"；他创造性地阐发了文本与社会进程之间的关系，为大众文化分析开发了新的视角与方法；他把理论紧密联系实践，结合葛兰西霸权理论与文本分析理论对"邦德"文化现象进行了分析。本尼特的大众文化思想是他对西方马克思主义理论家普遍贬低大众文化观点的批判和纠正，也是他对意识形态国家机器运作机制的初步考察，进一步为其文化治理性理论的形成奠定了理论基础。

第一节 大众文化研究范式之争

什么是大众文化? 正如给"文化"下定义就很困难那样,学者们对大众文化也难以给出明晰确定的概念。在文化的研究学术史上,"无政府状态""大众文明""工业文明""工人阶级文化""通俗文化""群氓文化""青年亚文化"等词都被称作"大众文化"的别名。所以本尼特认为没有必要"为'大众文化'这个术语填充任何具体、固定的内容……这种填充的尝试将最终导致某种政治的封闭,更准确地说,是一系列的政治封闭"①。不仅定义难以界定,笔者对大众文化的早期和兴起时期研究过程进行考察发现,它具有理论繁多、观点龃龉和范式多变的特点。这也是本尼特最终明确扛起文化研究"转向葛兰西"大旗的起因和背景。

一、早期的大众文化研究

以威廉斯为代表的西方很多学者认为对大众文化的研究始于马修·阿诺德。阿诺德在其名著《文化与无政府状态》中,把当时的英国社会分为三个阶级,在每一个阶级中都有一极小部分"异族"能够有幸结缘于文化的"甜美和光明"并担当传播知识与真理的重任。显然,"文化"是人类的大众部分根本无以达成的,只被少数人所拥有、所发扬、所振兴,这就是阿诺德的精英主义文化观。

---

① T. Bennett. "The Politics of the Popular and Popular Culture", in *Popular Culture and Social Relations*, edited by Tony Bennett, Colin Mercer and Janet Woollacott. Open University Press, 1986, p. 16.

接着,F. R. 利维斯秉承了阿诺德精英主义文化,他坚信"文化始终是少数人的专利"①,开启了大众文化批判的利维斯主义。他在《大众文明与少数人文化》中认为大众文化是商业化的低劣文化,包括电影、广播、通俗小说、广告等都是被愚昧的大众不假思索大量消费的对象。与利维斯紧密并肩作战的还有其夫人 Q. D. 利维斯,她在《小说和阅读公众》一书中也对大众文化进行了严厉的批判。利维斯夫妇都认为大众文化传播的是一种固定化了的、标准化了的思想和情感模式,对大众有一种"催眠",使人"成瘾"的魔力。

在对大众文化批判的同时,利维斯呼吁"少数人"联合起来捍卫文学/文化传统,抵制大众文化的泛滥成灾。利维斯主义认为在工业革命之前的英国存在着一个文化的黄金时代,是自发的、自足的,直接反映民众的生活与经验的传统和过去,是未被工业文明与商业利益玷污的文化。利维斯认为这才是真正的文化,是能够激发人们智力,给人精神振奋与愉悦的,而不像大众文化那样麻痹愚弄人们,使人深陷其中而失去对现实进行智性思考能力的大众文明。因此"少数人"应该被派到大学和中小学,以优秀的文学教育、启迪并救赎大众,把青少年"武装起来"与愚昧的大众文明进行坚决的斗争,以此来维系伟大的传统,使阿诺德所言的"世人所思、所表的最好之物"得以永远流传下去。

除了英国本土的早期大众文化研究,欧洲大陆的法兰克福学派对大众文化的批判理论也是异常耀眼的。在法兰克福学派眼中,大众文化就是借助印刷媒介和电子媒介而流行于大众的通俗文化。阿多诺更是以"文化工业"来指代大众文化,认为这样的大众文化具有大批量、标准化、重复性、肤浅性和欺骗性的基本特征,使大众沉溺于

---

① F. R. Leavis and D. Thompson, *Culture and Environment*. Westport, Connecticut: Greenwood Press, 1977, p. 3.

娱乐消遣中，极大地抑制他们的判断力和消解他们对现实的不满，使他们习惯于无思想的平面化的生存模式，逐渐丧失革命的意志而顺从于统治阶级的统治。显然，与阿诺德和利维斯主义相似，法兰克福学派文化也将文化分为高级文化与低级文化，推崇真正的艺术，批判大众文化并忽略大众在文化中的能动作用。

　　本尼特在《传媒理论、社会理论》《"大众"的政治与大众文化》和《大众文化与"转向葛兰西"》等文中多次批评英国本土和欧洲大陆的精英主义文化观，认为他们将"大众文化"看作"高雅文化"的对立面具有很大片面性。本尼特批评阿诺德与利维斯主义只看到大众文化"道德上的腐朽，以及美学上的匮乏"，而法兰克福学派则"借用马克思主义的方法，揭示它之为统治意识形态的代理人"①。文化精英主义对大众文化的鄙视和批判完全无视大众也是具有判断力的能动主体，只看到了大众文化对大众的愚弄和欺骗，而忽视了大众对大众文化的改编和抵制。不过，本尼特在批判的同时也承认早期大众文化研究者不仅拓宽了文学研究的版图，而且还从反面启发了霍加特、威廉斯、汤普森、霍尔等伯明翰学派后来的相关研究，同时也给予世界上其他地区的文化研究者们以极大启迪。

二、文化研究的兴起：文化主义范式与结构主义范式

　　在英国，对文化的研究发展至 20 世纪 50、60 年代就进入文化研究的兴起时期，特别是 1964 年"伯明翰文化研究中心"的成立促使文化研究向学科化、建制化方向发展。此时，研究者采用的是文化主义范式，它是孕育于英国本土的文化研究范式，是支撑伯明翰学派研究

---

① ［英］托尼·本尼特著：《大众文化与"转向葛兰西"》，陆杨译，陆杨、王毅选编，《大众文化研究》，上海三联书店 2001 年版，第 59 页。

的首要支配性的研究范式。威廉斯的《文化与社会》《漫长的革命》，霍加特的《识字的用途》和汤普森的《英国工人阶级的形成》被认为是运用文化主义研究范式的经典著作。

首先，文化主义范式所采用的研究方法具有密切深入民众与深入生活的特征。民族志和历史主义的研究方法是对活生生的工人阶级文化与社会生活进行定义和描述的方法。所谓"民族志"的方法也就是"人种学"，其实最早由 Q. D. 利维斯所使用，是一种实地调查方法，研究者进入某个特定群体的文化生活当中，自内而外地展示这种文化的意义和行为。历史主义的方法指研究者以各种史料、数据、多角度地还原工人阶级文化发展历程的方法。可见，文化主义的基本关注点在于分析工人阶级的"活"文化和生活经验。

第二，文化主义对文化进行了重新定义，使得文化研究仅从文化的含义上就大大地超越了精英主义文化观的研究内涵，批判精英文化与大众文化的对立，反对高雅文化与通俗文化的对立。威廉斯将文化定义为"社会的整体生活方式"，文化不仅包括阿诺德与利维斯所推崇的"伟大的文明和文学传统"，还包括"历史、建筑、绘画、音乐、哲学、神学、政治和社会学理论、物理和自然科学、人类学……如果我们足够明智，还可以借助以其他方式记录下来的经验：机构、礼仪、风俗、家庭回忆录等"[1]。于是，工人阶级的文化，商品化的大众文化和亚文化等文化类型都可以被纳入研究者的视野之中。自此，文化研究与大众文化研究几乎拥有了相同的研究内容。

第三，从文化与主体之间的意义和价值关系的角度看，文化主义肯定和重视大众的能动性，强调大众作为主体的能动作用，批判阿诺德与利维斯主义认为文化只是少数精英者事业的看法。在理论上，

———————

① ［英］雷蒙·威廉斯著：《文化与社会：1780—1950》，高晓玲译，吉林出版集团有限责任公司 2011 年版，第 271 页。

早期的文化主义者区分了文化工业所产生的"大众文化"与"工人阶级文化"，认为前者是文化工业生产的商品，包括通俗小说、影视、广播和广告等，而后者是工人阶级自生、自创、自享的民间文化。但是，在实践中，文化主义者把"大众文化"与"工人阶级文化"都纳入自己的研究范围，把流行音乐、通俗期刊、大众体育、大众娱乐等现象都当作一个个文本而加以分析；尤其是随着文化研究的发展，"大众文化"与"工人阶级文化"之间几乎可以划等号了。可见，威廉斯、霍加特和汤普森等人虽然也反对"大众文化"的商业化作用，但他们认为大众，特别是工人阶级能够对大众文化的商业化起抵制和抵抗作用；工人阶级能够抵制大众文化对他们的控制，这是文化主义的总体特征。

第四，总体上来看，霍加特、威廉斯、汤普森等人都反对庸俗马克思主义的经济决定论和阶级决定论，强调文化的独立性和人类主体的能动作用。汤普森坚决反对无视历史的真正过程，把工人阶级的形成看作是经济力量的消极反映的决定论观点，他"通过大量的事实证明，在英国工人阶级的形成过程中，作家、革命者，工会组织者，尤其是宪章派思想家发挥过重大而直接的作用"[1]。汤普森从微观角度凸显了马克思主义历史唯物主义的核心要义：阶级是历史所形成的，人民群众才是创造历史的主体。但是，汤普森和上述其他文化研究者曲解了马克思本人所主张的"经济决定论"，马克思本人是从宏观的人类历史发展角度，强调经济的发展或叫生产力的发展，才是阶级分化、社会发展以及上层建筑发展的最终动力。固然，每个阶级的产生都离不开众多参与相关历史进程人们的巨大能动作用，但归根结底是经济发展的必然结果。

从 20 世纪 60 年代中期开始，有些英国文化研究者发现：文化主义范式过于注重"经验"的分析，强调感性缺乏理性，对文化理论的抽

---

[1] 罗刚、刘象愚编：《文化研究读本》（前言），中国社会科学出版社 2000 年版，第 9—10 页。

象建构显得力不从心。于是霍尔和约翰逊等人就把视域投向了欧洲大陆理论,在他们的推动下诞生于欧洲大陆的结构主义被引入英国的文化研究。

同文化主义范式相同,结构主义范式也注重对大众文化的研究,但是关注的不是大众的"经验",而是"文本",挖掘文本里面意识形态的潜在结构是他们的理论旨趣,其核心代表人物是阿尔都塞。阿尔都塞意识形态国家机器理论对文化研究影响巨大,它与马克思主义理论中的国家机器不同,后者指的是军队、警察、政府、监狱等暴力机关,是通过暴力和压制实现统治阶级利益的机器,而前者是指教会、学校、家庭、政党、工会、传播媒介、文化艺术等非暴力机构。统治阶级的意识通过意识形态国家机器在潜移默化中把自己的意识形态渗透、移植到从属阶级的个体成员中,每个人从一出生就被这些意识形态国家机器所笼罩和塑造。统治阶级借此实现对自身生产关系的再生产而减少从属阶级产生革命的可能性。

因此,受阿尔都塞意识形态理论影响,文化研究的结构主义范式把社会的结构和意识形态特征当作是人实践的最终条件或决定因素。结构主义范式认为人是意识形态的产品而不是文化的创造者,故而在文化研究中要注意以下几点内容:首先,任何人类活动,尤其是在现代资本主义条件下的人类活动都是在种种限定性关系中发生的,这些限定关系制约着人们所思、所想和所做的一切事物;其次,必须把理论性的和抽象性的批判话语引入文化分析和文化批判中才能揭示"那些不能被肉眼所见、不能呈现也不能证实自身的关系和结构"[1];最后,人类社会是一个复杂的结构统一体,结构主义者强调从大的系统方

---

[1] Stuart Hall. "Cultural Studies: Two Paradigms", in Storey, John (ed.), *What Is Cultural Studies? A Reader*. Lodon, 1996, p. 43.

面来研究社会的结构形式,他们"认为任何对象都是由一系列事件组成的一个完整的系统,一个具体事件的意义并不取决于该事件本身,而是取决于各个事件之间的联系,特别是该事件的整体结构"①。

如是观之,文化主义范式和结构主义范式的差异是明显的,这为范式之争埋下了导火索。但两种范式也有共同的地方:第一,都反对还原主义的经济决定论。经济决定论是前苏联"斯大林时期"将马克思主义中经济基础与上层建筑的关系简单化、庸俗化的论调,认为经济基础直接并完全决定了上层建筑。威廉斯反对这样刻板地运用马克思本人对"基础与上层建筑"的关系的这个隐喻,他提出了激进的相互作用论,将决定论弃于一边。阿尔都塞结构主义意识形态理论也批评还原主义的经济决定论是对马克思思想的曲解,他认为社会由经济、政治和意识形态三种实践活动所组成,三者的关系是平行的并没有谁决定谁,提出了"多元决定论"的主张,这对文化的研究产生了很大的影响。第二,都提出了"整体"的概念,但是含义不同。文化主义的"整体"概念是指多种多样的文化实践作为一个整体的文化实践出现的,分析文化就是找出某种文化的"感觉同构",即只有生活在该文化之中的男男女女才能理解的共同文化生活。结构主义的"整体"概念与"多元决定论"相关,即认为社会结构由经济实践、政治实践和意识形态实践所组成,每种实践都会在某个特定时刻对其他实践起决定作用,它们之间是相互决定的,经济只是在最后关头起决定作用。但是文化主义与结构主义之间的这些相似之处,与差异和分歧相比显得是多么微不足道,以至于形成了水火不容的范式之争。

---

① 李青宜:《阿尔都塞与"结构主义马克思主义"》,辽宁人民出版社 1986 年版,第 73 页。

三、"经验"或"结构"：文化研究的范式之争

结构主义被引进英国大陆之后促进了英国文化研究的发展，也引发了当地学者的范式之争。到了 20 世纪 70 年代中后期，文化主义研究范式与结构主义研究范式之争进入白热化阶段。在伯明翰研究中心内部，有支持本土文化主义范式的，有提倡结构主义研究范式的。对于两派学者针锋相对、互相攻击的情形，格雷姆·特纳有很精辟的分析：结构主义者认为文化构建了主体意识，就没有必要费时去研究个人的内容而应该审视构建主体意识的过程，因此批评文化主义者注重个人经验和主体性，是向理想化的浪漫主义和人道主义的回归；而文化主义者反驳说结构主义者过于抽象、严密和机械，不能应对"活"文化过程中的复杂性；结构主义者谴责文化主义者缺乏理论，而后者则把前者当作理论主义者；文化主义理论家认为结构主义者是无历史的，因为他们不注重历时结构的研究，只是从文化的横切面展开讨论，寻找潜在的结构，而结构主义者却以前者"犯了理论层面的幼稚病"进行反击。①

伯明翰学派文化研究两种范式之争的发端是伊格尔顿对其老师威廉斯的发难。1976 年，伊格尔顿以结构主义的忠实信徒身份对文化主义的最核心人物威廉斯发起了理论围剿。伊格尔顿认为威廉斯的文化主义范式值得批评：第一，过于强调人的主体能动性，具有人本主义和唯心主义的瑕疵；第二，威廉斯所努力追求的目标是个人感觉经验背后的隐含意义并将意义转化成一定的方法、概念和策略，没有使用构建社会主义批评的文献材料；第三，以上两点是威廉斯在

---

① T. Graeme. *British Cultural Studies: An Introduction*. London: Routledge, 2003, p. 57.

《文化与社会》(1958)中因追溯社会传统而引起的,并且也是他在政治上的一贯保守的表现。面对伊格尔顿的指责,威廉斯没有做出正面的回答,只是通过两部小说《志愿者》与《为马诺德而战》再次表明个人与社会之间的复杂关系,以及人们借助文化认同保持团结的重要性,这不是通过找到冷冰冰的文本所暗含的所谓潜在结构所能解决的问题。但是,威廉斯的坚定拥护者安东尼·巴奈特对伊格尔顿提出了较为强烈的批评:第一,伊格尔顿仅以威廉斯早期的著作(1960年前后出版的)为依据对威廉斯进行指责,犯了以偏概全的错误;第二,伊格尔顿对威廉斯的"经验"理解有误,尽管此概念是威廉斯从利维斯那里继承而来却不是僵化与唯心的,"在威廉斯看来,经验并不是一种一成不变或形而上的价值——主观判断所依赖的唯一发挥规范作用的标准。经验也应该随着历史的发展而发展——他指的是'突显对一种经历的感觉以及对改变该经历的各种方式的感觉'"。[1]

　　总之,文化主义和结构主义你来我往地争论不息,直至本尼特和霍尔中肯地指出二者的优点和不足[2]。文化主义过于重视"经验"和主体能动性,有盲目的英雄主义倾向,而结构主义虽然部分地克服了文化主义的"无理性"却又陷入了"结构决定论",使统治阶级和被统治阶级都成了"意识形态"生产的被动产物。此时,霍尔和本尼特等文化研究者发现无论是文化主义范式还是结构主义范式都不能很好地解决文化研究中的理论与实践问题,因为前者过于强调人的主体能动性,而后者又陷入了人是意识形态被动塑造的悲观主义泥淖。葛兰西的"文化霸权"理论以其特有的优势克服了文化主义与结构主

---

[1] A. Barnett. *Raymond Williams and Marxism: A Rejoinder to Terry Eagleton*. New Left Review, 1976, p. 62.

[2] [英]托尼·本尼特著:《大众文化与"转向葛兰西"》,陆杨译,陆杨、王毅选编,《大众文化研究》,上海三联书店2001年版,第60页。

义的缺点,为文化研究的发展奠定了新的理论基础,为解决两种范式之争提供了全新的可能路径。

第二节　力推文化研究的"葛兰西转向"

文化主义者和结构主义者之间的论争尽管开始时轰轰烈烈,但是随着文化研究新的方式——"葛兰西转向"的到来,两种范式之争很快就偃旗息鼓。葛兰西的文化霸权理论能够有效地消解文化主义与结构主义对"主体"和"能动性"的两极对立,为文化研究的发展提供新的理论视野。在文化研究范式的此次转换过程中,霍尔和本尼特都作出了显著的贡献。

一、葛兰西的"文化霸权"理论

"文化霸权"即对知识和道德领域的领导权,是一种非暴力的文化意识形态控制手段。"文化霸权"的提出者葛兰西(1891—1937)是西方马克思主义的创始人之一,20世纪重要的西方马克思主义思想家、社会主义革命活动家和伟大的无产阶级革命战士。葛兰西虽然英年早逝,但他伟大的思想却对后世认识世界和改造世界产生了经久不衰的影响。葛兰西的思想成就集中在《狱中札记》,内容涉及文学、哲学、政治、历史、经济和文化等领域,主题有意大利的历史和知识分子问题、实践哲学的讨论、国家与市民社会、意识形态和霸权理论等。葛兰西庞大的思想体系既是对马克思主义的继承,又是对马克思主义的活的运用和发展,尤其是以"国家与市民社会、意识形态和霸权理论"为母体孕育出来的文化霸权理论对后世的文化发展影响巨大，不仅促成了英国文化研究的范式转换，而且对文化帝国主义理论和后马克思主义等理论的形成与发展都具有理论支撑和推动作用。

葛兰西把西方资本主义社会的上层建筑分成"市民社会"和"政治社会"两个层次，即在现代国家中统治阶级的统治需要市民社会的"同意"加上政治社会的"强制"才能够实现。市民社会是指"私有的"（民间的）组织的总和，是统治阶层在意识形态领域内对被统治阶层进行宣传、教化和渗透的组织和机构，包括政党、工会、学校、教会、新闻机构等。而政治社会是指国家通过军队、警察、法庭、监狱等暴力机关对被统治阶层实施直接的和强制的统治。"政治社会"这个概念与马克思本人的"政治国家"相似，都是指社会中国家层面的暴力强制机构。

葛兰西的"市民社会"概念与马克思的"市民社会"含义是有差异的，前者是上层建筑的一部分，后者是指经济基础。马克思在论及"市民社会"时说："在人们的生产力发展的一定状况下，就会有一定的交换和消费形式。在生产、交换和消费发展的一定阶段上，就会有相应的社会制度，相应的家庭、等级或阶级组织，一句话，就会有相应的市民社会。有一定的市民社会，就会有不过是市民社会的正式表现的相应的政治国家。"[1]这段话清楚表明"市民社会"包含"物质交往"，为一切历史的发展提供了物质基础，有了市民社会就有了表现它的相应国家。在马克思看来，"市民社会是主要作为经济基础从而决定了作为上层建筑的国家（政治社会），由此国家被视为服务于一定经济基础，维护特定社会阶级统治的专制工具"。[2]显然，马克思认为市民社会为国家提供经济基础，而葛兰西则主张市民社会为政治

① 《马克思恩格斯选集》第 4 卷，人民出版社 2012 年版，第 408 页。
② 周兴杰：《批判的位移：葛兰西与文化研究转向》，中国社会科学出版社 2011 年版，第 24 页。

社会(即国家暴力机关)获得被统治阶级对其统治的"同意"提供思想基础。虽然内涵有所不同,但是葛兰西的市民社会概念仍然没有越出马克思主义的范畴,因为他仍然坚持"经济基础决定上层建筑"的唯物史观,作为上层建筑的"市民社会"和"政治社会"最终都是由经济基础所决定;葛兰西的"市民社会"概念只是与马克思的概念所强调的重点有差异而已——他更加重视马克思口中所说的"社会制度,相应的家庭、等级或阶级组织",这仍属于马克思"市民社会"内涵里面的思想;而且,二者都是为批判资本主义社会以及践行无产阶级革命服务的。

葛兰西指出,西方发达资本主义社会之所以没有发生无产阶级革命,其重要原因是资产阶级统治集团在市民社会领域掌握着文化霸权,即掌握着知识与道德的领导权。文化霸权有以下特征:第一,意识形态与领导权结合。意识形态在葛兰西那里指的是不同阶级、集团的价值观和世界观,而不仅仅是指马克思口中的统治阶级的思想和意识。一战后,资本主义国家似乎重新获得了生命力,根本原因就在于资产阶级能在市民社会牢牢掌握着知识与道德的统治权(领导权)。哪个阶级的意识形态能与领导权结合,就会成为社会中新的领导阶级。第二,具有合法性与认同性。在本阶级意识形态容许的范围内吸收、收编被统治阶级的意识形态,这种融合统治阶级与被统治阶级文化价值观的"合成意识形态"以体现全体社会成员普遍利益的面目出现,这样使整个社会心悦诚服地信仰它,认同它。"合成意识形态"是不同阶级意识形态较量平衡的结果,只要这种"平衡"不被打破,西方资本主义社会就不可能产生革命。

换言之,统治阶层在市民社会实现统治的途径是通过协商、让步,在本阶级的文化因素中容纳一定被统治阶级的文化成分。通过"收编""吸收"和"容纳",这种不纯粹的"统治阶级"的文化,即"合成意识形态"可以动态地、暂时地联合"被统治阶级"的不同文化和意识形态，从而获得大众对"它"统治的"认同"。在当代西方资本主义国家中，市民社会与政治社会是相互渗透、相互交织的，而且"政治社会越来越依靠市民社会的力量，从而必须把市民社会中的各类'政党'和其他的经济或别的组织看作维护政治秩序的工具"。[①] 统治阶级通过和从属阶级进行"谈判"，并向他们作出让步，才得以维持自己的统治。同样地，被统治阶级要摆脱其从属地位就要逐步消解统治者的文化领导权，通过增加市民社会在社会结构中所占的比重而使国家暴力的政治社会逐渐缩小直至消失。但是，葛兰西也曾明确指出文化霸权的争夺绝不可能对阶级权力的经济基础构成重大威胁。尤其是，当发生危机时，在知识和道德方面的领导已不足以确保持续的权威的情况下，"暂时取而代之的则是'压迫性的国家机器'：军队、警察、监狱系统，等等"[②]。因此，被统治阶级要想取得统治权，不能依靠快速而盲动的"闪电战"而必须用"阵地战"的策略。所谓"阵地战"，就是"在资产阶级已经取得了市民社会的文化领导权时，无产阶级要坚守自己的文化阵地，建立自己的文化组织和文化团体，通过教育使无产阶级觉悟，从而首先在文化——意识形态领域取得对资产阶级的胜利，最后再夺整个国家"[③]。简言之，葛兰西倡导被压迫阶层对国家权力的争夺是分两步走的：首先是取得文化领导权，然后才可能取得政治社会的领导权。

葛兰西的文化霸权理论拓展了文化研究者的视野，尤其是促使理论家们对大众文化进行重新思考。大众文化不再是法兰克福学派所说的由统治阶级所炮制的自上而下强加给被统治阶级的意识形

[①] 周兴杰：《批判的位移：葛兰西与文化研究转向》，中国社会科学出版社 2011 年版，第 29 页。

[②] ［英］约翰·斯道雷著：《文化理论与大众文化导论》，常江译，北京大学出版社 2010 年版，第 99 页。

[③] 沈崴，王民忠：《葛兰西文化领导权理论及其现实意义》，《思想教育研究》2010 年第 6 期，第 75—78 页。

态,是欺骗大众的统治阶级的帮凶;不再是阿诺德与利维斯主义者眼中"社会衰落与腐朽的象征";不再是文化主义者所认为的由工人阶级自创、自享、自然生发出来的文化;也不再是结构主义者口中"塑造主体的表意机器"。根据文化霸权理论,"大众文化乃是一种'上'与'下','商业'与'本真'之间彼此'协商'产生的混合物,是平衡着'抵抗'与'收编'两股力量的不稳定的'场'"①。总之,大众文化研究史上的很多用过去的分析方法无法阐释的问题,如今都可以借助"文化霸权/领导权"概念获得解释。大众文化成为生产和再生产霸权的关键场所。文化霸权理论以其巨大的张力可以消解以往大众文化研究范式与方法中的矛盾和冲突,深受文化研究者的钟爱。

二、文化研究的"转向葛兰西"

在英国文化研究中,面对文化主义与结构主义之争,最早表示文化研究应该寻求新的理论基石、寻求新研究范式的是霍尔和本尼特。两人都撰文介绍和倡导葛兰西文化霸权思想应该应用于英国文化研究中。

霍尔在《文化研究:两种范式》中分析了文化主义与结构主义之间的理论逻辑差异,两相比较后厘清了其各自的活力和局限。霍尔在文中指出,结构主义的最大活力"在于对'决定性条件'的强调",这与文化主义"简单地肯定英雄主义相比,是一个更稳妥的理论起点"②。但是,结构主义者对"决定条件"的过分重视容易引导主体疏离与其现实生活条件之间的接触。在霍尔看来,结构主义的第二个活力存在于"整体"概念之中,这与结构主义一直强调的多元决定论

---

① [英]约翰·斯道雷著:《文化理论与大众文化导论》,常江译,北京大学出版社 2010 年版,第 10 页。

② 罗刚、刘象愚编:《文化研究读本》,中国社会科学出版社 2000 年版,第 61 页。

相一致,即认为社会结构由经济实践、政治实践和意识形态实践所组成,每种实践都会在某个特定时刻对其他实践起决定作用,它们之间是相互决定的,经济只是在最后关头起决定作用,这虽然有利于克服经济还原论,但对"结构"的过分强调,又导致人们陷入了"结构决定论"。依据霍尔的分析,"结构主义的第三种活力源于他对'经验'的解中心化,源于它对'意识形态'这一被忽视的范畴的原创性阐释"①。"意识形态"在结构主义那里表现出一种功能主义倾向,它是用来塑造主体、再生产特殊生产方式的,即执行资本主义生产关系再生产的,"意识形态"是社会结构的必要基石。在论及文化主义的活力时,霍尔明确表示其活力"几乎全都源自以上所指出的结构主义观点的弱点,源自于结构主义的策略性缺场和沉默。文化主义正确地指出,某个特定时刻意识斗争的发展和组织是进行历史分析、意识形态分析和意识分析不可缺少的要素"②。文化主义高于结构主义之处,就在于它明晰社会存在与社会意识的辩证关系,强调了主体的能动作用。

　　霍尔在比较分析了文化主义和结构主义的"活力"(即其优点)和局限后引入葛兰西的霸权(hegemony)思想,为思考文化研究的第三种范式提供可借鉴的经验,他总结说"文化研究通过运用葛兰西著作中探讨过的一些概念,试图从结构主义与文化主义著作最好要素中推进其思路,使其非常接近于对这研究领域的需要"③。

　　如果说霍尔隐晦地、含蓄地表示葛兰西思想可以解决文化主义与结构主义的理论缺陷问题,并为文化研究发展的新范式提供转换的可能性的话,那么,本尼特就是非常明确地提出文化研究"葛兰西转向"(或被译作"转向葛兰西")并大力推进"葛兰西转向"的学者。

---

① 罗刚、刘象愚编:《文化研究读本》,中国社会科学出版社 2000 年版,第 63 页。
② 罗刚、刘象愚编:《文化研究读本》,中国社会科学出版社 2000 年版,第 64 页。
③ 罗刚、刘象愚编:《文化研究读本》,中国社会科学出版社 2000 年版,第 65 页。

　　20 世纪 70 年代末、80 年代初，本尼特在开放大学任教时是 U203 小组的核心成员。在为学员编纂的大众文化课程《大众文化与社会关系》的选集中，他写了序言《大众文化与"葛兰西转向"》。本尼特一接触大众文化就被卷入文化研究的范式之争，但他深受葛兰西思想的影响，很快找好了自己的理论立场。本尼特在该序言中运用马克思主义历史唯物主义，站在劳工大众的立场，从大众文化的角度分析了文化主义与结构主义的矛盾所在，同时明确指出葛兰西霸权理论在大众文化研究中的卓越之处，将霸权理论作为明晰的方式对文化主义和结构主义加以融合，即大众文化既不是塑造的"主体"的"结构"，也不是完全体现大众能动经验的场域，而是统治阶级和被统治阶级意识形态相结合的产物，是"合成意识形态"，可以调节市民社会内部阶级间的平衡。英国学者伊索普认为，本尼特身体力行，发起"大众文化"课程，从 1982 年到 1986 年，选修这门课程的学生超过了 5000 人，这对调节文化主义和结构主义的矛盾具有决定性的、不寻常的意义①，本尼特成了文化研究范式转换的先行者和领导者。

　　本尼特经常批评 18 世纪末和 19 世纪 40、50 年代的一批早期学者对大众文化的忽视。当时的研究者认为大众文化不需要被研究，因为它微不足道而且短命，或者大众文化虽然被纳入研究视线却又被贬低，他们的目的在于推崇"高级文化"，贬斥"低级文化"。他们认为大众文化缺乏"道德和美学"（如阿诺德与利维斯主义），或者借用马克思主义的方法揭示它为统治意识形态的代理人（如法兰克福学派）。直至 20 世纪 50 年代中期起，大众文化研究在英国才获得了热火朝天的发展，理论与方法均发展迅速，而大众文化研究的最终目的指向了"政治"："社会主义者和女权主义者都把它界定为一种肯定的

---

① ［英］安东尼·伊索普著：《英国的文化研究》，王晓路译，陶东风、周宪主编：《文化研究》（第 7 辑），广西师范大学出版社 2007 年版，第 227 页。

政治参与姿态，以大众文化的这两个侧面既是认同了现存的社会结构，又体现不同价值，提供了反对这结构的源泉。"[1]显然，上世纪50年代中期至80年代初期，大众文化在英国发展迅速而且目的明确，但在本尼特看来大众文化研究的问题依然存在：既有理论上的也有政治上的，论争的焦点常被锁定在文化主义与结构主义所代表的两极周围。与霍尔相似，本尼特也对文化主义与结构主义的异同进行了分析，但不是从理论逻辑而是从大众文化自身的角度进行分析，使得人们对两种范式的异同和优缺点更加明晰。

　　根据本尼特的分析，结构主义把大众文化看作是一种意识形态传播的工具，它通过对文本形式的分析揭示出一系列严密的文本结构，这些被炮制出的规则专横地统治着大众的思想；而文化主义则受本质主义文化观的影响，认为文化就是特定阶级或性别本质的化身，因为大众文化是来自底层，所以就是下层阶层的"兴趣"和"价值观"的真实表达。从二者与不同的学科视野的联系上看，结构主义集中于电影、电视和通俗文学的研究之中，文化主义则善于在历史和社会学内部进行研究，特别是那些关系到工人阶级生活的研究。显然，彼时的大众文化研究似乎已经被分成了两个互不相干的半球。但是无论是结构主义还是文化主义都认为文化与意识形态实践的领域被一种资产阶级性质的主导意识形态所支配，是作为一种异化力量从外部强加给被支配阶级。对于结构主义者来说，大众文化就等同于主导意识形态，研究大众文化的政治使命就是通过阅读大众文化文本形式去揭开运行于其中的主导意识形态机制，从而武装读者，在实践中抵制类似机制对自己的欺骗和支配。而文化主义者认为大众文化是底层劳动人民的声音，是与主导意识形态相对立的，因此，研究大

---

① ［英］托尼·本尼特著：《大众文化与"转向葛兰西"》，陆扬译，陆扬、王毅选编，《大众文化研究》，上海三联书店2001年版，第60页。

众文化就是阐释其意义，发扬其文化价值。结构主义与文化主义的
共享的预设前提是：文化与意识形态是维持在资产阶级与工人阶级
两个对立的阵营之中，二者是"一场零和游戏之中，一方有所得，另一
方必有所失，游戏的最终目标是一方消灭另一方，从而胜利者得以占
据被征服一方的地盘"①。

　　本尼特明确提出能够化解文化主义与结构主义二元对立的路径
就是大众文化研究"转向葛兰西"。如前文所述，葛兰西的文化霸权
概念表明：统治阶层在市民社会实现统治是通过协商、让步，在本阶
级的文化因素中容纳一定被统治阶级的文化成分。通过"收编""吸
收"和"容纳"，这种不纯粹的"统治阶级"的文化，可以动态地、暂时地
联合"被统治阶级"的不同文化和意识形态，从而获得大众对自己统
治的"认同"。因此，本尼特认为"在葛兰西的理论框架中，大众文化
既不是大众的文化扭曲，也不是他们文化的自身肯定，或者如汤普森
的说法，是他们自己的自我创造；相反，它被视为一个力的场，体现的
是确切为那些互为冲突的压力和倾向所形构的关系"。②

　　在本尼特看来，葛兰西文化霸权思想对大众文化研究产生了重
要影响：它摒弃了阶级本质主义，即那种把所有文化都看作某一阶级
体现阶级性的主张。这样，大众文化不再是纯粹的"资产阶级"性质，
也不是完全的"无产阶级"心声，而是"来自不同阶级区域的文化和意
识形态因素的一种机动结合，……被统治阶级永远不会遭遇纯粹的、阶级
色彩鲜明的统治意识形态或受它的压迫。被遭遇的意识形态总是以妥
协的形式出现，它必须采取措施，给对抗阶级留出一席之地"。③ 可见，

① ［英］托尼·本尼特著：《大众文化与"转向葛兰西"》，陆杨译，陆杨、王毅选编，《大众文化
　　研究》，上海三联书店 2001 年版，第 63—64 页。
② ［英］托尼·本尼特著：《大众文化与"转向葛兰西"》，陆杨译，陆杨、王毅选编，《大众文化
　　研究》，上海三联书店 2001 年版，第 63 页。
③ ［英］托尼·本尼特著：《大众文化与"转向葛兰西"》，陆杨译，陆杨、王毅选编，《大众文化
　　研究》，上海三联书店 2001 年版，第 64—65 页。

资产阶级要想成为霸权阶级,首先是其意识形态必须在不同程度上能够容纳对抗阶级的文化和价值;资产阶级霸权的巩固不在于消灭工人阶级的文化,而在于"吸收""收编"工人阶级的文化观念和价值。因此,被"认同"的文化不再具有纯粹的两个对抗阶级的属性,而是双方"谈判"妥协的结果。简言之,葛兰西的文化霸权思想彻底否定了结构主义和文化主义在大众文化领域中的对立选择:或者视其为原汁原味的资产阶级意识形态,或者视其为大众真实文化的场所,而应该看作是两者之间进行谈判的场所,形态各异的大众文化是多种价值与观念的"混合体",是"合成意识形态"。

在本尼特看来,葛兰西对阶级决定论的摒弃以及把差异和矛盾看作文化和意识形态存在的基本方式的思想,为研究这些领域的文化斗争提供了必要的理论基础。否定阶级本质主义还能够帮助人们理解文化斗争的不同领域都有相对独立性,如性别、种族乃至年龄压迫等等,以及这些斗争在不同历史背景中的那些互为交叠、变化不定的方式,在研究这些文化斗争问题时不能绝对化为非此即彼的阶级对立,而要放在你中有我、我中有你的相互关系中寻求相关解答。这种理论思想相对于经典马克思主义的阶级斗争理论无疑是一大进步,而且对于福柯视"权力和反抗权力"的弥散无边、各不相干的倾向也是很好的遏制。

另外,本尼特还认为,葛兰西用"霸权/领导权"代替"统治"也不仅仅只是术语上的差异。"霸权/领导权"意味着统治阶级文化与被统治阶级文化之间的"协商""妥协""谈判""吸收""收编"以及从属阶层对现存统治的自愿的"认同"。而"统治"多意味着"欺骗"和"诱导",特别是"强制"和"暴力",被统治阶级被迫服从于统治阶级,否则就可能受到法庭、监狱、军队等暴力国家机器的打压和惩罚,表现在意识形态上就是资产阶级文化与意识形态试图取代工人阶级文化和意识形态,因而采用直接的框架来约束、遏制工人阶级文化,突出资产阶级在意识形态上对工人阶级的压制。显然，与"统治"相比，"霸权/领导权"概念更加温和且具有"同化"两个阶级意识形态的特征，即"霸权由此便是社会统治集团可以使用的各种社会控制模式，它的产生背景是社会冲突。霸权观念的关键不在于强迫大众违背自己的意愿和良知，屈从统治阶级的权力压迫，而是让个人'心甘情愿'，积极参与，被同化到统治集团的世界观或者说霸权中来"[1]。简言之，"霸权"是统治集团为确保对被统治集团的领导权，而不断变换手法获得后者对其"领导"的"认同"。"霸权"具有错综复杂的特点，不同于统治阶级意识形态的"统治"功能，后者带有更多的强制性特征。正是因为"霸权"理论有如此的包容性和辩证性，本尼特才非常清晰地提出大众文化的"葛兰西转向"，很好地化解了文化主义与结构主义之间的矛盾和对立，为文化研究的发展找到了新方法、新视角和新范式。在英国文化研究的后续发展阶段，产生了以霍尔等人为首的文化研究的"葛兰西主义"。

第三节　文本与社会进程的关系

当文化研究处于范式之争时，本尼特旗帜鲜明地积极推动大众文化研究的"葛兰西转向"，为文化研究的发展找到了新的理论基础。但本尼特立足大众、关心大众文化的一贯立场使他并未止步于此，他进一步努力探究如何实现大众文化课程的建制，重构一套别具特色的大众文化的文本理论。注重文本分析是英国文化研究的一贯传统，早期持精英主义文化观的利维斯主义者就是通过文本分析褒扬

---

① 陆扬、王毅:《文化研究导论》,复旦大学出版社 2006 年版,第 183 页。

经典文本富含道德与美学，以抵制大众文化的庸俗和浅薄；20世纪60年代的英国马克思主义者霍加特、威廉斯和汤普森等人也沿用利维斯的文本分析方法对流行歌曲、通俗小说、文体活动等工人阶级文化进行分析。因此，本尼特作为继威廉斯、汤普森、伊格尔顿等之后在英国文化研究界享有盛名的马克思主义理论家，秉承了注重文本分析和关注"文化与社会"维度的文化研究传统，但更加重要的是他大大地向前推进了对英国马克思主义文艺理论和文化研究的发展。这不仅体现在他对文学概念的界定上、审美作用的综合分析上，还体现在对文本理论的创新发展和大众文化的实证分析上，体现在对现实问题的回应当中发展了马克思主义的文艺和文化理论。需要说明的是，本节内容与第一章中有关"文学"概念的部分是紧密相关的，但因为本部分特别凸显大众文化文本而归入第二章（即本尼特大众文化观）中。

一、质疑西方马克思主义批评中的"文本"观

20世纪70年代末到80年代初，本尼特在英国开放大学任教，他与霍尔一起使得"大众文化"课程在学院当中得以学制化和学科化，他们的努力和成绩使得开放大学与伯明翰文化研究中心并列成为当时英国文化研究的重镇。在此期间，本尼特对彼时的西方马克思主义批评中的"文本理论"提出质疑：一是批评欧陆西方马克思主义对大众文化与大众文本或多或少的忽略；二是批判西方马克思主义的"文本形而上学"错误。正是在这种批评和批判过程中，本尼特构建并发展了自己具有明显"后"学思想又极力坚持历史唯物主义的文本理论。

本尼特发现，文本在西方马克思主义批评中占有理论基础的地位，因为"文学"概念本身就是"经典化了的传统"文本，即"以特定和确定的方式由教育机器中或围绕教育机器运作的意识形态所建构的

经典或一批文本实体"①。人们在遴选"文学"文本时,在所有社会构形中的文本中推出 10 本居于首位的书,后面是 20 本划上问号的书,再后来列出 50 本只需粗略翻阅的书,最后是成百上千从来没人读过的书。毋庸置疑,居于等级前列的文本就是所谓的"文学",而其余的则是非"文学"。根据西方马克思主义批评者的这种给文本划分等级的方式来看,大众文化(含通俗文学)就不是"文学",它就是"一个残存的概念,是对'文学'进行描述和解释之后的残余之物"②。因而,西方马克思主义批评者对待这些"残余之物"的研究就十分草率。

　　本尼特指出西方马克思主义几乎都注重经典化的传统文本,而对所谓"残余之物"的大众文化不屑一顾。卢卡奇的批评集中于"世界历史性的文学",草草地抽打一下西方堕落的"大众文化";戈德曼提出只有伟大的作品才包含或表达世界观;法兰克福学派(阿多诺)尽管对大众文化中的流行音乐倾注了一定的研究热情,但仍然充满了对大众文化批判的要素,对其评价的常用语言是"缺乏控制的中心、审美蒙昧"等等。本尼特认为,西方马克思主义这种对待"文学"与大众文化的态度无非是"反映了资产阶级的批评范畴,接受了它所看中的,重复了它所排除的"③。西方马克思主义批评不外乎是在确证资产阶级批评早已定好的"文学"文本与大众文化(或通俗文学)文本范畴的划分,其区别仅仅在于理由不同而赞同某些文本是"文学",另外一些文本是"非文学",是残渣或"残余之物"。

　　显然,西方马克思主义批评的基本指向是这样的:"在同一平台

---

① 〔英〕托尼·本尼特著:《马克思主义与通俗小说》,刘象愚译,弗朗西斯·马尔赫恩编,《当代马克思主义文学批评》,北京大学出版社 2002 年版,第 203 页。

② 〔英〕托尼·本尼特著:《马克思主义与通俗小说》,刘象愚译,弗朗西斯·马尔赫恩编,《当代马克思主义文学批评》,北京大学出版社 2002 年版,第 204 页。

③ 〔英〕托尼·本尼特著:《马克思主义与通俗小说》,刘象愚译,弗朗西斯·马尔赫恩编,《当代马克思主义文学批评》,北京大学出版社 2002 年版,第 205 页。

以自己的依据与资产阶级批评竞争，而不是争论或移植那个平台。"①西方马克思主义批评与资产阶级批评的区别仅仅在于方法层面和批评目的不同，但其"批评"的对象都是所谓的"经典"或"高雅文化"。这与宣称马克思主义是一种革命的科学是相龃龉的，因为"革命"的批评就意味着对"批评对象"的理论也要进行重新构形，就如马克思主义在政治、经济理论中所做的那样与资产阶级相关理论进行彻底决裂，重塑马克思主义政治观和经济观。绝大多数西方马克思主义者认为包括通俗小说在内的大众文化不仅缺乏艺术价值，还缺乏思想性，是堕落的群氓文化，或是意识形态机器的话语实践。可本尼特却认为大众文化并没有比其他所谓的经典小说（经典文学）传输更多的（统治阶级主导）意识形态观念，而且，有的通俗小说并非意识形态，"它们不仅突破了传统的叙事形式，而且往往毫无禁忌地颠覆着阶级、民族以及性别歧视等意识形态主导话语"②。

　　为了论证大众文化文本和"经典"文学文本之间的辩证关系，本尼特吸收借用了索绪尔和巴赫金的相关理论。实际上，"文学"与"非文学"（即所谓通俗文学、大众文化）的划分关系类似于索绪尔的"语言"与"言语"的关系。"语言"是具有普遍性、同一性的支配具体的、差异的"言语"行为的法则，而"言语"则是"语言"规则的具体性、差异性的体现。显然，"同一性"与"差异性"这个对子是以对方的存在为条件的，前者通过后者来界定自己，而后者作为"他者"是前者存在不可或缺的条件。因此，巴赫金认为与索绪尔的语言学"语言"和"言语"这个对立转化模式相类似的是："艺术与非艺术、文学与非文学之类的分野，并非是由上帝一劳永逸地划定不变的。任何特殊性都是

① ［英］托尼·本尼特著：《马克思主义与通俗小说》，刘象愚译，弗朗西斯·马尔赫恩编，《当代马克思主义文学批评》，北京大学出版社 2002 年版，第 206 页。
② ［英］托尼·本尼特著：《马克思主义与通俗小说》，刘象愚译，弗朗西斯·马尔赫恩编，《当代马克思主义文学批评》，北京大学出版社 2002 年版，第 216 页。

历史的产物。"①在巴赫金上述观点的启发下,本尼特指出西方马克思主义批评没有认识到"文学"的存在是在与文本之外超文本系统的"非文学"之间的对立区分运动中形成的。"经典文学文本与大众文化文本之间总是处于一种对立化的运动之中,作为差异性而存在的大众文化始终是在场的,并且作为差异性而存在的大众文化还具有占据中心颠覆精英的能量。"②

因此,本尼特指出,西方马克思主义的"文本"观"表明构成文学的那些文本可以从生产它们的特定历史环境中抽取出来,在'文学'标题下分门别类,有些文本与其他'非文学'写作形式的独特区别就在于它们的形式特性"③。显然,这是一种无头的马克思主义,因为它超越了任何严格意义上的历史决定性,或者成了一种片面的唯物主义,因为它只看到了生产条件,并且将文本从其生产条件中抽取出来而赋予他们"文学"的归类,这忽视了那些把特定文本再生产为有价值文本的消费条件。简言之,本尼特认为西方马克思主义对"文学"与"非文学"的划分犯了方法上的形而上学的错误。

本尼特发现西方马克思主义不仅在对文本的划分上存在着"文本形而上学"的缺陷,还以形而上学的方法分析文本与文本、文本与读者、文本与社会的关系。无论是卢卡奇、戈德曼,还是阿多诺和阿尔都塞都"假定文本具有一种由其来源时的环境所标志和所决定的一劳永逸的存在,和与其他文本的一劳永逸的关系"④,将文本视为是

---

① [苏]巴赫金著:《小说理论》,钱中文主编,白春仁等译,河北教育出版社1998年版,第523页。

② 周海玲:《托尼·本尼特的文化政治美学研究》,南京大学博士学位论文,2011年,第50页。

③ [英]托尼·本尼特著:《马克思主义与通俗小说》,刘象愚译,弗朗西斯·马尔赫恩编,《当代马克思主义文学批评》,北京大学出版社2002年版,第206页。

④ [英]托尼·本尼特著:《文化与社会》,王杰、强东红译,广西师范大学出版社2007年版,第4页。

静态的、孤立、自足的形式。将文本本身视为固定静止的，就是否认文本会随着历史条件、物质媒体和社会机制的变化而变化，就是否认原文本可能产生新的文本形式；将文学文本视为自足的形式，不考虑文本与文本之间会生产和再生产意义的关系，阻断文学文本与其他文本之间的关联，这是西方马克思主义对（含通俗文学在内的）大众文化持否定态度而秉持精英主义文化立场的根本原因；孤立文本自身，忽视了文本对象化必须是由读者参与的阅读实践活动，将文学阅读看作是"学院内"的活动或是精英们从事的活动，转而对普通大众接受和消费文学文本的行为更是视而不见；将文本的意义看作是由产出它的条件所决定的，使得文本的政治可操作性也被严格限制了，不利于文本与变迁着的经济、政治和社会相关联，这是与本质上以历史主义和唯物主义为理论特征的马克思主义相背离的。因此，从这个角度讲，西方马克思主义文本观就是唯心主义的"文本形而上学"。

针对西方马克思主义批评中的"文本形而上学"文本观，本尼特提出了"阅读型构""社会文本"理论和"文本间性"概念，阐述了文本与社会进程之间的关系。"社会文本"将文本视为多种不同意义来源的文本的有机构成方式，文本总是处于历史的变化当中。并且，本尼特提出了"阅读型构"（reading formations，又译作阅读构形、阅读构型、阅读构成）和"文本间性"（inter-textual）概念，前者对大众文本和大众阅读持肯定态度，并且注重文本、读者、语境相互作用、相互渗透的关系，后者反对"孤立的、单一的"看待"文本本身"，强调文本生产与再生产过程中多种因素（文本与文本、文本与社会、文本与读者之间的）互动和融合的作用。下文将对"社会文本""阅读型构"和"文本间性"进行详细分析和讨论。

二、阐释大众阅读的"阅读型构"

　　大众阅读是有效的和积极的阅读。本尼特一直批评西方马克思主义对大众文化的贬低和排斥，他与威廉斯、霍加特、霍尔等人一样并不赞成文化是少数人才能理解、享用的权利，他也反对将大众文化看作是统治阶层从上至下向社会从属阶层灌输其意识形态的工具。他倡导葛兰西的文化霸权理念，认为大众文化是"上与下"两种文化与两种力量争夺文化霸权的场域。为了显示大众文化的重要意义，本尼特将研究投向了大众阅读。在这里，本尼特指出"大众阅读"主要是指："产生于学院之外，与学院中运行的文学批评话语没有多大关系的阅读，相对没有受到多少影响。"①"大众阅读"也就是以往学者口中的"无教养阅读"。本尼特倾向使用"大众阅读"表达了对"无教养阅读"贬低大众阅读活动的不满，赋予学院之外的阅读以更多正面的含义。大众阅读并不是"完全被动地"活动过程，高层文化与大众文化的交流方式也不是只能从前者到后者，反之亦然。实际上，大众文化与大众阅读有其历史和物质基础，它们产生的意义甚至能够遥遥领先于同时代的知识分子文化（高层文化），并对知识分子产生积极影响。

　　为了证明自己的上述观点，本尼特首先以例子来说明阅读型构（reading formations）的概念和意义。阅读型构是指"一套交叉的话语，它以特定的方式生产性地激活了一组给定的文本，并且激活了它们之间的关系"②。

---

① ［英］托尼·本尼特著：《文化与社会》，王杰、强东红译，广西师范大学出版社 2007 年版，第 69 页。
② ［英］托尼·本尼特著：《文化与社会》，王杰、强东红译，广西师范大学出版社 2007 年版，第 71 页。

　　本尼特用下面这个真实案例来说明在阅读过程中，意义的产生是怎样依赖这样的"一套交叉的话语"的。曼诺齐欧（Menoeehio）是生活于16世纪的一位意大利的磨坊主，他对宇宙的起源有自己独特的看法，这是一种创世的唯物主义的说明：他认为上帝和天使诞生于蠕虫，而蠕虫又是从一块巨大的元素尚未分离的原始奶酪中产生的[1]。卡洛尔·金兹伯格（Carlo Ginzburg）想揭示曼诺齐欧为什么会有这样的世界观，于是他像侦探与猎人那样开始研究和追踪曼诺齐欧的阅读习惯，这构成了他的《奶酪与蠕虫》[2]一书的主题。金兹伯格研究了曼诺齐欧所读的书以及读书的方式，发现这位意大利磨坊主的常读书目是：《圣徒的故事》《圣经》《中世纪编年史》《曼德维尔游记》《十日谈》《古兰经》（意大利语版），其中最重要的文本是《圣经》，特别是已经译成意大利语的《创世记》。

　　曼诺齐欧是16世纪文艺复兴时代的一位农民，他奇特的"创世观"主要是在阅读《圣经》时被塑造出来的。他的阅读受着多种文化、社会、政治等因素的交叉影响，具体来讲有：教会的官方文化、文艺复兴时期新知识人文主义和意大利农民的口头传播的文化。在这些文化文本所构成的"互文"语境中，上文中曼诺齐欧的物质唯物主义的"创世观"就比较容易理解了：奶酪与蠕虫是农民常见的事物，代表着其农民身份与农民文化，《创世记》与那些文艺复兴人文主义文本经过农民的口头文化的口腹之欲的物质主义（奶酪与蠕虫的物质主义）的过滤后，就造成了对《圣经》创世神话的颠覆，形成了磨坊主的"创世观"。显然，曼诺齐欧对《圣经》《曼德维尔游记》《十日谈》等文本的生产性激活是因为他置身于多种文化的交叉矛盾之网的结果。这就

---

① ［英］托尼·本尼特著：《文化与社会》，王杰、强东红译，广西师范大学出版社2007年版，第69页。

② Quoted by Tony Bennett. "Text, Readers, Reading Formations", in *The Bulletin of the Midwest Modern Language Association*, Vol. 16. No. 1. 1983, p. 4.

是本尼特所说的"阅读型构",交叉的话语以特定的方式生产性地激活了一组给定的文本(例子中主要含《圣徒的故事》《圣经》《中世纪编年史》《曼德维尔游记》《十日谈》、意大利语版的《古兰经》),并且激活了它们之间的关系,形成了磨坊主朴素的物质主义"创世观"。

　　而且,本尼特认为"阅读型构"有自己的历史和物质基础。曼诺齐欧身处文艺复兴时期的历史时期,当时"纸张和印刷术的发展、教育世俗化的普及,引起了教皇霸权的衰落,结果是由新权威引起的大众文化与教会意识形态之间的相互作用授予土话合法地位"①。技术的发展、宗教势力的衰落和教育的普及是大众阅读得以发展的历史物质基础。除此之外,曼诺齐欧朴素的唯物主义"创世观"也受惠于他是磨坊主的历史社会身份。身为磨坊主,介于农民与封建贵族之间,既要与经常把谷物送到磨坊场的农民紧密联系,又要把精米送货给贵族而与封建贵族有着经济联系。这种连接"上与下"的身份,使得高层文化与大众文化之间的交流显示出一种"上下"互动而不仅仅是从"上"往"下"的方式。而且,曼诺齐欧所代表的大众阅读更显示出"一种独立的声音,生机勃勃的物质主义和人本主义的宽容,是一种来自下部的声音……",而且"它们不是知识分子的人文主义所传递下来的学说,而是更生机勃勃的物质主义的延伸"②。

　　此外,本尼特质疑了两种传统阅读观念,进一步凸显了"阅读型构"概念的优越性:第一种传统是,把主体与被阅读文本的内部生产关系即文本的肌质或结构联系起来,阅读的地位是在构成文本的表达模式的符号系统之中构建的,但这严重忽略了读者反应的现实多变性;第二个传统是,把阅读与文本的关系比拟为索绪尔对言语与语

---

① [英]托尼·本尼特著:《文化与社会》,王杰、强东红译,广西师范大学出版社2007年版,第19页。
② [英]托尼·本尼特著:《文化与社会》,王杰、强东红译,广西师范大学出版社2007年版,第73页。

言的区分，文本提供客观的有待阅读的材料，文本尽管不能完全决定阅读，但是正如"语言"制约"言语"那样对阅读活动的规则和结构进行约束。可见，这些传统方法都把文本作为首要的、必然的客体与结构而规定着读者的阅读。阅读虽然可以变化，但不变的是他们都在读同样的东西。不仅如此，语境的社会文化因素只作为外在的背景或者阅读环境与文本相联系，即语境也深受"文本本身"的引力，成了理解文本的背景。总之，传统阅读观的实质是把文本、读者和语境当成彼此分开、彼此关系固定的元素。但是本尼特的"阅读型构"却把文本、读者与社会历史语境之间的关系看成是相互生产的动态性关系，"阅读型构具体地、历史地构建了文本与读者之间的相互作用。……这样的相互作用应该被看成文化激活文本与文化激活的读者之间的存在，这样的相互作用被物质的、社会的、意识形态的、制度的联系构建而成，文本与读者都不可逃脱地铭记于此种联系之中"①。

三、提出"社会文本"和"文本间性"概念

虽然没有给"文本间性"（inter‐textuality）下一个明确的定义，但是本尼特首先肯定了它与"阅读型构"之间的密切关系。如前文所述，本尼特在阐释"阅读型构"概念时，曾以曼诺齐欧奇特"创世观"的形成过程为例。本尼特认为曼诺齐欧朴素的唯物主义观点是在多种文化文本所构成的"互文"语境中得以产生，包括教会的官方文化、文艺复兴时期新知识人文主义和意大利农民的口头传播文化。曼诺齐欧阅读《圣经》《曼德维尔游记》《十日谈》等文本时，它们相互作用，相互渗透，相互影响，似乎是多声部的交响曲，你中有我，我中有你。不

① ［英］托尼·本尼特著：《文化与社会》，王杰、强东红译，广西师范大学出版社2007年版，第79页。

仅如此,曼诺齐欧磨坊主的社会身份也在阅读活动中积极地向各个文本内部融合,这才产生了"上帝和天使诞生于蠕虫,而蠕虫又是从一块巨大的元素尚未分离的原始奶酪中产生的"①。可见,从"阅读型构"概念去看文本的话,就会发现任何文本都不是以单个形式孤立存在的,总是处于因读者的阅读经验而产生的某种文本间性(inter - textuality)之间,并且文本不仅是"文本自身"(内部文本)也是社会文化的产物(外部文本),"没有固定的边界可以阻止外部文本对内部文本的重构,实际上,内在文本总是一定文本间性关系的产物"②。

本尼特的新概念"文本间性"(inter - textuality)与朱丽娅·克里斯蒂娃的"互文性"概念(intertextuality)是近亲,前者是对后者的新发展与运用,二者的英文差异仅在于前者多了一个小小的连接线。"互文性"表示一个(或几个)符号系统与另一个符号系统之间的互换③,是俄国形式主义、心理分析学说、西方马克思主义和后结构主义等当代西方多种文论的共同结晶。"互文性"理论具有明显的"后学"特征,理论家们以它为武器,通过打破传统的自主、自足的文本观念而实现对文本和主体的解构。在这一理论中,过去被认为具有"天才"创造能力的作者不再发挥极其重要的作用,天才的作用被减小至仅仅是为文本间的相互游戏(interplay)提供场所或空间;原来那种所谓"单一、本源、完整"的文本在符号系统的无限繁殖性的位置交换中消失了,取而代之的是"文本与其他文本之间的相互依存,相互改造,相互吸收的文本之间生产的关系"④。这样,读者和批评家的阅读

---

① 〔英〕托尼·本尼特著:《文化与社会》,王杰、强东红译,广西师范大学出版社 2007 年版,第 69 页。

② T. Bennett. "Texts in History: The Determinations of Readings and Their Texts", in *The Journal of the Midwest Modern Language Association*, Vol. 18, 1985, p. 1 - 16.

③ 〔法〕朱丽娅·克里斯蒂娃著:《诗歌语言的革命》,见拉曼·塞尔登《文学批评理论——从柏拉图到现在》,刘象愚译,北京大学出版社 2003 年版,第 422 页。

④ 〔法〕朱莉娅·克里斯蒂娃著:《符号学》,巴黎:色依出版社 1969 版,第 89 页。

活动的创造性和生产力也得到了凸显、强调和重视。本尼特的"文本间性"(inter-textuality)概念不局限于克里斯蒂娃仅用符号学方法解释文本的复数性生产，而是把"文本之外"的社会文化因素纳入"文本之内"的生产活动加以强调。因此，"文本间性"除了拥有"互文性"的特征与优越性之外，更注重阅读活动中读者与社会的、历史的因素向"文本本身"内部的渗透和交织。

　　本尼特的"阅读型构"和"文本间性"概念共同构成了"社会文本"的内涵。在本尼特看来，"文本"的意义和作用是由多种因素决定的，而不仅仅是由文本所产出时的条件所决定的，更大程度上取决于文本在社会关系中采取立场的方式，取决于包括负载于其上的话语模式和体制模式在内的整个社会环境，也取决于受众对文本的使用、阐释和理解的各种能动方式①。本尼特的"社会文本"观是对西方马克思主义中"反映论"的反拨，后者仅仅将社会历史文化因素作为外在的推论对"文本本身"进行判断，也就是说，社会文化因素只不过是外在的背景或者环境与文本发生联系。而"阅读型构"概念的提出，为文本之内的阅读和文本之外的阅读之间铺设了一条道路，打破了读者阅读过程中文本自足封闭性的系统，文本在生产和消费的阅读活动中实现了文本与文本的再生产。正如曼诺齐欧的阅读活动那样，在特定的历史时期与特定的社会文化中，运用多种因素完成对《圣经》《圣徒的故事》《中世纪编年史》《曼德维尔游记》《十日谈》和《古兰经》(意大利语版)等文本的生产与再生产。在"阅读型构"和"文本间性"这两个术语视角下，分析读者的阅读活动和文本的生产与再生产活动时都要"将分析的角度持续关注与文本和社会条件之间的关系，因为社会条件将构架文本的消费，甚至将文本的阐释限定于某些特

---

① T. Bennett. *Formalism and Marxism*. London and New York：Routledge，1979，p. 121.

定历史定位"①。由此可见,本尼特的文本观念在坚持马克思主义历史唯物主义的基本原则上深受后结构主义的影响,是反本质主义的,因为它将文本及其意义与作用放置于经济、政治和社会文化的背景中,而且这些背景本身也会渗透于文本意义的生产与再生产,将文本诠释为具有永恒变化的特征,该变化受制于文本与其他社会进程之间关系的不同组合方式。

第四节　"邦德及其超越":大众文化的文本研究范例

"阅读型构"概念和"文本间性"理论能使文本,特别是大众文本处于历史和社会相互关联形成的"互文"关系网络中,强调大众阅读文本意义是多种文化因素通过多种途径被激活而产生的,文本的消费与再生产的阅读活动受特定社会历史条件的制约。因此,对文本的理解就需要超越"文本本身"的分析方法,整体地分析文本在社会的、制度的和意识形态的语境中发生的无穷无尽的转变与位移。为了具体地说明"葛兰西转向""阅读型构"概念和"文本间性"理论在大众文化与大众阅读中的作用过程,本尼特着重分析了英国大众文化中一个突出个例——"邦德"文化现象。

一、"邦德"形象的跌宕起伏

代号007的特工詹姆斯·邦德在20世纪50年代诞生于英国侦

---

① ［英］格雷姆·特纳著:《英国文化研究导论》,唐维敏译,台湾亚太出版社2000年版,第143页。

探小说作家伊恩·弗莱明之手,其在英国本土大红大紫之路是坎坷曲折却颇有深意的。1953 年至 1955 年,由弗莱明创作,出版商乔纳森·凯普出版发行的邦德小说《皇家赌场》《生死关头》和《天空之城》被含糊地定位为介于"文学"与"通俗小说"之间。既要考虑审美又要满足市场,其理想的读者是"会心的读者",即知识分子阶层,他们具有较高的文学修养,弗莱明不得不玩起诙谐化的文字游戏,运用多种修辞和隐喻以便引起读者的欣赏兴趣。因此,初期的邦德小说装帧精美,价格昂贵,但发行量并不理想,这种冷遇不仅在英国国内,而且在国外也是如此。由于市场低迷,收入微薄,弗莱明在 1955 年中期意识到自己从邦德小说中所获得的金钱回报远远抵不上他所付出的努力,仅仅把读者群限定为"知识分子"显然不合时宜,于是他和出版商只得推出邦德系列的平装本,大众读者的加入才使得邦德系列的销量有了大幅提升。1957 年邦德形象迎来了命运的真正转折,"邦德"这一来自系列虚构文本中的人物形象变成了家喻户晓的名字。这是因为邦德系列文本形式的载体更加扩大和亲民了,从小说载体跨越到了《每日快报》的报纸连载和每日卡通漫画。《每日快报》的报纸连载大大地推动了小说的销量,1956 年仅为 5.8 万册,至 1959 年飙升至 23.7 万册。此时,邦德从诞生初期的英国绅士般的间谍变成了一个大众英雄形象,其影响力虽大但还是局限在一定社会范围内,读者层主要是英国中下阶层的阶级,或者称为"无教养的读者",正如"邦德之父"弗莱明所说,尽管"人们会认为故事里面复杂的背景和细节超出了他们的经验范围并且有些不能理解",但读者会发现"他们同样是易读的"[①]。本尼特据此指出,20 世纪 50 年代的邦德起初是一种时髦现象,然后演变成了英国本土的大众英雄。

　　如果说 1957 年是邦德系列的命运转折点的话,那么 1960 年代

---

① Ian Fleming. "How to write a Thriller", *Books and Bookmen*, Vol. 3, 1963, p. 14.

则是邦德形象发展的黄金时期。这主要归功于因电影文本的发行成功带动起来了电视、广告、商业设计以及小说销售的骄人成绩,使得邦德从英国走向了世界。邦德电影在 1962 到 1967 年间几乎每年都最少推出一部,主演是肖恩·康纳利,其中"《来自俄国的爱情》1963年在纽约发行的第一个星期就总共赚得 460186 美元,1965 年发行的《霹雳弹》到 1971 年为止共赚得 4500 万美元,在同一年,《金刚钻》在发行后的前十二天就赚得 1560 万美元。在电影工业中,再也不会有如此成功的例子了"①。观众的数量也十分惊人。据统计,截止 1977年在世界范围内观看邦德系列电影的人数有 10 亿人次,另外还有大量的电视观众未计算在内。票房、利润和观众意味着邦德电影的巨大成功,电影的成功也带动小说的销售量升到最高峰,1965 年仅在英国就达到了 678.2 万册,另外,法国、意大利、丹麦和瑞典等国也大量翻译出版了邦德系列小说。特别值得一提的是,美国的《花花公子》也对邦德进行了连载,并且增设了"邦德女郎"的图片文章。本尼特还指出,60 年代初期邦德形象还脱离了它原来的文本存在方式,不仅仅是小说载体、报纸连载、每日卡通刊载而且还广泛出现在广告和商品设计上。邦德女郎的出现更是促进了邦德形象在上述载体中不断流行,如法国口红广告和澳大利亚内衣广告等等。这时候,邦德已经从完全虚构的形象具有了半自主、半真实的人物身份特征。这时,邦德的大众英雄形象已经越出了英国本土,成了世界人民不分上下阶层、男女老幼和民族种族差异而被共同分享的大众英雄和半真半假的人物形象。

20 世纪 60 年代黄金期的"邦德时代"逐渐落幕,从 70 年代至今邦德形象处于时不时的休眠期——只有当一部邦德电影发行时,人

---

① [英]托尼·本尼特著:《文化与社会》,王杰、强东红译,广西师范大学出版社 2007 年版,第 91 页。

们对它的兴趣才会被再次激起。这一时期的电影有《生死关头》（1973）、《金枪人》（1975）、《海底城》（1977）和《天空之城》（1981），主演由原来的肖恩·康纳利换成了罗杰·摩尔。如果有新电影发行出来，与该电影对应的小说单行本就会局部的销售量大增，邦德形象被用于广告的范围也随着时代的发展而越来越具有时代风气，被用于劳力士手表、儿童用品、冰淇淋和花生广告等等，而且其文本形象也发生了变化，更像是科幻与超人而不是社会生活中的间谍。此时，"邦德的流行，作为每两年发生一次的或多少有些孤立的偶然事件，不仅是局部范围的，而且是更为程式化的——特别是1975年后，ITV在圣诞节对邦德电影的转播使邦德在英国人民的'生活方式'中作为一个例行习惯被确立下来"①。还有一些邦德迷俱乐部和收藏家们时常举办一些纪念活动，如互换邦德纪念品等等。这些都表明，邦德现象从70年代起大多数时间是不活动的，但是可以被阶段性地激活，成为人们共享的文化意识的一部分。

二、邦德的"能指"与邦德的文本

邦德形象的发展兴衰过程，显示了本尼特所主张的大众文化的"葛兰西转向""阅读型构""文本间性"和"社会文本"等理念。谁是邦德呢？是最初的小说创作者弗莱明，还是后来使邦德家喻户晓的电影文本的主演肖恩·康纳利和罗杰·摩尔？他们都是，也都不是。本尼特认为："只有詹姆斯·邦德才是詹姆斯·邦德，他是一个超越了他的那些不断变化的化身的神秘形象。他总是与自身保持一致但从不相同，他是一个一直都游移不定的能指，用不同的方式来充实自

---

① ［英］托尼·本尼特著：《文化与社会》，王杰、强东红译，广西师范大学出版社2007年版，第96页。

己,并在邦德现象的不同历史时期遭遇意识形态的刻记和物质的肉身。"①詹姆斯·邦德形象从 20 世纪 50 年代到 60 年代再到 70、80 年代经历了三个发展阶段,期间其文本形式也不断变化,它所代表的意义,即其"能指"也成了拉康口中的"漂浮的能指"。起初,邦德仅在弗莱明的小说文本里是大、中城市知识界的时髦人物。随后,他充当冷战时期的谍战英雄——帅气、冷酷、身手敏捷,仅凭第六感总能在危急关头化险为夷,完成不可能完成的任务。再后来,他成了世界范围内的大众偶像,甚至成为具有超人和科幻因素的个人英雄。最后,邦德作为人们潜意识的一部分而被沉淀下来,这种潜意识时不时地会被激活。

20 世纪 50 年代,"邦德"的主体文本是小说、少许的报纸连载和每日画报。60 年代首先是电影文本,然后是电视、广告、商品设计、时尚杂志、人物访谈等等。这些都促进了邦德形象的成熟与蜕变,使"他"在多种文本间的"文本间性"和"阅读型构"中成了世界范围内的大众偶像。70 年代以来,虽然邦德已经不像以前那么火爆,但是他仍然时不时地在局部范围内被选择性地和策略性地激活,其文本形式仍然是电影、小说、广告和商品设计等等。邦德形象的每次转变都是在一定社会历史的、物质的和意识形态的语境中完成的位移与交换。邦德这种文化现象成功地营造出了一个空间,使得不同甚至对立的思想和价值理念得以进行对话、交流并产生共鸣,充分体现了文化文本的解读应该"转向葛兰西";邦德各种文本的意义是多种社会文化因素通过多种途径被"互文"性地激活而产生的一种"社会文本"。

最初之时,邦德小说被定位为介于"文学"与"通俗小说"之间,其初步的意识形态被限定为知识分子所享有的强调审美意蕴的高层文化;随着平装本的发行和报纸连载的推动,越来越流行的邦德小说在

---

① [英]托尼·本尼特著:《文化与社会》,王杰、强东红译,广西师范大学出版社 2007 年版,第 98 页。

20 世纪 50 年代末期被一种特别的思想意识形态冠以"冷战英雄"的称号,成了大众关注的焦点,此时为了保护"无教养的阅读"免受小说中"性、施虐狂"等观念的过度影响,一些批评者发文对小说进行了分析解评,对大众读者进行了阅读引导,小说第一次明显成为各种思想观念对话、协商的场域。

　　20 世纪 60 年代是"邦德的时代",伴随着邦德电影的巨大成功,其文本形式更加多样化了。特别是时尚杂志《花花公子》对邦德与"邦德女郎"的关注以及邦德形象被广泛用于广告和商品设计上之后,一系列意识形态问题围绕着性别认同和英国式新风尚和新形象的构建展开。本尼特认为最典型的应该算是对女性身份认同的构建,因为邦德形象成了男性最佳形象的意识形态化的简略表达,因而法国口红广告的口号是"为邦德准备的芳唇",澳大利亚的内衣广告标语则为"让自己配得上詹姆斯·邦德"。尽管这些广告口号含有强烈的"男权中心意识",很可能会招致女权主义者的批评,但依然挡不住邦德作为"最佳男性"形象在发达国家的流行。此时,邦德形象成了性别关系和性别认同的意识形态构建过程中的"能指"之一,还一度引起对性别认同进行文化上再定义的潮流。邦德形象还被那些"了不起的英国"的拥护者所推崇,成了当时无产阶级性和现代性意识形态主体的体现,因为他们宣称英国已经摆脱了传统精英们一贯的阶级局限,并实施新的管理方式促进英国以彻底的方式走向现代化。总之,邦德形象"不再是大城市知识界的时髦人物,也不再是(但并不完全排除)中低阶层的政治英雄,邦德形象成为一个成功地超越了(虽然仍是不均等并互相矛盾的)阶级、辈分、性别和国家的大众偶像"①。邦德形象彻底成了各个社会阶层、文本载体、性别意识建构和

---

① [英]托尼·本尼特著:《文化与社会》,王杰、强东红译,广西师范大学出版社 2007 年版,第 98 页。

不同国家意识实施对话和协商的场域,最终成为了一种被世界"认同"的超级英雄和偶像。

　　由于 20 世纪 60 年代的辉煌,邦德形象作为长期的文化与意识形态的流通形式已经确立,他被当成半自主、半真实的人物,甚至成了大众生活中潜意识的组成部分,因此 70 年代以后邦德文化现象进入了随时可以被激活的休眠期。邦德更像是一个历史形象与过去时代的传说,随着电影的再次发行而又流行一阵并与大众文化的新趋势相联系。70 年代文本形式仍然与 60 年代类似,除电影、小说外还有电视、广告和商品设计等等,其形象已不似 60 年代那么风靡,但是却以更加深刻的印记影响人们的意识建构,因为他已经成为了某种潜意识存于世界范围内。

　　邦德形象的诞生与崛起、发展与辉煌、休眠与激活,展现了各种思想、观念和价值的相互对话与交流,是葛兰西"文化霸权/领导权"的形象阐释;而各种邦德文本(小说、电影、电视、广告、商品设计、主角访谈、图片文章等等)和邦德形象塑造者(小说原创者弗莱明,电影主演康纳利和摩尔、出版商、制片人等等)都因"邦德"这一名称而组织在一起。"邦德"把一切文本和社会文化因素聚集在一起,使它们相互影响、相互渗透、相互生成,发挥出巨大的文本间性作用,充分体现了"阅读型构"和"社会为本"的特征。而形成这样的结果需要一个动态的积累和发展的过程,本尼特指出,"邦德文本"的每一个新增成员都是以"前存在"的文本为基础并进入它们、发生联系,与它们之间有着万花筒一般的交易和交换关系。就电影而言,弗莱明的小说则是其原初文本,电影则是派生出来的,而电影使邦德彻底流行之后,就比小说更有特权。另外,不管邦德形象在读者心中是什么样子,康纳利所塑造的荧屏形象可能已经压倒了读者心中的原有形象,就连小说的原创者弗莱明本人在谈到康纳利时也说,虽然不是他所想象的邦德形象,但是让他再写一遍的话,可能就是康纳利所塑造的样子。随着文本范围的扩大，小说和电影又都成了广告、访谈、影迷杂志等等的"前存在"文本，并开始了新的交换与转变。特别是访谈，对扮演邦德银幕形象的演员康纳利、摩尔和与他们搭档的女演员的采访，对读者的阅读影响巨大，它们发挥着"解释的操控者"的作用，有选择地重组对电影和小说的阅读，借助于暗示某种意识形态和文化所指来指导读者如何阅读；显然，演员作为解绎邦德形象的密码而与其他文本紧密相连，发挥作用。随着读者的阅读活动的进行，诸多邦德文本互相激活并且刺激读者的阅读，调整文本与读者之间的关系和交流。读者与文本的关系是相互影响、相互融合以及难分彼此的。阅读的过程不是二者抽象的相遇，而是文本网格中的读者与文本网格构成的文本之间的相遇，这就是本尼特所提出的"阅读型构"和"文本间性"的典型作用。

本章小结

大众文化根植于现代社会，后者为其提供了"存在的物质技术条件和受众基础：大众传媒、大众社会与文化市场"[①]。西方学者从不同角度采用不同方法阐释和解读大众文化，从而衍生出不同的大众文化理论。上世纪 20 年代到 50 年代是大众文化的早期发展阶段，英国有利维斯主义，欧洲大陆有法兰克福学派。到了 60 年代初期，由于伯明翰研究中心的成立使得文化研究进入了兴盛时期，在研究范式上先有本土的文化主义范式，接着其竞争对手即法国的结构主义也被引进英国。进入 70 年代中期，结构主义与文化主义之间的范式

---

① 周志强：《大众文化理论与批评》，高等教育出版社 2009 年版，第 5 页。

之争日益激烈。本尼特坚持马克思主义政治维度、历史维度和实践维度之统一,采众家之长,树一家之言,在大众文化研究领域成绩斐然。

本尼特在化解英国文化研究的文化主义与结构主义范式之争中,构建了自己的大众文化理论。他运用葛兰西"文化霸权"理论,强调大众文化是统治者与被统治者进行谈判的场所,形态各异的大众文化是多种价值与观念的"混合体";他批判西方马克思主义者普遍对大众文化贬低的观点和"文本形而上学"错误,运用马克思主义历史唯物主义方法,发展了自己的"社会文本"观,鲜明地指出了文本生产与再生产是文本与文本、文本与社会、文本与读者之间互动和融合的过程。创造性地阐发了文本与社会进程之间的关系,为大众文化的研究提供了新的视角和方法。"社会文本"将文本视为多种不同意义来源的文本的有机构成方式,文本总是处于历史变化当中。本尼特提出了"阅读型构"(reading formations)和"文本间性"(intertextual)概念,前者对大众文本和大众阅读持肯定态度,并且注重文本、读者和语境三者间相互作用、相互渗透的关系,后者反对"孤立地、单一地"看待"文本本身",强调文本生产与再生产过程中多种因素(文本与文本、文本与社会、文本与读者之间)互动和融合的作用。

本尼特在构建自己的大众文化相关理论和概念的基础上,还将葛兰西文化霸权/领导权理论、"阅读型构"和"文本间性"概念运用于分析"邦德形象"这一大众文化现象,实现理论与实践的有机结合。

邦德形象的每次转变都是在一定社会历史的、物质的和意识形态的语境中完成的位移与交换,它成功地营造出了一个不同乃至对立的思想和价值理念得以进行对话、交流并产生共鸣的空间。邦德小说最初被定位为介于"文学"与"通俗小说"之间,是知识分子所享有,强调审美意蕴的高层文化。随着平装本的发行、报纸连载、每日卡通、广告等文本载体的扩大,邦德小说变得越来越流行,成了大众所关注的焦点。此时一些批评者为了保护"无教养的阅读"免受小说中"性、施虐狂"等观念的过度影响,他们发表了一系列分析解评,对大众读者进行了阅读引导。形态各异的大众文化是多种价值与观念的"混合体",是"合成意识形态",邦德小说成为各种思想观念对话、协商的场域。被不同阶层和团体所"认同"就是"邦德形象"能够风靡全球并沉淀为人们潜意识可以随时被激活的基本原因。

本尼特指出,对邦德现象这一很有影响力的大众文化的分析,可以从理论上说明文本与社会进程之间相联系的问题。各种各样的邦德文本在不同历史时期,不停地与多种意识形态的、社会文化的、政治的领域发生关联、失去关联并又重获关联。邦德在 50 年代、60 年代和 70 年代的不同地位和影响见证了邦德小说介入了瞬息万变的"文本间性"和"阅读型构"的相互转化过程、阅读对文本的调适关系和"互文"文本对阅读的强有力的决定作用。对邦德文本进行网络的分析,在于说明它们重组了彼此被文化地激活的"社会文本"关系的区域,其意义是不同区域的文化与意识形态行为互动的结果。

由此可见,本尼特的大众文化观念在坚持马克思主义历史唯物主义的基本原则基础上,又深受后结构主义的影响,是反本质主义的,因为它将文本及其意义与作用过度地置于经济、政治和社会文化的背景中,将之诠释为具有永恒变化的特征,该变化受制于文本与其他社会进程之间关系的不同组合方式。本尼特的大众文化观既是对马克思主义大众文化观的继承,又是对马克思主义大众文化思想的发展和扬弃。

第三章

走向"文化治理性"

　　本尼特在仔细辨析与审视马克思主义文艺审美和西方马克思主义文艺批评之后提出了文学审美要越出"文学"之外的观点，将审美看作是对主体进行道德塑造和促进其行为改变的技术，是国家的重要治理性技术，他的过人之处是注重文学文本之外的多种文化、制度、历史和权力因素相互交融所发挥的对主体的塑造功能。本尼特在对大众文化的研究中反拨了西方马克思主义理论家普遍贬低大众文化的观点，他促成文化研究的"葛兰西转向"、建构自己的"社会文本"理论并对"邦德"文化现象进行分析。这些学术努力不仅体现了他在文化研究过程中更加注重运用马克思主义历史唯物主义，而且蕴含了他的研究新旨趣——更多地关注文化在实际生活中的运作制度、政策和体制，对意识形态国家机器的运作机制开始进行考察。这一切意味着本尼特的前期文化研究成果为文化研究走向"文化治理性"的范式奠定了较好的研究基础。

　　在促成文化研究"葛兰西转向"的同时，本尼特看到"葛兰西转向"具有巨大的理论与实践意义，同时也洞察到葛兰西霸权理论并不是一把可以解决一切文化研究领域问题的万能钥匙。本尼特发现霸权理论有些宽泛，解决问题时只是提供宏观上的理论框架，并不利于从细节上独特而具体实现对理论问题的解决,而且(在 1983 年他移居澳大利亚后发现)对于解决诸如像澳大利亚这样缺乏"市民社会"民主传统的国家内部的文化与民族矛盾问题时更显得力不从心。因而,本尼特将文化研究的理论基础从葛兰西转向了福柯。为了找到研究和解决现实问题的新途径、新理念和新方法,本尼特对比分析了葛兰西与福柯有关国家、权力和文化观点之间的异同,结合多种思想理论和文化研究的成果构建了自己独具特色的"文化治理性"理论,使之成为一种新的文化研究范式。

第一节　从葛兰西转向福柯:"文化治理性"的理论之基

对于本尼特来说,"葛兰西转向"与转向福柯思想几乎是并行的两条线,只是二者的侧重点不同,前者注重对文化问题的宏观分析与指导,而后者则聚焦文化的具体实用功能的运行方式、机制、策略和规划等微观层面。由于研究发展的需要、研究背景的改变,本尼特对比分析了葛兰西和福柯的有关国家、自由政府、权力、治理和文化间关系的思想异同点之后,将自己的研究方向、方法和理论基础从葛兰西的"伦理国家"理论转向了福柯的"治理性"思想。

一、葛兰西的伦理国家理论

葛兰西研究发现 18 世纪晚期到 19 世纪中期不仅是西欧的现代化初期阶段,也是西欧组织文化与权力新型关系的重要变革期。此时,国家的伦理功能或称之为文化教育功能出现并逐渐强于国家的强权压制功能,于是葛兰西提出了不同于传统国家权力观的"伦理国家"理论。

　　葛兰西认为,国家＝政治社会＋市民社会,即著名的"完整国家"学说,"完整国家"主要发挥的是伦理国家的功能。其中"政治社会"就是国家的狭义概念,执行的是强制统治的功能;而"市民社会"则是由包括教会、行会、新闻机构、学校团体、文艺等民间组织所组成,这些民间团体是社会文化、意识形态的生产机构和传播组织。在"完整国家"学说中,政治社会和市民社会不可分割地统一于国家这一整体中,在现代资本主义统治中,资产阶级不仅要靠强制性的"统治",更要靠市民社会中各个团体在文化和思想道德上对其统治的"认同"。国家的强权政治的功能在现代社会已经逐渐弱化,它必须有被民众认同的伦理基础,即葛兰西所说的"伦理国家""文化国家"①。葛兰西指出:"每个国家都是伦理的,因为它的最重要的职能之一是把广大居民群众提高到符合生产力发展需要从而符合统治阶级利益的一定的文化和道德水平(或形式)。"②因此,资产阶级为了获得被统治者对其领导的"认同"就需要采用积极的、非强制的统治方式。"与以前的生产模式下的统治者相比较,资产阶级不断关注文化价值、文化水平和大规模的人口实践的事物。③"

　　本尼特发现,从权力在社会中的运作方式来看,葛兰西的"市民社会"起着基础性和关键性的作用。在葛兰西之前,黑格尔和马克思都使用过"市民社会"的概念,但是二人只是在物质生活关系和经济关系的层面上使用市民社会的概念。黑格尔认为国家是社会的基础,对市民社会起决定作用,而马克思则与黑格尔相反,认为市民社会是国家的基础。马克思将市民社会定义为:"物质生产关系的总

---

① [意]葛兰西著:《葛兰西文选》,中共中央马克思恩格斯列宁斯大林著作编译局国际共运史研究所编译,人民出版社1992年版,第439页。

② [意]葛兰西著:《狱中札记》,葆煦译,人民出版社1983年版,第217页。

③ T. Bennett. *Culture: A Reformer's Science*. London and Thousand Oaks, CA: Sage, 1998, p. 64.

和。"在马克思看来,市民社会是作为经济基础从而决定作为上层建筑的国家(政治社会)。不过,马克思在论及市民社会时还说过:"在生产、交换和消费发展的一定阶段上,就会有相应的社会制度,相应的家庭、等级或阶级组织,一句话,就会有相应的市民社会。有一定的市民社会,就会有不过是市民社会的正式表现的相应的政治国家。"①可见,马克思的"市民社会"一方面为社会历史的发展提供了物质基础,另一方面还包括一定的"社会制度,相应的家庭、等级或阶级组织"。葛兰西在承认经济基础决定上层建筑这一唯物史观的基本原则前提下,将研究重心转向了对"社会制度、等级或阶级组织"的功能研究,转向了对各种观念形态的生产和运作的研究。也就是说,市民社会在葛兰西看来,不仅代表传统的经济活动领域,更是思想文化、伦理观念和意识形态领域的代表。葛兰西的市民社会概念是对马克思主义相关理论的发展,是对马克思"市民社会"概念的第二重内涵的强调。换言之,他的重心不是像马克思那样对"市民社会"的"物质基础"进行强调,而是对其"社会制度、等级或阶级组织"的功能格外重视。

显然,依据葛兰西的伦理国家理论,市民社会就是统治阶级和被统治阶级争夺文化领导权和道德领导权的角力场域。市民社会不再是经济基础而是渗透在上层建筑中,这从内涵扩大了的"市民社会"的理论,代替了严格的基于"基础—上层建筑"的经典马克思主义的决定等级,主张经济、政治、意识形态和文化的关系非常灵活。在教育的角色上,国家组成了那些活动的总体性,涉及"认同"或"赞同"的产生。葛兰西的有关国家、市民社会和霸权的著作依然包含了重要的有关文化作用的大扩展,文化在组织社会中的作用似乎突然到处出现,文化不再是分开的领域(上层建筑),而是本身就存在于每一个

---

① 《马克思恩格斯选集》第 4 卷,人民出版社 2012 年版,第 408 页。

领域——国家、市民社会和经济领域。

葛兰西认为,在现代西方统治中,权力来源于高度集中和统一的上层社会中,他既重视分析文化和意识形态的从上往下的流动,也重视那些来自下部的大众阶级的反抗和抵制。因此,在葛兰西伦理国家理论的观照下,市民社会所产出的文化领域是两极斗争的场所。而且,意识形态在市民社会中传播与获得大众的"认同"的方式是心理层面的——赢得心灵和思维,即思想的战场。本尼特认为,葛兰西的上述假想结束了统治阶级与被支配阶级间思想观念的你死我活的对立与斗争,认为文化是"上与下"相互妥协的场域和结果,但是葛兰西的伦理国家理论却无视具体文化机构、技术或机制的特性差异,只看重这些机构或机制所组织出的霸权结果而不分析这些机构的组织运作过程。霸权的实现是为了再生产和扩展统治阶级的统治权力,这是其唯一的目标。

二、福柯的自由主义政府理论

福柯与葛兰西相似,也把 18 世纪末期至 19 世纪中期看作是西欧国家权力形式的变革期。但福柯提出的是自由主义政府理论,他认为西欧国家经历了从司法国家转向规训进而转向权力治理形式的过程。此处的"自由主义政府"中的"政府"不仅要理解为国家的政府机构,更是指"一整套宽泛得多的实践,在其中个体可以在生活中各个领域各个方面对自己负责任并对自己进行调控"①。

福柯指出,在 18 世纪晚期以前欧洲大部分地区实行的是司法—话语权力的形式,社会中所有的力量都是为了一个目标:保持君主权

---

① 〔英〕托尼·本尼特:《英国文化研究的另一种范式——托尼·贝内特学术自述》,《洛阳师范学院学报》2007 年第 4 期,第 8—11 页。

力并将其无限制地扩大。与司法—话语权力相关的权力与知识的关系,放大了国王与民众之间的差异,通过展示宫殿、皇家物品和血腥的肉体惩罚的场景来显示王权的力量,使民众驯服于强权。在这种司法—话语权力的模式中没有必要强调民众是否获得知识,而且从属阶级的生活和文化不是知识构成的目标。但从 18 世纪晚期到 19 世纪初期,西欧各国有了另一套支配社会的权力机制,不是以前的司法(君主)权的形式下通过对人的身体野蛮、公开的酷刑来展示王权,而是一套复杂而精巧的制度和技术去规训并调节人的身体,后来在"规训权力"的基础上,权力不仅关注属民的身体还注重个体的灵魂与精神健康。福柯又用"治理"(government)一词来代替"规训"和"调节",这就是资产阶级自由主义的统治方式,个体的身体和文化知识都是其管理的目标。虽然酷刑已经消失,但是自由主义政府对身体的规训和治理却更加严格,因为,人口已经从传统的被统治对象转变为资产阶级汲取统治力量的源泉,人口提供了农业和手工业的劳动力,成为国家力量的源动力。也就是说,福柯对权力的分析"意味着从古代到现代过程中,权力从压制性与破坏性的成为生产性和煽动性的,从法律强制性的变为规训引导型的,从暴力血腥发展成为策略和技术的运作,权力管理的对象从群体性属民转变为资本主义国家经济、安全和发展中的生命健康,再转变为民主自由个体的灵魂、精神"。①

福柯认为,自由主义政府行使权力的方式把人的身体看作是一组物质因素和技术,它们作为权力和知识关系服务的对象,而权力和知识关系则通过把人的身体变成认识对象来干预和征服。现代治理形式的发展,是用无尽的方法去了解、规范和改变人口的技

---

① 周海玲:《托尼·本尼特的文化政治美学研究》,南京大学博士学位论文,2011 年,第 110 页。

术条件,越来越朝向人的"行为的管理"(the conduct of conduct)[1]。随着资本主义社会的复杂化,资产阶级为了丰富个体进而发展一种自由主义的民主,权力的运行也有了变化——重视对身体进行规训和控制、通过调节技术对人口、生育进行调节和控制。福柯还注意到,在现代社会权力不是高度统一和集中的,是分散弥漫的,实际上是指一种人与人之间的关系:"在社会整体的每两个点之间,在男性和女性之间,在家庭成员之间,在教师和学生之间,在每一个认识的人和不认识的人之间,都存在着权力。"[2]可见,在制度的或经济的或生活的关系中,总有一方想方设法操控另一方的行为,这样权力就始终在场,而且这些权力关系是流动的、不稳定的。

福柯的上述思想最终形成了其成熟的权力理论学说——治理性(governmentality),这是一个合成词:govern,意为"统治、管辖、规训、引导";mentality 意思"心态、精神",合起来,治理性(governmentality)就是政府运用一系列国家机器中的技术、手段、文化知识和文化机构等对民众进行心态和精神的管理。政府治理性包含着一切可以有效地管理和控制人口、生育、居民、政治、经济的制度、机构、程序、谋略和策略[3]。

从福柯的思想中可以看出,自由主义政府的治理性统治方式所追求的目标多种多样。随着权力渗透到人生命中的方方面面,随着权力问题思考的深入,福柯就更关注生命权力机制的技术方面,在其

---

[1] Mitchell Dean. *Critical and Effective Histories: Foucault's Methods and Historical Sociobgy*. London:Routledge, 1994, p. 174.

[2] [澳]马克·吉布森著:《文化与权力:文化研究史》,王加为译,北京大学出版社 2012 年版,第 23 页。

[3] Nikolas Rose. *Powers of Freedom: Reframing Political Thought*. New York: Cambridge University Press, 1999.

研究的后期,治理性就和生存美学的"自我技术"联系起来了,这样就可以理解包含主体性领域的技术方面了,"把美学视为一种真理的政治学,提供技巧或作为自身技巧的一部分来运作,从而以特定方式塑造人和主体"①。在《自我技术》一文中,福柯认为"支配技术"涉及"决定个体行为并且使他们服从于某种目标或者控制",即"他人的治理"(简称"他治");还涉及"自我的技术",意为允许"个人通过自己的方式或者他人的帮助下作用于自己的身体和灵魂、思想、行为和存在的状态,以便将自己转变为有某种幸福、净化、智慧、完美或永恒的状态"②,即"自我的治理"(简称"自治")。

权力制造知识,知识是行使权力的条件并再生产权力。福柯在《规训和惩罚——监狱的诞生》中,描写了士兵被规训成所需要的兵器过程来说明权力与知识之间的关系。原本不合格的人体,在一种精心计算的强制力的慢慢控制下,使之变得强壮敏捷,并且将这种强制慢慢变成人的习惯动作,这样,原本体态走样的农民就被塑造成了"军人气派"③。不仅人的外部形态,而且人的心智、思维和行为都可以借助规训和调节的知识而得到改造和完善。于是,知识借助一定的社会制度、机构和组织引导个人进入自我管理的项目之中,特定的治理的目标就会实现或被个人的自愿的活动所实施、执行,因而个人就被征召为自我执行权力的能动者。这就是自由主义政府的权力行使方式:治理性,包括"他治"和"自治"。

---

① 〔英〕托尼·本尼特著:《英国文化研究的另一种范式——托尼·贝内特学术自述》,《洛阳师范学院学报》2007年第4期,第8—11页。

② Michel Foucault. "Technologies of the self", in Luther Martin, Huck Gutman and Patrick Hutton(eds)*Technologies of the Self: A Seminar with Michel Foucault*. London: Tavistock Publications.

③ 〔法〕米歇尔·福柯著:《规训与惩罚——监狱的诞生》,刘北成、杨远婴译,《大众文化研究》,上海三联书店2003年版,第15页。

三、从葛兰西转向福柯：两种文化与权力关系理论的考量

福柯的思想初入英国之时并不受欢迎，首先是因为当时很多英国学者认为其思想与马克思主义思想有很多相悖的地方，其次是当时的英国文化研究正处于两种范式之争并求助于葛兰西理论而构建新理论基点之时，故而，很多学者要么对福柯关注不够，要么对其进行一定程度的排斥。英国文化研究的许多学者主要批评福柯的下列观点：福柯对历史的真实客观性、连续性的否认就违背了资本主义发展是社会变迁过程的一部分的马克思主义观点，福柯权力分散、弥漫的观点与马克思主义集中、统一于资产阶级权力整体性的观点也不相融。但是本尼特却认为对福柯的此类批判有所不妥，因为福柯本人从没有说过自己是马克思主义者，而且福柯并不是反对马克思主义，仅仅是指出了马克思主义理论的一些困境①。值得说明的是，福柯曾公开表示，自己虽然不是马克思主义者，但马克思主义思想已经渗透到其全部研究中，就像是物理学家在研究物理时感到没有必要说明引用牛顿或爱因斯坦那样②。

从表面上看，葛兰西与福柯都认为西方 18 世纪末到 19 世纪中期见证了新机构和实践的成立与实施，这些机构和实践都非常关注文化活动和人口本身价值。但若仔细审视，葛兰西和福柯在权力和国家政府管理方面的观点上也存在着很大的差异。本尼特总结说，二人都注意到了西方现代统治系统比以前任何统治形式都更

---

① ［英］托尼·本尼特著：《修正文化研究政策——托尼·贝内特访谈录》，金惠敏、朱喆译，曾军校，《学术界》2010 年第 4 期，第 50—63 页。
② ［英］莱姆克等著：《马克思与福柯》，陈元等译，华东师范大学出版社 2007 年版，第 14 页。

加关心人口问题和从属阶级的个人生活问题,现代治理目标的实现需要靠民众或从属阶级的自我行动的规则形式,这就是个人自愿地追求其目标而不是通过君主社会中强制的逻辑。二人都给予文化知识以很高的地位,葛兰西强调资产阶级与无产阶级之间微妙地夺取文化领导权的斗争,福柯强调对知识的生产和运用在大众思想、情感和行为中引起他们自愿的转变。因此,无论是葛兰西的伦理国家还是福柯的自由主义政府理论,文化在社会的运行中起着举足轻重的作用。

除了二人的理论相同之处,本尼特在《文化:改革者的科学》中仔细辨析了葛兰西伦理国家理论和福柯的自由主义政府思想之间的重要差异:

> 首先,葛兰西对国家的解释依然体现了权力的单一原则,所有的国家活动和市民社会分支机构的活动,都被看作是再生产和扩展那种单一权力。而自由主义政府理论中,治理性的权力分散弥漫于生活中,而其追求的目标多样且来自于不同的社会管理领域。第二,葛兰西理论依靠集权的统一原则,认为权力运作方式是在市民社会中争夺文化领导权,而福柯的兴趣更多在于权力机制的技术方面。第三,福柯的自由主义政府机制不像葛兰西伦理国家那样依靠普遍的"认同"形式的产生,这种"认同"形式产生的机制是意识形态的"结合"机制。第四,葛兰西注重文化知识在大众心灵上的作用,目的在于获得他们的"认同",而福柯思想更加注重对个体行为上的塑造。葛兰西理论涉及的是不同国家分支里面的意识形态功能,重点放在了文化在组织文化的、道德的和知识的领导权时的作用上,将人们构思成政治行动(斗争上)的主体;福柯强调文化物质性的机制方面的研究,强调社会技术的角色是规范大众的行为,这被认为是"社会治理

的目标",即关注权力关系是如何投入身体,训练它、迫使它执行一定任务,着眼于灵魂的改进进而产出社会行动者行为的自我管理和自我规范。第五,葛兰西认为文化可以调节市民社会和国家的关系或连接社会构形的不同层级,而福柯则认为文化可以被看作是组成各种项目的文化资源,在这些项目中为不同目标、以不同形式引导个人的行为,即文化一方面可以作为一系列治理的资源,另一方面是为了改变个体的行为而成为那些资源所应用的范围。最后,葛兰西一直支持而福柯一直反对的是:试图组织一个统一的对抗资源去反对普遍的权力概念。[①]

综上可见,福柯在强调分散的和不对等的权力关系的结构时,也强调了多元的和分散的抵抗权力的形式;权力的微观物理学也引起了抵抗的微观政治学。在深入分析葛兰西与福柯的文化理论异同的基础上、在反复重申二者差异的讨论中,本尼特将文化研究的理论基础的重心落在了福柯思想上。本尼特说,"尽管葛兰西式的分析对于文化研究无疑是极为重要和富有成效的——我们不得不承认,按照葛兰西传统所能进行的文化研究确实存在局限"[②]。在本尼特看来,这种局限就是葛兰西的文化霸权理论中的许多假定的中心角色是"阶级",它是社会生活和政治社会的协调者,这在理论上无法证实,在政治上也不能应用。虽然葛兰西的霸权理论后来被应用到阶级以外的如性别和民族等更广泛的研究领域,但其理论运用和实践的结果并不是特别令人满意,因为它依然把权力问题简单

---

① T. Bennett. *Culture: A Reformer's Science*. London and Thousand Oaks, CA: Sage, 1998.

② T. Bennett. "Putting Policy into Cultural Studies", In *Cultural Studies*, ed. by Lawrence Grossberg, Gary Nelson, and Paula A. Treichler. New York and London: Routledge, 1992, p. 128.

化了。换句话说,葛兰西的霸权理论对宏大的阶级与权力问题的讨论有较好的指导意义,但面对当前复杂的资本主义社会的权力运作所产生的问题,福柯思想因更加关注微观权力的运作而更具有指导意义,因为它对文化物质性机制的研究、对文化机制的具体运作具有更好的解答方式并更具有实用作用。因此,本尼特最终从葛兰西转向了福柯,提出了"文化治理性"研究范式。

第二节 建构文化治理性理论

本尼特比较分析葛兰西的伦理国家理论与福柯的自由主义政府思想之后认为,福柯的治理性理论对人们认识和参与到当代复杂的资本主义社会政治、经济和文化实践更有借鉴意义。他把"文化"与"治理性"相互融合构建了"文化治理性"(cultural governmentality)理论。新理论的产生既是学术发展的需要也是研究背景变化之所需;本尼特以梳理回顾前人的"文化"概念为基点重新定义"文化",并且在福柯的影响下以及在吸收文化研究和社会学研究中多种思想理论的基础上,构建了文化治理性理论。"文化治理性"理论为文化研究的新范式提供了一种可供参考的可能性。

一、"文化治理性"产生的背景与其本质内涵

本尼特文化治理性理论的提出有着自己独特的背景因素:一是学术发展的需要,二是其研究环境发生了变化。首先,葛兰西的国家学说和文化霸权理论依然继承经典马克思主义宏大的国家和阶级理论叙事方法,对人们深刻理解新时期资产阶级如何统治无产阶级的

方法具有巨大指导意义,但是他的理论过于重视意识形态在统治阶级和被统治阶级争夺霸权中的作用,而忽视了承载意识形态的各种制度、机构和技术的作用,换言之,若从比较微观的角度上去认识和改造现存资本主义社会的话,葛兰西的文化霸权思想则显得困难重重。资本主义社会发展至20世纪90年代,传统的产业工人消失,中产阶级成为社会的主体,人们的阶级意识淡化了,多元化的政治联盟逐渐形成。葛兰西主义中的"市民社会"作为一个整体的阶级意识形态文化领导权的争夺基础和无产阶级反霸权的斗争在政治现实领域已经难以维系。而福柯的微观权力学说和治理思想却与此相反,权力不仅是抵抗的,也可以策略性地生产出抵抗的力量,权力不是倾向于统一的,而是流通于社会的各个层面的,权力的运作是生产和产生各种行为、关系和社会秩序的。因此,在社会发展的新时期,福柯的治理性思想运用于文化研究对社会文化现象更具有阐释力。第二点原因是本尼特的学术研究环境发生了变化,他1983年移居澳大利亚后,发现葛兰西的理论在那里并不像在英国本土那样影响深远。尤其是作为新生国家,澳大利亚内部关系表现特殊:是移民与当地土著居民之间的复杂民族关系,不像英国那样有着较深厚的市民社会阶层,因而葛兰西的文化霸权运行所需的市民社会基础就不复存在了。正如本尼特所说,"在白人和澳洲土著之间发展适中的跨文化理解的相互尊重和宽容的关系,正是被作为一项需要完成的任务摆在我们面前,这种任务需要发展它自身的独特的管理和控制形式"①。在后殖民主义语境中,文化在调节白人与土著的矛盾和创造多样性的文化共存模式中发挥着重要作用,但是其作用的发挥前提是要尊重土著居民自身的习俗、律法和文化,故而政府需要对博物馆、图书馆、艺

---

① [英]托尼·本尼特著:《文化与社会》,王杰、强东红译,广西师范大学出版社2007年版,第195页。

术长廊等各种文化机构进行管理。这样福柯对制度与体制的关注、对机构运作的强调就比葛兰西理论对文化霸权的争夺更符合澳大利亚的文化现实。

要给本尼特的"文化治理性(cultural governmentality)"下一个确切的定义相当困难,但有一点很清楚,它要求把对文化的分析与国家和意识形态的复杂问题区分开来,因为文化是由不同的知识体系和技能构成的范畴,是用来规范和管理人们的行为的①。文化的事业范围包含了研究人类如何获得行为、技能和社会活动模式方面的制度实践、行政路径和空间安排事宜,文化的功能具有了更多的实用性内涵。本尼特"利用福柯关于文化与政府间关系的一整套视点,尤其是关于民主自由政府的策略以及文化作为管制人口的一种资源用途的视点,历史地、理论地、现实地将之应用于文化研究"②,他将"文化治理性"界定为:"利用随着'现代'阶段产生的知识和专门技术等具体文化形式的发展而产生的各种文化手段作用于塑造人类总体。"③

具体来讲,"文化治理性"理论内涵包含以下几点:第一,文化被看作是系统的知识(真理)、技术和组织。由于文化内部是分等级的,文化既是治理的对象又是治理的工具,对社会行动者(既包括个人又包括集体)具有建构作用。第二,文化对人和社会的建构作用必须历史地、具体地与权力技术系统和机制相结合才能对社会构建起作用;文化研究与文化实践、文化机构和等级制度密切相关,通过这些机构和制度向人们传播文化价值、理念、生活方式和生活习性等等。第三,文化研究的问题不能仅仅是学院式的,文化研究者还要与特定文

① 〔英〕托尼·本尼特著:《绪论:我的学术之路和理论方法》,见托尼·本尼特:《文化与社会》,王杰等译,广西师范大学出版社2007年版,第25页。
② 黄卓越等:《英国文化研究:事件与问题》,三联书店2011年版,第256页。
③ 〔英〕托尼·本尼特著:《绪论:我的学术之路和理论方法》,见托尼·本尼特:《文化与社会》,王杰等译,广西师范大学出版社2007年版,第25页。

化行政机构和文化管理人员建立恰当的关系;依据福柯的权力观点,文化与权力的关系不能都看成天然是压制性的,实际上,"权力是生产性的,它生产现实,生产对象的范围和真理的固定方式"①,"在大多数国家,对意图改革生活方式的文化资源的管理成了当代社会政治和文化政策的非常重要的组成部分"②。依据文化治理性理论的内涵,文化政策、文化机构和知识分子在文化治理性当中的功能和作用就理所当然地被纳入文化研究的视线,并成为更为核心的内容。本尼特通过研究文化治理性而将文化研究转向了更加实用主义的方向,这是有别于以往传统的文化研究范式的,因为传统以威廉斯为首的文化主义、阿尔都塞为首的结构主义以及"葛兰西转向"的"新葛兰西主义"都侧重理论分析和文化批评,对文化研究的实际应用于生活实践、制度实践和治理实践关注过少。

　　本尼特"文化治理性"理论得以构建既是他不懈思考和研究文化与社会、文化与权力关系的成果,也是他不断批判吸收借鉴已有优秀思想理论成就的结果。他主要吸收泰勒与威廉斯的文化人类学概念、霍尔的"文化转向"、福柯的思想(即福柯关于文化与政府间关系的理论,特别是文化作为治理人口和人口自我治理的视点)、迪安的"政府解析学"和罗斯的"技术建构"理论等等,形成了独具特色的"文化"和"治理性"共生共融、共同作用于主体塑造的"文化治理性"理论。

二、阐释"文化"

　　第一,本尼特论述文化的人类学含义。文化一词最早的权威定

① [英]约翰·斯托里著:《英国的文化研究》,王晓路译,陶东风、周宪主编:《文化研究》(第7辑),广西师范大学出版社 2007 年版,第 224 页。
② T. Bennett. *Culture: A Reformer's Science*. London and Thousand Oaks, CA: Sage, 1998, p. 104.

义者是马修·阿诺德,他有一个众所周知的文化定义:"人类所思所想的最美好的事物",即艺术和文学。阿诺德的文化定义显然是欧洲中心主义、绝对主义和精英主义的文化观念,这个概念只承认一些"经典"文本才是"文化",而且"文化"只能为上层受过教育的精英阶层才能理解。而后来的人类学家爱德华·泰勒将"文化"概念阐释为:文化,或文明,就其广泛的民族学意义来说,是那种包括知识、信仰、艺术、道德、法律、习俗以及人们作为社会成员所获得的其他能力和习惯的复合体①。泰勒的"文化"概念得到英国文化研究的先驱者威廉斯的肯定,威廉斯本人还把文化的人类学概念运用到文化研究中,认为文化是"一种整体的生活方式"②,使之成为文化研究中影响最为深远的文化概念。这个人类学文化概念不像阿诺德那样给文学艺术授予特别的价值和意义,而是把艺术与道德、知识、信仰和习俗等归为一类,都是根据它们在形成社会成员特别的能力和习惯时所发挥的作用来进行研究,如威廉斯所说,"文化研究不应当只是对部分文化的关注,而应将整个文化生产纳入研究的视野",③这就显示出文化是多元的和平等的,故而包括威廉斯、霍尔等许多学者认为文化的人类学定义是彻底的相对主义者,是要把"文化"从阿诺德为首的欧洲中心主义和绝对主义中拯救出来,倡导一种各民族文化均等性。

但是本尼特对"文化作为一种整体生活方式"的人类学概念所发挥的作用或所具有的影响持一种非常审慎的态度,他认为此概念"远

---

① B. T. Edward. *Primitive Culture: Researches into the Development of Mythology, Philosophy, Religion, Language, Art and Custom.* Boston: Estes and Lauriat, 1874, p. 1.

② [英]雷蒙德·威廉斯:《马克思主义与文学》,王尔勃、周莉译,河南大学出版社 2008 年版,第 15 页。

③ [英]安东尼·伊索普著:《英国的文化研究》,王晓路译,陶东风、周宪主编:《文化研究》(第 7 辑),广西师范大学出版社 2007 年版,第 224 页。

比惯常的论述所认可的复杂——而且充满冲突和模糊性"①,因为这个概念在倡导文化均等与平等性的同时又蕴含着区分和等级。这主要表现在:它一方面在提倡一种对文化的无等级的和价值中立的理解,并且在政策领域的构建中引入充分的民主和平等,清除了捆绑在文化概念上的精英意识形态,扩展了文化的指涉范围,但另一方面,它在削弱精英艺术概念的政策上、在获得更广泛的基金和其他形式的政府支持以便跨越阶级、性别和种族的文化区分的活动中都发挥了重要作用。正是后者,即在文化区分的活动过程中,无论是国家的还是民间的一些组织和机构,必然会采取一些规范的方式对文化活动领域进行管理建设,以便"它们被建构成能在某些方面引起习惯、信仰、价值——简而言之,生活方式——变革的工具"②。显而易见,文化作为一种生活方式的概念表面是提倡文化之间的价值无差异,但其采用规范化的方式对文化活动进行管理时,就对文化作了诸如"高级的"对"大众的","国家的"对"区域的"内部区分。本尼特认为这种区分极少是中立的,而是导致了文化领域不同成分之间的等级级别,文化中"一部分被限定为匮乏、不足、问题,而另一部分则被限定为提供了克服匮乏、填补不足、解决问题的方法"③。

　　故而,本尼特指出,或明或暗地泰勒和威廉斯都对文化进行了等级区分。泰勒巧妙地将阿诺德的欧洲中心主义文化观嫁接到社会发展的进化观上,将欧美的本民族的文明"置于社会的一端,而将野蛮民族置于另一端,其他人种则根据他们更接近野蛮社会还是文明社

① [英]托尼·本尼特著:《文化与社会》,王杰、强东红译,广西师范大学出版社2007年版,第178页。

② [英]托尼·本尼特著:《文化与社会》,王杰、强东红译,广西师范大学出版社2007年版,第180页。

③ [英]托尼·本尼特著:《文化与社会》,王杰、强东红译,广西师范大学出版社2007年版,第181页。

会而被安排到这两端之间的某个相应的位置"①。而威廉斯在其后期作品《马克思主义与文学》中也将文化分成主流的、剩余的和新生的文化三种形式②,这也意味着文化有着等级差别。对于泰勒和威廉斯二人来说,文化概念是人类成长和发展的普遍过程之组成部分,而文化研究的职责就是辨认那些有助于或者阻碍了这个普遍发展过程的特定文化形式,并且二人都依据一定的标准方格来判断"一些生活方式得到支持并且积极发展,而另一些则被贴上死亡标签送进历史之中"③。

　　本尼特对上述文化等级的区分持积极与肯定的态度,因为正是文化的等级区分才有了文化改革之必要和文化向前发展的动力。对文化进行的等级划分就形成了一种策略性的标准性,进而构建了一个标准的斜面,而文化就在这个斜面上从高端流向低端,这样才能实现"让文化资源承担能够得着的一切任务:改善工人的道德观念和礼仪习惯,教化'蛮人',授予团体权力,促进文化多元化,或者如威廉斯所主张的,通过调动工人阶级团体的优点来根除资本主义个人主义的腐蚀性影响。而且正是通过这种规范化层面的深入内心化,通过文化的分层的自我组织(在这里,自我的不同层面在一个自我审视和自我改革的无穷无尽的过程中相互反抗),改革规划能被转化成文化自我管理的技术"。④ 简言之,这个文化概念不仅扩展了文化活动的范围,还将在这些活动中运用的管理艺术囊括进去,这一点是与福柯的治理性理念相吻合的。

---

① B. T. Edward. *Primitive Culture: Researches into the Development of Mythology, Philosophy, Religion, Language, Art and Custom.* Boston: Estes and Lauriat, 1874, p. 26.

② [英]雷蒙德·威廉斯:《马克思主义与文学》,王尔勃、周莉译,河南大学出版社 2008 年版,第 129—130 页。

③ [英]托尼·本尼特著:《文化与社会》,王杰、强东红译,广西师范大学出版社 2007 年版,第 191 页。

④ [英]托尼·本尼特著:《文化与社会》,王杰、强东红译,广西师范大学出版社 2007 年版,第 181 页。

本尼特认为,"试图改革生活方式的文化资源管理仍然是当代社会中现行的文化政治和政策的非常重要的一部分"①。在文化的实际功用上,"文化的人类学概念已经把文化深入到了治理的艺术中"②。

第二,在谈及文化与社会的关系时,霍尔的"文化转向"给本尼特以很大启示。经典马克思主义认为文化与社会的关系是依附和决定的关系;威廉斯依然坚持经典马克思主义有关文化与社会关系的观点,只是对社会决定文化的关系加了一些限定条件;阿尔都塞也认为文化与意识形态"相对自治"但并不超越社会对它们的决定力量。而霍尔超越前人把对语言的理解扩展到社会生活当中,提出了"文化转向",它主张"经济和社会过程本身依附意义并影响我们的生活方式,我们是谁——我们的身份——和'我们怎样生活',它们必须被理解成文化和话语实践"③。文化不再是依附于社会的变量,而是生产性与基础性的常量,"文化总是一种在场,并且是第一位的,存在于经济、社会和政治实践之中,还从内部构建它们"④,具有解释社会关系和社会结构的特权。在这种解释中,文化的功能像一种语言,拥有意义生成功能,它是通过构建社会关系的语言和表征机制去组织管理社会行动者(无论是个人还是群体)行为的意义结构。但是,遗憾的是,霍尔没有进一步解释文化是怎样组织和管理社会行动者的行为的,没有注意到文化作为治理的工具和对象所发挥的实际作用。霍尔仅仅是对语言在构建身份过程中所发挥的作用进行了一般的描

---

① [英]托尼·本尼特著:《文化与社会》,王杰、强东红译,广西师范大学出版社 2007 年版,第 195—196 页。

② T. Bennett. *Culture: A Reformer's Science*. London and Thousand Oaks, CA: Sage, 1998, p. 106.

③ Stuart Hall. "The centrality of culture: Notes on the cultural revolution of our time," K. Thompson, ed. *Media and Cultural Regulation*. London: Sage, 1997, p. 222.

④ [英]托尼·本尼特著:《文化与社会》,王杰、强东红译,广西师范大学出版社 2007 年版,第 204 页。

述,缺乏具体性和实际效用。霍尔对文化与社会关系论述的不足之处被本尼特的"文化治理性"理论填补了。

　　总之,本尼特对以往文化研究的历程中有关文化的含义进行了回顾梳理,他受惠于泰勒与威廉斯等人的文化概念并吸收借鉴霍尔的"文化转向"思想,形成了自己的"文化"概念:"文化是一套系统的知识、技术和组织,它通过与权力技术相关的符号技术系统所发挥的作用以及通过自我技术的机制的运作——以一种独特的方式对社会交往起作用,并在这种关系中与其结合"[1],文化具有生产力的作用,能够促进组织新形式的自我主体的生成,以实现促进个人发展和社会进步的目的。显然,本尼特的文化概念与福柯"治理性"思想具有相融合的内在一致性要求。

三、福柯的影响

　　第一,福柯的"治理性"概念。福柯注重"权力机制的技术方面""对个体行为上的塑造""社会行动者行为的自我管理和自我规范""他治""自治"等等,这些陈述都指向了一个共同的方向:治理性(governmentality)。本尼特认为福柯的治理性就是指"特定的管理组织和过程,通过特定的政治制度和叙述事实的策略,它的目标是使我们更积极地参与到对我们自身的管理和监督之中,并促进我们自身的发展"[2]。如同福柯所说,人们"在影响他们并为其辩护的技术、制度、行为方式、传播和普及以及教育方式中,他们得到构建"[3]。福

---

① [英]托尼·本尼特著:《文化与社会》,王杰、强东红译,广西师范大学出版社 2007 年版,第 214 页。

② [英]托尼·本尼特著:《文化与社会》,王杰、强东红译,广西师范大学出版社 2007 年版,第 206 页。

③ Michel Foucault. "Ethics: the essential works", Paul Rabinow, ed., London: Allen Lane, Vol. 1, 1997, p. 12.

柯有关政府、权力和文化的相互关系的论述,意味着人们要重视文化机制具体的路径和运作过程,要审视文化资源是怎样嵌入技术中、通过怎样的配置和排列才对不同领域人们的行为进行组织的。福柯治理性理论影响深远,不仅是对本尼特思想的影响,而且米切尔·迪安的政府解析学和尼古拉斯·罗斯的技术建构理论都直接受福柯的影响。而本尼特之所以使自己的文化治理性理论更加完善和饱满,既直接受惠于福柯思想,又通过迪安和罗斯的研究而间接地受福柯思想的影响。

　　第二,在福柯的影响下,米切尔·迪安认为政府解析学会代替一种国家理论。迪安的政府解析意为:"政府指的是一种有意筹划的理性活动,它们由许多权威人士和政府机构操办进行,并使用了各种技术和知识形式,努力通过全面透彻地研究分析人们的愿望、抱负、兴趣、利益和信仰来规范人们的行为,既有一些明确的但又是可以改变的目的,又会带来一系列相对难以预料的程度有别的成果、效益和结局。"①这个政府概念再次明确了福柯的自由主义政府概念,强调依据人们的利益和需求而运用技术和知识来发挥权力的作用,去规范个体的行为、提高人们的素质,政府的运转机制是关注主体、自我及其行为方式,实现对社会生活的管理。

　　第三,尼古拉斯·罗斯的技术建构理论也深受福柯思想的影响。罗斯认为,"如果我们用术语'主观化'指明所有不同的过程与实践,通过它们,人类作为某种类型的主体同自我和他者发生关系,那么主观化有自己的历史"②。同时,罗斯还指出"通过把主观化置于一个普遍的意义域或者一个相互作用的叙述语境中,它并不能被理解,但是

---

① M. Dean, *Governmentality: Power and Rule in Modern Society*. London: Sage, 1999, p. 11.

② N. Rose, *Inventing Ourselves: Psychology, Power and Personhood*. Cambridge, UK: Cambridge University Press, 1998, p. 25.

在一个复杂的组织、实践、计划和集合的过程中,人类能够在里面被塑造,还能预设和享受同自己的特殊关系"①。因此,罗斯的观点强调了技术在具体历史情境中所发挥的作用是构建了某种具体的人,并且同时构建了标准相同的某种具体的社会结构。对罗斯而言,人格的形成或主观化是由特定的技术和机制专门聚集在一起所形成的结果,社会交往也不是如霍尔所说的那样在文化的表征中被构建,而是表现为关系和行为方式,根据具体的管理目标被以特定的方式问题化,使专门知识的具体形式通过多种技术形式得以被运用。

第四,本尼特吸收上述福柯、迪安和罗斯的观点,论证了文化(culture)和治理性(governmentality)之间的融合与自洽关系。从政府解析学中,本尼特发现与文化分析有关的问题不仅比以前更加重要,而且治理性在文化和政府的结合处所发挥的作用应该引起人们对文化概念的修正,即文化既是"治理的对象又是治理的工具","治理的对象"是指"下层社会阶级的道德、礼仪和生活方式","治理是工具"是指"艺术和智性活动,它们成为对道德、礼仪和行为符码等领域的管理干预和调节的手段"②。这意味着文化等级中的低端被看作是文化治理的对象,而文化等级中的高端被看作文化治理的工具,或者说,政府以高端文化为工具,通过体制和机制对人们的行为进行管理,以实现促进个人发展和社会进步的目的。虽然高端(或高级)文化与低端(或大众)文化之间的区分逐渐弱化,但从某种程度上说,高端文化过去是,现在仍然是从属于政府的技术或工具,以便使之成为有效的社会管理方式。不过,本尼特指出不同的文化形式——高级

---

① N. Rose, *Inventing Ourselves: Psychology, Power and Personhood.* Cambridge, UK: Cambridge University Press, 1998, p. 10.

② [英]托尼·本尼特著:《文化与社会》,王杰、强东红译,广西师范大学出版社 2007 年版,第 162 页。

的和大众的或其他的形式——都可以被组成不同的工具，都可以被用在种种治理性的规划中，比如形态各异的文化形式可以用在艾滋病教育项目中，或者作为大众识字文本与文学课程合作，成为伦理或公民的各种培训项目。

在罗斯技术建构理论中，专门知识在构建社会和人格中是重要的文化技术手段，因为它具有科学性、实证性和权威性，使人们相信它是正确的，人们深受它的吸引，在它的引导下自觉规范自己的行为。比如作为专门知识的心理学被"提供给一群训练有素而拥有相关证书的人，他们就可以在处理个人和人际关系管理方面具有专业特长，还拥有一些技术和手段，就使得在工业、军事和普通的社会生活中进行合理、人性的人力资源管理可能实现"①。受此启发，本尼特认为文化领域的专门知识都会给人们的规则、信仰和价值带来一系列的变化，"在文学领域关于文学批评的专门知识，美术馆和博物馆长与公共艺术工作者的专门知识：通过把它们揿入特定的技术组织，这些专门知识易受到特定认可方式的影响，并被转化为特定的形式"。②

总之，"现代社会，文化演变成被覆盖在治理的规划中，指向转变人口的心理、精神和行为特性"。③ 无论是高端文化还是所谓的低端文化都可以不同程度地参与到社会主体的塑造中，从心理、精神和行为三方面实现个人的发展并促进社会的进步。至此，本尼特再次显示了文化与社会治理性相互融合的自洽性。

---

① N. Rose, *Inventing Ourselves: Psychology, Power and Personhood*. Cambridge, UK：Cambridge University Press，1998，p. 11.
② ［英］托尼·本尼特著：《文化与社会》，王杰、强东红译，广西师范大学出版社 2007 年版，第 209 页。
③ Tony Bennett, "Useful culture", David Oswell, ed. *Cultural Theory*. London：SAGE Publications Ltd，Vol. 1，2010，p. 72.

四、将政策引入文化研究之中

在文化研究的大路径中,本尼特文化治理性理论的突出特点就是文化研究的"文化政策"转向,关心文化的"政府性",而非"抵制性"。不同于传统文化研究者一直将对统治阶层抵抗的希望寄托于底层、民众与社会的思路,本尼特关注的是政府治理下的制度创新与政策改造。

本尼特明确表示,将政策引入文化研究之中并不是在文化研究之中"给政策考虑一个更为核心的位置",也不是将文化研究"置换为别的事物,即文化政策研究"①。"政策"在文化研究中的地位要考虑"适度"的问题,为了说明将政策纳入文化研究的具体含义,本尼特提出了下列建议:"第一,在将文化视为政府的一个独特领域的同时,需要将政策考虑包括在文化的定义中;第二,需要在文化这个总的领域之内根据其特有的管理目标、对象和技术区分不同的文化区域;第三,需要识别明确界定的不同文化区域所特有的政治关系,适当地在它们内部发展研究它们的特定方式;第四,进行智力工作需要采取一种方式,即无论在内容上,还是在方法上,策划影响或维护相关文化区域内部可识别的能动者的行为。"②

上述四点建议就是本尼特为文化研究的未来勾勒出的新前景,这与英国传统文化研究或注重抵制精英主义颂扬大众文化,或侧重揭露资本主义文化意识形态的压制性与欺骗性,或关注对文化霸权的争夺不同,因为传统文化研究都将制度排除出去,否定与

① [英]托尼·本尼特著:《置政策于文化研究之中》,赵国新译,罗钢、刘象愚主编:《文化研究读本》,中国社会科学出版社 2000 年版,第 92 页。
② [英]托尼·本尼特著:《置政策于文化研究之中》,赵国新译,罗钢、刘象愚主编:《文化研究读本》,中国社会科学出版社 2000 年版,第 93 页。

意识形态国家机器的东西交谈或共事,传统文化研究"认为文化处在统治领域之外,通过它所提供的资源可以抵抗那个领域"①。显然,本尼特所勾勒的新前景在许多方面需要与文化研究的过去决裂,他将重点放在了识别新前景与葛兰西式分析和差异政治学的区别上,他自称"在理论上、实践上和机构上将'政策'置于'文化研究'之中"②。

在《置政策于文化研究之中》一文中,本尼特还质疑了威廉斯文化研究的遗产。本尼特认为虽然威廉斯对"文化"一词的详尽解说成了"文化研究"的源泉,但他却忽略了"文化"和"政府"这一对词的全部意义。威廉斯在《关键词》中,曾引用了清教徒约翰·弥尔顿1660年小册子中的一段话:"是的,宗教,散布更多的知识与礼仪(Knowledge and Civility),经由陆地的各个地方,通过传递,将政府与文化的大自然热能(natural heat of Government and Culture)广泛地传到遥远的地区;这些地区现在是处在麻痹僵冷、无人过问的状态。"③威廉斯对这段有关政府与文化(Government and Culture)之间关系话仅作简单评论,忽略了它所蕴含的深刻含义,即"文化是治理的工具和目标,是社会控制的媒介"④。本尼特重拾这根在文化和社会传统中被丢失的线,提出"将文化看做特定历史上的一套内在于制度的管理关系,而在这些关系中,不断增多的人们的思想和行为方式成为改造的目标——在某种程度上是通过审美和知性文化的形式、技艺和养生法的社会身体的扩展来进行改造时,对文化的看法更

---

① 〔英〕托尼·本尼特著:《走向文化研究的语用学》,阎嘉译,陶东风主编:《文化研究读本》,南京大学出版社2013年版,第295页。

② 〔英〕托尼·本尼特著:《置政策于文化研究之中》,赵国新译,罗钢、刘象愚主编:《文化研究读本》,中国社会科学出版社2000年版,第94页。

③ 〔英〕雷蒙德·威廉斯:《关键词》,刘建基译,三联书店2016年2版,第149页。

④ 〔英〕吉姆·麦克盖根著:《文化政策研究》,王瑾译,陶东风主编:《文化研究读本》,南京大学出版社2013年版,第247—248页。

令人信服"①。

这些都表明,要把对文化政策的研究作为理论上和实践上的关注领域,而文化政策的制定和实施要借助于官僚和政治过程。本尼特指出,文化和文化研究的未来是由解决文化政策中日常问题的方式决定的,这些日常问题有属于政府和政府计划范围内的文化管理、文化资源的利用等等,将政策纳入文化研究是文化研究发展的自身需要,也是文化与权力关系的应有之意,更是文化治理性实践的内在要求,但值得注意的是,"这并不是说所有文化研究的工作应该或必须与政策事件直接相关。而是说,这些工作间接地受政策问题和政策范围的影响"②。

本尼特除了在理论上将政策纳入文化研究之中外,他还积极地成立文化政策研究机构并从事文化政策研究的实践工作。1983 年,本尼特移居澳大利亚后在格里菲斯大学设立"文化与媒介政策研究中心"并任主任。借着"研究中心"为平台,本尼特开展了很多富有成效的调查研究,这些研究包括澳大利亚的日常文化实践、影视广播节目、白人与土著居民之间的文化隔阂与交流、土著文化的保护措施以及文化机构(博物馆、艺术展、美术画廊、剧院等)的运作等等。法国学者皮埃尔·布尔迪厄以统计学方式调查了法国人兴趣与行为的文化品位,显示出文化品位与社会阶级紧密相关。本尼特与澳大利亚的一些学者也做了类似的研究,他发现澳大利亚民众的文化兴趣和文化实践与他们所属阶层的经济、社会和政治权力密切结合,因此,在文化政策的制定上必须体现和保护不同社会阶层的群体利益。同样地,1998 年本尼特回到英国后也和几个研究者在英国整理一

---

① [英]托尼·本尼特著:《置政策于文化研究之中》,赵国新译,罗钢、刘象愚主编:《文化研究读本》,中国社会科学出版社 2000 年版,第 99 页。
② Tony Bennett. "Useful culture", David Oswell, ed. *Cultural Theory*. London：SAGE Publications Ltd，Vol. 1，2010，p. 66.

项关于文化品位的统计调查,研究结果体现在其著作《文化、阶级、区隔》中,此书详尽考察了当代英国社会中阶级、文化资本和特权传承机制之间的关系,他认为当代资本主义社会阶层的品味更加复杂了:中产阶级和工人阶级的品味的确如布尔迪厄所调查的那样存在阶级差异,但是他们的品味还存在着很多重叠和交叉。本尼特所开设的文化政策研究中心和所进行的文化实践调查研究充分体现了其理论地和实践地将政策引入文化研究的抱负和愿望,并且成就斐然。

第三节　"文化治理性"视野中的公共博物馆

随着资本主义社会的形成与发展,18 世纪中后期资本主义国家政府的职能由对被支配阶级赤裸裸的压制转为引导、规训和治理,换句话说,统治者为了巩固自己的统治不再需要驯服的、被动的臣民而需要具有现代素质的公民,即具有自由、民主、平等、进步和发展价值理念的民众。为了培养公民的现代性素质,18 世纪中后期和 19 世纪的自由政府就大力发展图书馆、博物馆、美术馆、音乐厅、艺术长廊等公共文化机构。特别是公共博物馆,它是文化技术中的主要成员,也是使知识、历史和艺术可以被人们理解的机构,它通过展览、陈列而塑造公众的文化气质,并由此对社会行为实现控制。从其诞生之日起,公共博物馆就在组织文化、配置资源、规范公民的行为、塑造新型公民中发挥了独特而重要的作用,博物馆被视为表现一系列知识与权力间特定关系的机制场所,这就是本尼特对公共博物馆进行考古学般剖析的根本原因。

一、公共博物馆的诞生

现代公共博物馆诞生于 18 世纪的欧洲和英国,随后美国、加拿大和澳大利亚等国的博物馆随之兴起,而亚洲和其他殖民地国家的博物馆则在 19 世纪末期和 20 世纪初期才逐渐得以成立。本尼特指出,现代公共博物馆的前身是封闭的空间,是指从文艺复兴时期到启蒙运动之间的那些被称之为"博物馆、珍品柜、工作室、神奇厅和艺术厅"的场所,它们是贵族或商人为了满足收藏或科学兴趣的需要而设立的私人空间,这些私人场所的藏品主要有艺术品、珍奇古玩、科学兴趣物品等;要接近这种私人空间和藏品有着严格的等级限制,最极端的情况是有些博物馆只有王族才可以欣赏;它们履行的功能就是展现王室权力、贵族象征和商人身份等。在文艺复兴时期,王室收藏的功能是"把全世界再创造为王室中人物的世界缩影,这样他们就像在现实中一样声称象征性地统治了世界"[①]。

但是随着时代的发展,这些象征王权和贵族权力的私人空间在 18 世纪末到 19 世纪初逐渐向公众(精英和大众)开放。本尼特认为,"它们逐渐地敞开大门,允许自由地接纳广大民众。这些发展的时机是不同的:在法国是在大革命期间猛烈和戏剧般地实现的,而在其他国家,更典型地是一部逐渐的、零碎的改革史的结果"[②]。1789 年,法国大革命的伟大先驱以人民的名义没收了王室、贵族、教会暴政的收藏品,根据理性主义的分类原则安排展览,把博物馆从专制权力的象征转变成教育公民、服务于国家集体利益的工具。英国的大英博物馆是在私人收藏家汉斯·斯隆爵士捐赠的基础上于 1753 年成立,经

---

① D. Crimp. "The Postmodern Museum", in *Parachute*, March-May, 1987, p. 64.
② [英]托尼·本尼特著:《文化与社会》,王杰、强东红译,广西师范大学出版社 2007 年版,第 222 页。

多方部署于 1759 年向公众免费开放,丰富的馆藏居世界前列,将原来私人空间变成了公众共享的公共领域。而欧洲其他国家的博物馆、美国的博物馆以及澳大利亚的博物馆等等都经历了类似于英国博物馆的渐进开放的过程。

随着公共博物馆的出现,它们在组织公众关系方面、它们的内在组织方面以及与其他同源机构的关系方面都发生了巨大变化。

首先,从与组织公众之间的关系看,以前的公众被严格限制在博物馆之外,私人博物馆是教皇、皇家、贵族和商人展示权威、炫耀财富的手段,而公共博物馆则"修辞性地将公共(即公民)整合进博物馆本身展示的权力形式"①。只要是公民,不管是精英还是大众,公共博物馆都向他们免费而自由地开放,因为在这种新型文化机构中,"文化被组织成为具有治理能力的规划,是治理有实践用途的机制,它旨在改变民众道德和行为方式"。② 也就是说,公共博物馆将公众纳入权力的共谋之中,使他们觉得自己就是权力的主体,不是向他们展示权力、不再驯服他们的身体,而是让观众通过参观,达到主动塑造自我和管理自我,这标志着国家统治的形式由君主强制型向规训治理型权力的转化,而此时公共博物馆的功能则是对工人阶级进行教化和改造,以形成资产阶级所需要的道德、行为方式以及现代性文明理念。

其次,博物馆的内在组织也发生了变化。文艺复兴期间依照物品的"独特性""稀有性"和"唯一性"的项目而分类,目的在于方便当权者欣赏、把玩和炫耀,而在 19 世纪的公共博物馆里,藏品则按照分类知识的原则,将物品作为"系列"和"序列"进行安排展览,目的在于

---

① 〔英〕托尼・本尼特著:《文化与社会》,王杰、强东红译,广西师范大学出版社 2007 年版,第 167 页。

② Bennett, Tony. "Useful culture", in David Oswell, ed. *Cultural Theory*. London: SAGE Publications Ltd, Vol. 1, 2010.

引导、教化和塑造公民。福柯在《词与物》中表示,现代人是作为"知识的主体和知识的对象"而被构建出来的,本尼特承接福柯的观点认为博物馆等文化机构"组成了大众民主制度下一系列能动地塑造公民的文化能力的新的文化与权力关系的一部分"①。除了藏品的艺术教化功能,公共博物馆的诞生还与一系列的知识的出现相一致,这些知识包括地质学、考古学、人类学、人种学和艺术史,博物馆给这些知识的出现和传播提供了机构条件。随着这些现代科学的出现,博物馆的藏品安排被嵌入时间的流动之中,根据进化的序列授予它们的位置而区分开分类展览。公共博物馆成了一种特殊的表征空间,在这里"理想与秩序的世界在知识和视像的控制场所展现出来,生发出来"②,民众可以在这里参观和学习,激发起他们内在的进步和发展的动力。除了藏品的安排发生了变化,博物馆的内在建筑也改变了,这种新型建筑使得公众很透明地看到自身和他人,这些建筑"构成了空间与视觉之间的一套新关系,在其中,公众不仅看到为了审视而安排的展览物品,而且同时还看到自身,因而使建筑限制任何容易粗鲁化的原始倾向"③。19世纪的展览机构的建筑资源是透明的,博物馆"透明性"的建筑理念一直影响到今天。当时的建筑材料主要是铸铁和玻璃,空间大而通透;留有专门的通道便于人们参观,并使乱哄哄的人流变得有序;建筑设计回廊以增强观众的优越位置,使观众监督自己的言谈举止。这样,公共博物馆就作为规训民众的工具在发生作用,具有了特殊的政治理性,后文再做具体分析。

第三,公共博物馆与其他同源的机构,如监狱、慈善收养所、收容

① [英]托尼·本尼特著:《英国文化研究的另一种范式——托尼·贝内特学术自述》,《洛阳师范学院学报》2007年第4期,第8—11页。

② [英]托尼·本尼特著:《文化与社会》,王杰、强东红译,广西师范大学出版社2007年版,第227页。

③ [英]托尼·本尼特著:《文化与社会》,王杰、强东红译,广西师范大学出版社2007年版,第231页。

所和讲习所的发展方向不同。福柯指出,博物馆和监狱等机构都是旨在调节、规范个体与大众行为的新技术。但博物馆被不断地要求变革,突出地表现为两个方面:"第一,公众权利的原则,这支持了博物馆应该对所有人平等开放和易于接近的要求;第二,充分表征原则,这支持了博物馆应该充分地表现不同的公众区域的文化与价值的需求。"①换言之,博物馆、艺术馆、科技馆等智性机构对公众开放得越充分就越能实现其塑造公民主体的价值和功能。与此相反的是19世纪的监狱、收容所和讲习所等机构不再公开对民众进行肉体惩罚,不再是显示君主权威的机构,由原来的公开性转为隐蔽性,成为自由主义政府使穷人和其他人员分隔开来的封闭的机构,这些封闭机构成了进行驯服和教化民众的隐蔽空间。而随着人类社会的发展,公开性的机构会越来越多并越发丰富,封闭性的机构会越来越少越罕见。公共博物馆不仅把以前从公众视野中被隐藏的物品放置在开放和公开的公共领域中,而且把自己的目标定位为竭力融合含精英和大众在内的所有公众。这再次显示出公共博物馆是具有特殊政治理性的机构,发挥着文化技术机构的治理性功能。

二、基于"文化治理性"分析公共博物馆的功能

在葛兰西式的文化研究中和欧陆法兰克福学派的文化研究中,公共博物馆被认为是一种霸权机器,发挥着向被支配阶级灌输主导意识形态的作用。从历史角度看,本尼特认为这样的理解虽有重要的意义但不太恰当,他认为更为恰当的解释是:与过去的商业化的表征相比,公共博物馆不是官方所称的城市和国家的反思机构,也不是

---

① [英]托尼·本尼特著:《文化与社会》,王杰、强东红译,广西师范大学出版社2007年版,第219页。

对人们进行意识形态教育的机构,而是塑造主体、改造人的行为并改造社会的文化技术机构,在过去 150 多年的历史中,博物馆是"旨在从内部塑造公民的一系列新的权力、新的知识与权力关系的场所"①,其功能是通过艺术博物馆和自然历史博物馆展现出来的。

　　首先从历史角度来看艺术博物馆中的艺术品是如何发挥治理作用的。早期英国工人阶级生活贫穷、凄惨,很多工人将有限的血汗钱用于在酒馆中买醉,然后是酒后乱性,其生活方式是非常粗俗、野蛮和缺乏家庭责任的。在 18 世纪的英国国会的讨论中,经常会听到有关酒馆是经济生产威胁的声音,也不缺乏设置相关法律机制和监督形式的提议,以便于拯救工人阶级劳动者离开酒馆,最终的目的是为生产工业挽救他们有用的身体免受酒精的毁坏。但是,这些提议涉及的都是分散工人阶级注意力的技巧,没有有效的改革措施或者依赖内在道德限制的机制,从而有机会让工人践行道德自我规范的能力。

　　到了 19 世纪,必须改变工人阶级生活方式的问题显得非常急迫。特别是马尔萨斯人口理论和达尔文的进化渐进主义所隐含的政治信息迫使当权者认为,如果不改变工人阶级的现有生活方式就可能有难以避免的大灾难:马尔萨斯认为,工人阶级的酒后乱性加上对穷人救济法的实施,很可能造成人口过剩进而引起新型的贫困、饥荒和国内战争;达尔文的进化渐进主义进化论的政治含义是"社会中低级的等级可能合法地上升到社会的最高等级"②,即有产生革命的可能性;还有一点是如果"健康"的人与"不健康"的人通婚的话,就会引起人口素质的退化。于是欧洲各国、英国和美国都采取了不同的改革计划,目的是将艺术和文化知识作用于社会并进而改变工人阶级

---

① [英]托尼·本尼特著:《英国文化研究的另一种范式——托尼·贝内特学术自述》,《洛阳师范学院学报》2007 年第 4 期,第 8—11 页。

② T. Bennett. *Culture: A Reformer's Science*. London and Thousand Oaks, CA: Sage, 1998, p. 155.

的生活方式,使得工人阶级通过艺术的教化成为谨慎的主体和合格的公民。

　　比如在英国的亨利·科尔爵士的改革计划中,就把艺术作为控制和预防工人阶级酒醉的方式,这显示出较多浪漫主义的色彩。1867年英国男性工人阶级有了选举权,科尔在向国会递交的报告中督促说,必须"使将成为选民的人不再沉溺于酒吧",他说最好的方式就是"向他们免费开放博物馆"①。科尔提出,为了引导工人阶级远离酒醉和鲁莽行为的生活,就像是政府采取的文化和卫生措施那样,博物馆也会证明自己是有效的道德感化所,是提升工人阶级素质和政府必须采用的多种形式之一;如果博物馆能在周日开放,将有助于在上帝的休息日"提升工人阶级使他们变得文雅",博物馆将引导他们变得"智慧和温顺",使他们与妻子和孩子在一起而不是在酒醉后过"暴行和地狱"般的生活,那会占用他们的空闲使他们不再践行"首先在床上找乐子然后去酒吧"②的糜烂生活。因此,科尔改革计划的重点是发展"南肯辛顿博物馆复合体",充分发挥博物馆艺术品的教化作用,"通过增加巡回展览来加强文化的作用,因为通过增加巡回展览的次数,展品可能随展出活动的宣传而广为人知,从而使民众不受任何限制地从此类宣展活动中受益"③。

　　如果说马尔萨斯主义提出了改变工人粗俗、野蛮、暴力和乱性的生活方式的需要,浪漫主义美学提供了一种审美作用于人的内心,使人达到一种平和、安详状态的信仰的话,那么艺术作品就可以成为满足那种需要的方式。"正是因为马尔萨斯理论和它所引起的新的穷

---

①　Quoted in T. Bennett. "The multiplication of Culture's Utility", in *Critical Inquiry*, Vol. 21. No. 4,1995, p. 881.

②　Quoted in T. Bennett. "The multiplication of Culture's Utility", in *Critical Inquiry*, Vol. 21. No. 4,1995, p. 882.

③　[英]托尼·本尼特著:《文化与社会》,王杰、强东红译,广西师范大学出版社2007年版,第237页。

人管理系统使得工人的内心生活成为新的关注目标,方法也是新的,即艺术和文化成了占据新的自由主义治理策略的重要角色。"①科尔爵士大力推行文化改革,他认为艺术无论品质高低,只要能让工人开始审美之路并且有助于道德的自我培养,都将有助于实现改革的目标。同时,浪漫主义美学为艺术塑造公众的道德形成了这样的空间:主体通过审视艺术品的实践,可以发现艺术品中所含的理想的完美与自我体验中的不完美和不足之间的距离,这种"距离"会在主体内嵌入和启动自我发展的计划。科尔相信,面对艺术可以帮助工人获得自我审视和自我规范的权力,"艺术博物馆被用来将工人转变成自我改变的'谨慎的主体',避开酗酒和乱性,过一种慎思和自我克制的生活"②。显而易见,从 19 世纪 30 年代到 80 年代的时代主题是塑造"谨慎的主体"。

在本尼特看来,将文化资源作为作用于社会性的方式不仅仅局限于艺术博物馆中的审美功能,还有自然历史博物馆的重要作用参与其中。在 19 世纪最后二、三十年中,政府采用了大量的改革计划,以各种方式将公众塑造成为具有现代性的公民,即成为具有平等、自由、进步与发展理念的公民,此时自然历史博物馆作为新的搜集机构参与那些塑造现代性公民的计划当中。

在 19 世纪后期,许多当今的大城市都成立了自然历史博物馆,它们成为公众的关注物并执行对公众进行教育的功能。这种情况与自然历史科学的大发展密切相关,一系列影响后世的著作在这个世纪的中后期得以出版,如达尔文的《进化论》(1859)、约翰·卢博克的《史前史时代》(1865)以及泰勒的《原始文化》(1871),还有 1860 年布

① T. Bennett. *Critical Trajectories: Culture，Society，Intellectuals.* Blackwell Publishing，2007，p. 92.

② T. Bennett. *Culture: A Reformer's Science.* London and Thousand Oaks，CA：Sage，1998，p. 160.

里克瑟姆洞穴中人类遗迹的发现,这些出版物和遗迹有助于将人类生活嵌入最近发掘的地质学的深度史和自然史中,同时也进入自然选择理论中。与此同时,相关的学科也得以盛行,如地质学、考古学、人类学、民族史、古生物学和解剖学等等。显然,自然历史博物馆与新兴学科的综合,"开辟了新的交叉时代,这为治理和规范人口与个人的行为,提供了新的时间坐标并进入自由主义政府变革的问题域之内"①。

　　自然历史博物馆里的藏品具有潜在的道德和教育方面的益处,除了可以满足公众科学的好奇心,更为重要的是对他们的公民性进行公共启蒙。传统的文化研究将自然历史博物馆也看作是"意识形态国家机器",如霍尔就认为"自然历史科学使现存的社会秩序拥有合法性,其方法是通过让所有的社会行动者——特别是支配阶级——认为他们所处的社会地位是固有的"②。而本尼特的看法就与此不同,他认为"这些历史科学打开了新的历史视野,构建了新的话语坐标,使得人可以以新的方式历史化,为新的自我'进步'打开前景"③。这意味着自然历史博物馆应该被看作是文化的技术,可以引导参观者以新的方式做事,塑造自己,以便使个人被嵌入由学科综合所提供的新时代的、进步的秩序之中,不能像霍尔那样将自然历史博物馆看作是意识形态发挥合法化功能的储存器。考古学、地质学和人类学等自然历史学以及相关的展品表明:一,人类历史文化可以追溯到史前史,自然生命的历史更可以追溯至亿万年之前;二,昔日灿

---

① T. Bennett. *Culture: A Reformer's Science*. London and Thousand Oaks, CA: Sage, 1998, p. 137.

② Stuart Hall. "Culture, the media and the 'ideological effect'", in James Curran, Michael Gurevitch and Janet Woollacott (eds), *Mass Communication and Society*. London: Edward Arnold, 1977.

③ T. Bennett. *Culture: A Reformer's Science*. London and Thousand Oaks, CA: Sage, 1998, p. 153.

烂的文化与文明若不思进步和发展,有可能退化乃至仅仅留下点点遗迹,"从博物馆展览中进化的分类品中似乎可以看出的教训是:人类或文化要么在进步的主干道上,要么冒险成为一个展品"[1]。本尼特进一步指出,"自然历史科学与生机勃勃的文学一样都与道德发展的领域联系在一起,对公民的职责和责任有重要影响。……通过让自我处于历史分层、考古学分层中,可能形成一种张力,即一方是'欠发展的'和'原始的'成分,而另一方是'非常动态的'和'进步的'方面,这种道德标准将自我放置在一种历史区域,使人的形成过程能够以新的方式被世俗化"[2]。自由主义政府正式运用自然历史博物馆和自然科学学科的交互作用向所有公民开放,将"平等、民主、自由、进步、发展"的资产阶级价值观悄然地用于对公民的塑造当中。

三、从"空间"角度论公共博物馆

第一,公共博物馆(包含艺术博物馆和自然历史博物馆)是一种政治空间。公共博物馆之所以可以规训主体、发挥启蒙功能、塑造现代公民,其根本原因在于它是一种特殊的政治空间,是福柯权力理论所论述的"知识-权力"相互作用的政治空间。公共博物馆"借助了特别的由'展览规训',即博物馆等展览场所与自然历史科学相结合(地理学、历史、艺术史、考古学、自然史和人类学)所形成的一套知识/权力关系"[3]来发挥文化治理性的功能。此处的"权力"指的是福柯的权力观。"福柯把权力描述为'在家庭、各个群体和机构中'所有社会力

---

[1] T. Bennett. *Culture: A Reformer's Science*. London and Thousand Oaks, CA: Sage, 1998, p. 135.

[2] T. Bennett. *Culture: A Reformer's Science*. London and Thousand Oaks, CA: Sage, 1998, p. 158.

[3] T. Bennett. *Making Culture*, *Changing Society*. London: Routledge, 2013, p. 24.

量态势的'总效应'，即'局部性对峙的'效应。"①权力是无处不在的，只要有"对峙"就会有权力，权力制造知识，知识是行使权力的条件并再生产权力。公共博物馆依赖其丰富的藏品，专业人员（博物馆馆长、研究人员等）的研究和引导，特定的参观规范和组织形式等文化资源，在生产出一定的专业知识的同时又形成一种权力，进而规范人们的行为。公共博物馆恰如福柯的全景敞式主义所蕴含的"通过看与被看形成规训权力的一部分。……'展览复合体'产生了这种关系的不同组织形式，它产生的空间使聚集的市民可以在里面观察自身，管理自己的行为，变得自我规范"。②

　　第二，公共博物馆是知识生产的空间。19 世纪以后，世界各大城市的博物馆里的藏品选择和排列方式呈现出新的面貌。这些博物馆聚集了全球各大洲的生物标本、矿石、人类遗迹、艺术品、手抄本、人种学标本和工艺制品等等，使得原本分散在不同时间和地点的物质证据被集中在一起，这样就使得这些博物馆成为世界的缩影。因其藏品的丰富性、完整性和系统性，公共博物馆就成了知识得以比较、整合、归纳与提炼的场所。正如本尼特所指出的，"到 19 世纪末，在主要的国家收藏中，博物馆成了新知识形式的孵化器"③。比如，曾经在丹麦国家博物馆任首席馆长的汤姆森在陈列藏品时根据材质将馆藏古物划分为石器、青铜器和铁器三个组别，并进而将人类史前史分成相应的时代，开创了影响深远的"三期说"；法国的布歇·德·彼尔特根据发掘古物的地层状况将人类历史向前延展了数万年，随后地层学、生物学、人类学等各门学科都快速发展起来。因博物馆或伴随博物馆的发展而诞生的知识还有后来藏品陈列常用到的类型学和

① ［瑞士］菲利普·萨拉森著：《福柯》，李红艳译，中国人民大学出版社 2010 年版，第 186 页。
② T. Bennett. *Making Culture*, *Changing Society*. London: Routledge, 2013, p. 25.
③ ［英］托尼·本尼特著：《文化与社会》，王杰、强东红译，广西师范大学出版社 2007 年版，第 268 页。

工艺学等等,甚至马克思主义理论体系的主干也因大英博物馆的海量馆藏图书资料才得以完成。

第三,公共博物馆是一种表征空间。首先,无论从哪种角度看,博物馆都竭力表征着自由、平等和民主。至少在理论上,博物馆针对所有公民是开放的、自由的;博物馆在展品上遵循表征均衡性原则,使不同组群的差异(自然的、社会的和文化的)都可以被平等地展示,正如凯文·赫瑟林顿所说,"我们相互之间是不同的,缘于不同的性别、阶级、种族、年龄和性倾向等等"①。本尼特指出,赫瑟林顿所讲的这些差异,是自前启蒙时期以来博物馆展览实践的新关注点,差异虽然是客观存在无法改变的,但我们可以改变其展示方式,使它们彼此平等地被参观。"博物馆是'交流的区域'——在那里不同文化的观点可以混合与交融,进入对话的交流而不是从属于控制的观点。"②其次,除了平等和自由,博物馆还表征进化与进步。后达尔文主义的历史科学最有影响的应用就是考古类型学,博物馆的展品依据此法则安排就将博物馆变为人类进化的演示课堂。"殖民地的有色人种的人工制品、习俗和生活方式被看作是那些早期的物质证据,是存在于考古学记录中的人们社会生活形式的遗物。"③因此,土著居民的文化和遗迹在博物馆中以类型学为核心原则进行展览,就给参观者传达的是进化与进步的理念,没有进化就可能被延迟进步,甚至沦为一种"展品"而消失于寰宇。最后,博物馆表征着记忆。现代公共博物馆大都发端于殖民地宗主国,它们把殖民地的遗物聚集、据为己有不仅表征进化(对"他者"和"异乡"的征服和占有),同时也是通过把遗物

---

① Kevin Hetherington. "The Unsightly: touching the Parthenon Frieze", in *Theory, Culture and Society*, Vol. 19(5/6), 2002, p. 196.

② T. Bennett. *Critical Trajectories: Culture, Society, Intellectuals*. Blackwell Publishing, 2007, p. 137.

③ T. Bennett. *Critical Trajectories: Culture, Society, Intellectuals*. Blackwell Publishing, 2007, p. 162.

视为记忆而建构本国和本民族的身份。如今的当代社会普遍面临着传统消解的危机,对记忆、传统和历史的重构就显得十分重要,因此,本尼特指出,"自然历史博物馆已经成为新的记忆机器"①。

　　虽然在理论和法律上来看,公共博物馆表征平等、自由、民主、进化、进步和记忆,但是在具体实践中,本尼特还是发现它们仍具有较大的局限性。欧美国家的公共博物馆在理论上被认为是服务于全体公民的,实践上却因不同时期"公民"的所指不同而将有些民众排除在博物馆之外,如劳动妇女、儿童、被殖民者和许多西方国家的有色移民均被排除在博物馆的服务之外。历史上有较长时期内博物馆不向妇女、儿童和有色人种开放,博物馆开放对象的演变次序依次是"白人中产阶级男性—白人男性—白人男性与女性—男性(有色妇女仍被排除出去)"②。如果从东方殖民主义角度来看,博物馆表征的记忆是殖民地的被征服和压制,是被殖民者的屈辱和痛苦的历史,博物馆所建构的身份也是为了突出欧洲中心主义。

　　第四,公共博物馆是塑造主体的空间,这与博物馆执行启蒙的功能密切相关。艺术博物馆借助"展览规训"使参观者变为对自我行为进行约束和修正的主体,使他们摆脱粗俗、不雅的个人行为,形成温柔而又优雅的行为;自然历史博物馆主要是向参观者灌输有关发展、进化、民主和文明的现代性理念。无论是让工人阶级成为"谨慎的主体"还是向广大民众传达"现代性理念",都是为了把塑造主体当成博物馆的本质要义。因此,本尼特认为,"从现代的初期,博物馆就一直是这样的地方,公民在那里相遇、交谈、受教育或参加仪式,这样他们作为公民的权利和义务可以发挥作用。博物馆就在同期成为主要的

① T. Bennett. *Pasts Beyond Memory: Evolution*, *Museums*, *Colonialism*. London and New York: Routledge, 2004, p. 2.

② T. Bennett. *Critical Trajectories: Culture*, *Society*, *Intellectuals*. Blackwell Publishing, 2007, p. 136.

各种物品被展览的可看见的机构"①。台湾当代博物馆专家黄光男认为,"展览能使观众对展品产生好奇与探索真实的动力,作为学习教育目的,它是最为民主化自由化的学习历程"。② 公共博物馆作为公共教育的一部分重在参观者的自我管理和自我塑造,这是区别于监狱、法庭和医院等机构对人进行强制性管理和约束的显著之处。

第四节 "文化治理性"理论中的知识分子

本尼特认为,"知识分子不仅是文人,也不完全是思想的生产者与传输者。知识分子同时也是仲裁者、立法者、思想生产者和社会实践者,他们天生就起着非常重要的作用"③。知识分子在"文化治理性"理论中无疑占据着重要地位:文化区域的甄别、文化资源的组织、文化知识的产生、文化机构的设置、文化制度的运作、文化对社会行动者的塑造(含个体和集体)等等都离不开各种知识分子的参与。故而,本尼特在论证自己的文化治理性理论时花了较大笔墨讨论知识分子在现代文化和社会中所扮演的角色。

一、知识分子概念简述

从辞源学上讲,现代西方"知识分子"的概念有两个来源。第一

① T. Bennett. *Critical Trajectories: Culture, Society, Intellectuals.* Blackwell Publishing, 2007, p. 121.

② 黄光男:《博物馆新视觉》,文化艺术出版社(北京)2011年版,第81页。

③ [美]亨利·吉罗著:《文化研究的必要性:抵抗的知识分子和对立的公众领域》,黄巧乐译,载罗钢、刘象愚主编:《文化研究读本》,中国社会科学出版社2000年版,第85页。

个出现在 19 世纪的俄国，有一些出身上流社会的知识阶层，因为接受了西方教育而与自己身处的落后而黑暗的俄国当局产生了疏离感和批判意识，他们成了具有强烈参与精神和批判意识的群体，是以拥有人类良知和普遍价值自居的现代知识分子的代表。第二个概念来自 19 世纪晚期的法国"德雷福斯事件"。德雷福斯原本是一个有前途的上尉，因其犹太人身份而受诬陷锒铛入狱。以左拉为首的具有正义感和社会良知的一批文人和作家发表了为德雷福斯辩护的《知识分子宣言》一文。左拉等人就被人们称为"知识分子"，他们的特征与俄国辞源的知识分子代表很相似，站在普遍价值立场伸张正义，形成了一个"公共领域"的主体，关注公共问题和事件。从这两个辞源来看，知识分子是具有批判精神、不隶属于任何阶级而站在普遍性和超越性的立场参与社会现实的自由职业者。知识分子概念从 19 世纪开始一直随着时代的发展而发展变化，具有较大影响力的概念有以下几个。

承接辞源的意义，到了 20 世纪 30 年代，曼汉姆对知识分子进行了经典界定：知识分子是一个自由漂流的群体，具有"自由漂浮的、非依附性"（free-floating，unattached），而非一个有自己特殊利益诉求的阶级或阶层①。因为超越于任何阶级或阶层，知识分子就"自由"，不"依附"任何利益团体，就没有自己的利益诉求，这样就能够普遍而公正地判断社会现实，承担伸张正义和发扬真理的职能了。

曼海姆的这种"自由、非依附性"知识分子的理论遭到了西方马克思主义理论家葛兰西的严厉批评。他们认为曼海姆的理论是理想化的、虚幻的，在现实中却只存在卷入特定社会运动和阶级关系的具体的知识分子。马克思主义者要把知识分子从虚幻拉回现实，

---

① 周宪：《知识分子任何想象自己的身份——对于知识分子社会角色的若干定义的反思》，陶东风主编：《知识分子与社会转型》，河南大学出版社 2004 年版，第 2 页。

服务于无产阶级的政治使命。因此，葛兰西提出了"有机知识分子"概念："就是随着新阶级在经济生产中创造和发展自身的同时造就的知识分子，这种与新阶级同质的知识分子能意识到并且能执行他们应在政治、经济、社会领域里执行的职能。"[①]无产阶级中的有机知识分子所从事的工作就是在市民社会里改革知识和道德，这样做一是为了改造并批判地吸收代表旧社会及资产阶级传统的知识分子，二是为了抵消或侵蚀那些代表旧社会及资产阶级传统的知识分子传播自己的文化和意识形态，从而使群众获得批判的革命思想意识。

后现代主义大师福柯对曼海姆与葛兰西的知识分子理论都进行了批判分析，提出了"专家型知识分子(specific intellectuals)"概念。随着现代社会分工和知识专业化的发展，社会权力已经微观细化，"普遍知识分子"从二战后起逐渐消亡，呈现在人们面前的是专家型知识分子，"他们的职业工作条件或者生活条件已经把他们固定在某一特殊的地方，如实验室、大学、医院和家庭等等"[②]。福柯认为"专家型知识分子"的职能目标仍然是批判，但这种批判是在具体的工作领域中而不是在总体化和宏大的叙事中进行批判。

另一个独树一帜的概念是美国社会学家古德纳的"新阶级"说：知识分子既不是(如曼海姆所说的)超然的天马行空者，又不是(如葛兰西所说的)某个阶级的有机成分，准确地说，他们自己就是一个新阶级。[③] 知识分子拥有不同于物质资本的文化资本，并因此获得了自己独立的阶级意识——专业主义，并且随着科学技术的发展，拥有文化资本的知识分子新阶级不同于传统的统治阶级也有别于无产劳动

---

① 孙晶：《文化霸权理论研究》，社会科学文献出版社 2004 年版，第 23 页。

② 吕一民：《20 世纪法国知识分子的历程》，浙江大学出版社 2001 年版，第 271 页。

③ 周宪：《知识分子任何想象自己的身份——对于知识分子社会角色的若干定义的反思》，陶东风主编：《知识分子与社会转型》，河南大学出版社 2004 年版，第 6 页。

阶级。

　　古德纳的"新阶级"说遭到了后殖民主义大师萨义德和法国社会学家布尔迪厄的批评。萨义德发现，由于专业主义，即学术日益专业化和制度化，知识分子的社会批判力量不断衰落并且越来越倾向于屈从于权力和权威，因此，萨义德认为知识分子应该是"业余人"和"边缘人"，要保持独立的批判意识而不接受现成的简单的处方和陈词滥调。布尔迪厄认为知识分子不是一个独立的阶级，而是一个充满矛盾的人，是"支配阶级中的被支配者"，意为因拥有相当的文化资本而有别于被支配者，但是，相对于拥有经济资本和政治权力的人来说，他们的权力和影响又受到限制，因此是"支配阶级中的被支配者"。知识分子这种尴尬的身份地位，使得他们的职能也显得相当暧昧，即有时他们与被统治者结盟以批判和反抗统治阶级，但有时则容易被统治阶级所收买。

　　法国学者德布雷考虑的是知识分子和权力、体制的关系，但他比较消极地看待知识分子。德布雷认为，"知识分子是传播、重复或改变文化象征和形象的人，他们控制着这些象征、符号和意义的系统"①。知识分子传播和控制文化系统的能力使他们可以通过"不断地被媒介反复提及和再现"，由于媒介的反复提及所产生的"名人效应"使知识分子的"权力、地位和商业价值也不断上涨"②。德布雷的这种观点显示了当代媒介时代，有些知识分子与媒介结盟、追求名声和利益却不再担负社会道义和社会良心的倾向或现实，但若是将所有的知识分子归于此类就过于极端了。

　　上述有关知识分子的概念，虽不能囊括西方文化思想中全部的

---

① 周宪:《知识分子任何想象自己的身份——对于知识分子社会角色的若干定义的反思》，陶东风主编:《知识分子与社会转型》，河南大学出版社 2004 年版，第 21 页。
② 周宪:《知识分子任何想象自己的身份——对于知识分子社会角色的若干定义的反思》，陶东风主编:《知识分子与社会转型》，河南大学出版社 2004 年版，第 23 页。

相关理论,但却代表了两个基本立场:"或坚持知识分子的功能分析,或坚守知识分子的批判与启蒙立场。"①本尼特借鉴吸收了前人的研究成果,特别是在辨析马克思主义批评中的知识分子的角色和布尔迪厄的知识分子观的过程中,论述了知识分子在当代文化研究中所应该担当的务实和实用的责任,将知识分子的有机功能和批判启蒙功能结合在一起,形成了自己新的知识分子理论。

二、西方马克思主义批评观:"批评的幻象"

从 19 世纪阿诺德开始,文学文本就被认为既表达又影响文化或社会的一般状态,所以从事文学文本批评的知识分子所发挥的功能,是支持社会和文化批评的普遍化(如社会发展的理想化状态和人的本质意义),这种思想尤其在西方马克思主义批评中更为常见、更为持久。西方马克思主义批评传统的批判功能在于揭露资本主义社会的黑暗与不公,培养主体的抵制与反抗意识。但这种批判的主流深受浪漫主义的影响,一向以普遍主义、本质主义为基础,即认为社会和历史有着某种普遍法则,社会和历史的发展是依照特定的因果律发展的。这种"普遍性"先假定某种美好、理想的社会制度和话语环境,然后论证和批判资本主义政治、经济和社会的"不合理性"。尽管这种基于某种假设的批判有很强的现实批判性,但它的实际影响是极其有限的。因为它不是关注具体作品可能提出的具体问题,而是将批评与社会和文化批判的总体或普遍化进行结盟,它没有彻底贯彻历史唯物主义,而是带有一定的唯心主义。因此,本尼特提出"必须打碎这样的研究方法所依赖的而且也是它们所培育的批评

---

① 曹成竹:《知识分子:一个从批判到实践的社会群体——兼论托尼·本尼特的知识分子观》,《社会科学评论》2009 年第 2 期,第 36—41 页。

的幻象"①。本尼特为了论述自己的上述观点,就以爱德华·萨义德的《世界、文本与批评》和弗雷德里克·詹姆逊的《政治无意识》为例来分析马克思主义批评中知识分子职能工作所存有的缺陷。

　　本尼特认为萨义德的《世界、文本与批评》这本书用词颇为闪烁且中心主题难以确定。与其他马克思主义批评家一样,萨义德也认为批评的任务是揭露现实和塑造主体形成反抗意识的过程,但他所用的论证手段方法就显得模糊不清。比如,书中一篇名为《理论的旅行》文章模糊了阶级意识、批评意识和批评三者之间的区分,允许这三个概念相互滑动,这就是对资本主义批评内在于批评活动自身的原因。其实,这种模糊闪烁的手段还表现在萨义德对其批判概念所创造的系谱上,他主要融合了卢卡奇、葛兰西和福柯的观点,他从这个被融合起来的"大杂烩"中汲取了知识分子批评功能的传统概念。萨义德时而指出"批评必须从已经成为有点神秘纯净的文学理论的主题内容(即文本性)脱离"②,批评要关注现实本身,这是本尼特绝对赞成的。但是,具体如何关注现实,萨义德在书中没有"告诉我们任何具体的东西……,可以作为分析具体社会形势和关系的手段;它还暗含了大量的活泛的惑人耳目的东西"③。实际上,萨义德把批评看成是具有个体唯一性的作者所进行的创作,被批评家的立场所阐释,并将普遍化的意识导向给抽象的读者(反对世界的个体意识的集合体)。这种文学、批评和社会三者之间的关系依然是以一种"精英"的姿态否定现实,并进而启蒙大众的批判传统。实际上,这种批评常常

---

① [英]托尼·本尼特著:《文化与社会》,王杰、强东红译,广西师范大学出版社 2007 年版,第 288 页。

② [英]托尼·本尼特著:《文化与社会》,王杰、强东红译,广西师范大学出版社 2007 年版,第 291 页。

③ [英]托尼·本尼特著:《文化与社会》,王杰、强东红译,广西师范大学出版社 2007 年版,第 294 页。

缺乏对历史社会现实的细微研究,没有科学的实证依据,更给不出可实践的计划方案;因此,对现实的影响非常有限。

本尼特指出,萨义德的另外一个谬误是"批评高于理论"。萨义德认为,批评始终是"怀疑地、世俗地、反思地向自身的失败敞开",它"在本质上反对构建宏大的密封体系"[①]。批评不像理论那样构建封闭的体系而是一种不断变动的、不断调整的实践活动,这样的论述显然无可厚非,但是他却认为批评凌驾于理论之上,不但对它作出判断还对它进行修正,让"理论从未直接地站在现实的法庭面前"[②]。这种将批评横亘于理论与现实之间的做法无疑是有悖于马克思主义唯物主义的。"萨义德简单地假想了一种纯真的实践,它将文学文本构成为总体化评论的场所,从而可以不考虑历史特定环境,而转变主体的伦理政治。"[③]他把批评放在至高无上的地位无非是为自己言说的权威性构建出一个"批评的幻象"。

对萨义德的批评观批判分析之后,本尼特又简略分析了詹姆逊的批评概念。虽然詹姆逊的批评概念与萨义德的不同,但他们所面临的困难是很相似的。萨义德作品中的批评概念明显是阿诺德式的,即认为文学的批判功能在于对主体道德方面的塑造,而詹姆逊分享了卢卡奇的批评观,认为批评在提高主体的文学能力以及形成主体的历史自我知识上,具有重要的认知功能。詹姆逊在《政治无意识》中意图保卫、复活马克思主义批评观,他采用的方法是为马克思主义谋求一个超越其他所有对立解释视域的身份,以一种(大写)历史的叙事形式,这显然也是批评高于一切的萨义德的相关理论的翻

---

① E. Said. *The World*, *the Text and the Critic*. London: Faber&Faber, 1984, p. 26.
② [英]托尼·本尼特著:《文化与社会》,王杰、强东红译,广西师范大学出版社 2007 年版,第 296 页。
③ [英]托尼·本尼特著:《文化与社会》,王杰、强东红译,广西师范大学出版社 2007 年版,第 298 页。

版。詹姆逊还认为,"批评组织了文学文本的阅读,从而使这些文学文本逐渐被授予意识形态的功能,于是马克思主义几乎难以避开这种预先建构的意识形态阵地"①。本尼特还发现,虽然詹姆逊的批评观宣称其政治使命始于局部而结束时却成了在时时处处都必然起作用的概念,这种解释程序带有明显的普遍化和总体化的马克思主义批评的典型特征。

本尼特通过上述论证分析得出结论:包括萨义德和詹姆逊在内的西方马克思主义批评观认为批评者要立于社会权力之外,对资本主义进行无情揭露与批判,彰显社会公正与社会良知,即认为知识分子"被放逐者"和"边缘人",其真实使命是"向权力说真话"②。遗憾的是,这种摇旗呐喊且鼓舞人心的批判也许能够塑造主体意识,但实际效果在当今复杂的社会中几乎会是一无所获。因此,本尼特主张批判型知识分子应该关心"具体文化知识在特定文化机制中如何运作""如何作用于社会的布局",更重要的是,如何"既参与文化和政府的现代关系又在其中保持不被控制的状态"③等问题,即"实践型"知识分子。

三、本尼特的"实践型"知识分子观

作为一个马克思主义者,虽然后来转向后马克思主义,本尼特本着发展马克思主义、贯彻历史唯物主义的思想,从真正为底层人民谋求经济、政治和文化利益的务实观点出发,对传统西方马克思主义批

---

① 〔英〕托尼·本尼特著:《文化与社会》,王杰、强东红译,广西师范大学出版社 2007 年版,第 301 页。

② E. Said. *Representations of the Intellectual*. London:Vintage,1994, p. xiv.

③ 〔英〕托尼·本尼特著:《文化与社会》,王杰、强东红译,广西师范大学出版社 2007 年版,第 29—33 页。

评中要求知识分子做"边缘人"和"批判者"的角色进行批判否定;实际上,不能认为发挥批判启蒙作用的人员才是知识分子,而具有有机功能的人员就是官僚机器和政府的爪牙。知识分子的"有机功能"和"批判启蒙功能"完全可以结合在一起,这就是本尼特的"实践型知识分子"观,即"批判"只是实践型知识分子实现其目标的诸多手段中的一种,而不是目标本身,他们真正的目标是参与到政府事务中去,通过影响政府职能的发挥而保障公众的权益。

　　本尼特的知识分子观深受麦克奎甘和哈贝马斯相关思想的影响。麦克奎甘在《文化与公共领域》中认为批判的知识分子所做的工作是学术的,他们进行学术研究的状况与任何直接的实际成果没有联系,只对社会环境进行批判反思;而实践的知识分子是指在实践的语境中从事某种形式的交流与文化管理的文化工作者,能够产出"处方知识"而不需要批判意识。批判的知识分子与实践的知识分子之间的分离,正是哈贝马斯解释系统世界与生活世界以及它们的理性原则之分化的核心。工具理性是系统世界的特性,"支持方法—目的的合理性,其方向由阶级和官僚政治权力的现存结构决定",忽视人类本身的价值和意义,这显然是批判的知识分子所要反对的,"于是乎,批判类知识分子不可推托的任务就是去除理性方式(即所谓的"处方知识"),而理性的形式支配着实践类知识分子工作中的语境"①。

　　本尼特对当代知识分子的批判理性和工具理性进行了调和与改造,认为批判理性与实践性相结合具有历史必然性。实际上,"所谓批判的知识分子与实践的知识分子之间的差异,其实是微不足道的。……人们认为,从关注职业、社会和文化理解等共享视野的方面

① [英]托尼·本尼特著:《文化与社会》,王杰、强东红译,广西师范大学出版社2007年版,第316—317页。

来说,他们在共同的实践的和知识的问题上能够有效地交往"①。不能再把实践的知识分子"看作是被体制收编,成为缺乏批判和反思能力的技术专家和文化官僚"②,实践的知识分子在工作中并不是仅有工具理性而缺乏道德伦理,因为官僚体制本身具有独特的办公信条,实践的知识分子要完成自己的工作任务就需要有相应的伦理容纳能力。如亨特所指出的那样,"政府部门本身设立'使命'、设立伦理承诺与责任的焦点,以及设立优于当权者的、超出官方纽带的亲友、亲属、阶级或者其他此类相关意识的自治领域"。③ 本尼特认为,亨特在此意指政府部门是知识分子塑造特殊伦理人格的场所,不能因为官僚机构中的知识分子因特定目的而表现出的所谓非道德性的冷漠(如办事一丝不苟、谨守规矩、克制情绪、恪尽职守等等)而遭到抨击。无论是批判的知识分子还是实践的知识分子,"两者都通过特殊的精神训导和规约的培养而表现了特定的道德倾向"④。

　　同时,本尼特根据福柯有关治理性概念指出,"政府"不再与国家等同,而是一种有意筹划的理性活动,权力也不仅在国家政府官僚机构中而散见于生活中的方方面面;因此,萨义德和麦克奎甘等人所说的"将真正的知识分子置于政府之外,并督促他们向权力说真话"的情形是难以想象的。因为"萨义德式的批判型知识分子观是建立在一个先验模式的基础上,即真理与权力的二元对立"⑤,实际上当代社

① [英]托尼·本尼特著:《文化与社会》,王杰、强东红译,广西师范大学出版社 2007 年版,第 318 页。
② 曹成竹:《知识分子:一个从批判到实践的社会群体——兼论托尼·本尼特的知识分子观》,《社会科学评论》2009 年第 2 期,第 36—41 页。
③ Ian Hunter. *Rethinking the School: Subjectivity*,*Bureaucracy*,*Criticism*. Sydney:Allen and Unwin,1994:155
④ [英]托尼·本尼特著:《文化与社会》,王杰、强东红译,广西师范大学出版社 2007 年版,第 21 页。
⑤ 曹成竹:《知识分子:一个从批判到实践的社会群体——兼论托尼·本尼特的知识分子观》,《社会科学评论》2009 年第 2 期,第 36—41 页。

会中权力与真理是相互依存、相互促进的。而在现实当中,在各种领域、社会各部门中工作的文化人员对促进民族主义文化发展都做出了巨大贡献,"不管是学者、政府职员还是公共知识分子……对其他支配性的民族文化(如美国)的入侵影响设置限制以及有选择地汲取养分。对于那些作为文化工作者而在政府部门工作的各种类型的知识分子——馆长、社团艺术工作者和艺术管理人员——而言,在文化多样性、社团或者艺术与工作生活计划中,事实也是如此"①。

概言之,本尼特认为在文化治理性视野中,诞生于 19 世纪末的一小部分精英分子是"凭借在哲学、艺术、社会科学和自然科学等领域的卓越知识,扮演着公众代言人的角色,最大程度地关注公众生活和他们的自身职能。在这层意义上说,知识分子担负着启蒙大众和推动社会进步的双重责任"。② 如果在西方社会现代化过程中知识分子以"启蒙大众"为己任的话,那么在当代自由治理的社会中知识分子只有致力于文化实践才能推动社会的发展。"实践型"的知识分子就是这样一个群体:"一方面要积极参与文化和公众生活,具有影响政府文化政策的意识和能力,另一方面又要保持独立的人格与批判精神,不被权势左右。"③本尼特在文化公共领域将文化人员定义为"知识工作者,与其说是作为工具针对变化着的意识进行文化批判,不如说是通过针对政府配置的技术调整手段来修正文化功能"④。知识分子虽然还有社会批判的功能,但更多的是参与各种规

---

① [英]托尼·本尼特著:《文化与社会》,王杰、强东红译,广西师范大学出版社 2007 年版,第 323 页。

② T. Bennett, L. Grossberg and M. Morris (eds.), *New Keywords—A Revised Vocabulary of Culture and Society*. Cambridge: Blackwell Publishing, 2005, p. 189.

③ 曹成竹:《知识分子:一个从批判到实践的社会群体——兼论托尼·本尼特的知识分子观》,《社会科学评论》2009 年第 2 期,第 36—41 页。

④ Tony Bennett. "Useful culture", in David Oswell, ed. *Cultural Theory*. London: SAGE Publications Ltd, 2010, Volume 1, p. 77.

划,尤其是政府组织的计划,以便引导公众实现自我治理。比如 19
世纪浪漫主义美学家,就使艺术能够以让普通人理解的方式去支持
政府的行动,引导人们多参观文化机构和参与文化活动,审视自己的
行为、减少酗酒、停止乱性、降低出生率和家暴率。那么在当代的文
化公共领域,文化治理功能的发挥起至关重要作用的是专业人员的
专业技术,如艺术展览向谁展览、为何展览、怎么展览(悬挂的方式、
贴标签的方式、参观者的路线、内容介绍的手册)等等,"所有这些都
是通过在文化圈中工作的知识分子行动来实现的,他们既不是批评
家,也不是官僚主义者",而是参与政府工作中,"需要开始同'国际学
校协会谈话'。……文化研究要与现存的实际见识、议事日程和支持
者打交道,它们在文化政策论争与形成的不同领域里很明显,是由政
府的相关部门、文化与媒介机构的实践所构成的"①,他们就是"实践
型"的知识分子。在当代自由治理的社会中知识分子只有致力于文
化实践才能推动社会的发展。

本章小结

文化研究作为一种跨学科的研究思维方式与理论,在人类认识
文化生活问题、探究知识和真理的过程中和推动社会变革与发展的
进程中都发挥着至关重要的作用。在过去的半个世纪,主导文化研
究的传统范式有文化主义、结构主义和葛兰西文化霸权理论;虽然它
们产生和应用的具体环境不同,但都是站在英国新左派激进的立场

---

① 〔英〕托尼·本尼特著:《走向文化研究的语用学》,阎嘉译,陶东风主编:《文化研究读
本》,南京大学出版社 2013 年版,第 297—298 页。

上,竭力对资本主义文化进行剖析,对资产阶级意识形态进行揭露、批判和抵抗。受"福柯思想"的影响,本尼特发现传统的文化研究范式随着文化研究的深入发展日益显得力不从心;鉴于此,他开启了文化实用主义路径,提出文化研究的"文化治理性"理论,从传统的注重文化社会的单纯批判转向文化技术的实践;强调文化既是治理的工具又是治理的对象,在治理性理论视域下既要实现对主体的塑造和建构,也要实现对社会的改革和建构,继而实现文化与社会的双向繁荣与发展的目的。

本尼特文化治理性理论意味着"利用随着'现代'阶段产生的知识和专门技术等具体文化形式的发展而产生的各种文化手段作用于塑造人类总体"①。换言之,文化指的是系统的知识(真理)、技术和组织,由于文化内部是分等级的,文化既是治理的对象又是治理的工具,对社会行动者(既包括个人又包括集体)具有建构作用,但是这种建构作用必须历史地、具体地与权力技术系统和机制相结合才能发挥对社会构建的作用。因此,文化的治理性就应该成为文化研究的关注重点,文化与哪些权力技术系统和机制相结合以及怎样结合,文化技术对社会产生什么样的影响以及产生影响的具体方式和效果等问题都应该展开分析。这样,文化政策、文化机构和知识分子在文化治理性当中的功能和作用就理所当然地被纳入文化研究的视线并获得更为重要的地位。

本尼特的特殊之处就是没有传统文化研究者对政府的抵制和批判态度,倡导参与和合作,关注政府治理下的制度创新和政策改造,积极参与文化领域的政策研究和政策制定,根据管理的目标、对象和所拥有的不同文化技术形式而采用最优的文化配置,实现文化资源

---

① 托尼·本尼特:《我的学术之路和理论方法》,转引自托尼·本尼特:《文化与社会》,王杰等译,广西师范大学出版社 2007 年版,第 25 页.

利用的最大化、最优化,在满足人民各个层次精神文化需求的同时,实现人民精神道德和行为方面的发展和提高。公共博物馆作为文化机构中的重要成员,无论是在理论上还是在历史实践中,都在本尼特文化治理性理论中占据着非常重要的位置。公共博物馆是审美智性文化的物质载体,是科学知识的孵化器,是"公民实验室"。公共博物馆——作为发挥文化功能的重要文化机构,在组织文化、配置资源、规范公民的行为、塑造新型公民中发挥了独特而重要的作用。公共博物馆被视为表现一系列知识与权力间特定关系的机制场所,是文化技术的主要成员,也是使知识、历史和艺术可以被人们理解的机构,它通过展览、陈列而塑造公众的文化气质,并由此实现对社会行为的控制。从本尼特"文化治理"角度研究公共博物馆,就意味着融合文化哲学、文化人类学和文化研究等跨学科理论知识对公共博物馆进行综合研究,这对深化认识和发挥当代公共博物馆的功能具有非凡意义。为了实现文化的治理性功能,"实践型知识分子"必须在其中承担重要角色。知识分子不仅有社会批判的功能,还要更多地参与各种规划,尤其是政府组织的计划的一部分来引导公众实现自我治理。知识分子要发挥其专业知识,制定文化政策,引导公众,参与政府文化活动的组织,发挥文化机构的功能和作用,运用文化机构生产智性知识,与媒介和文化机构保持密切联系。在当代治理型的社会中,"实践型知识分子"只有通过参与文化实践才能推动当代社会向前发展,实现全体人类的进步。

第四章

构造文化，改变社会

　　本尼特基于文化治理性研究范式的文化研究，侧重于对文化的真理性作用对主体的塑造，对文化制度与体制以及知识分子的实践参与进行研究。那么，文化知识（真理）怎样产生，文化具体与哪些权力技术系统和机制相结合以及怎样结合，文化技术对社会产生什么样的影响以及产生影响的具体方式和效果等问题都应该被纳入研究者的视线。为此，本尼特将自己的研究类比于布鲁诺·拉图尔（Bruno Latour）对科学实验室实践的讨论——实验室创造事物的方式是具有塑造社会领域能力的。"我亦类似地将各种机构，博物馆、艺术馆、历史遗址等视为文化实验室加以考察，……在这些机构中我们发现专家们在一系列新的变化的关系中处理文化材料、组织文化材料，他们是带着对社会施加影响、从而以特定方式调节或改变社会的想法这样做的"，"我的兴趣在于探讨这些专家们在这样的运作背景下是如何建构一种当代文化、知识与权力关系的重要形式的，因此最重要的是发展起一种对其运作的批判分析"①。

---

① ［英］托尼·本尼特著：《英国文化研究的另一种范式——托尼·贝内特学术自述》，《洛阳师范学院学报》2007 年第 4 期，第 8—11 页。

第一节　营造治理领域：多视角看"文化"与文化机构

本尼特通过对 19 世纪和 20 世纪人类学方面有关文化对主体行为塑造进而构建社会的领域进行分析，他发现文化知识、美学和人类学在政府各种治理规划中是复杂地纠缠在一起的。通过对"文化"传统概念的再审视，依据福柯"社会机制"（dispositif）概念，基于"行动者网络"传统，聚集体理论和实验室科学的相关思想，他提出了"文化复合体"概念，分析了"公民实验室"的内涵，营造了文化治理性理论中的"文化治理领域"。

一、批判分析文化概念中的三个关键假定

本尼特对英国和欧美大陆的已有文化概念进行了再审视，指出与文化概念相关的三个关键假定是值得深入分析和商榷的。

第一个假定是，法国文化的社会学传统与以英国为首的讲英语国家的文化研究传统。法国传统认为，文化的识别可以依据它与经济、社会实践的不同特性，从涂尔干到布尔迪厄的法国文化研究者都特别关注符号在组织社会生活中的作用；而英语国家的传统则强调文化是意义制造实践（meaning-making practices）的领域，它受经济和社会实践的调节，并成为经济实践和社会实践的结果；实际上"文化转向"的逻辑据此认为文化借助其表征所施加的影响在建构社会和经济生活中扮演着积极的角色，因为社会的和经济的行动者正是借助文化表征来看待和解释自己的行为、身份和相互间关系的。

无论是法国传统的"文化"概念还是英语国家的传统"文化"界定

都具有以下特点：文化是特定类型的，由符号、意义和表征所组成的，明显区别于经济和真实社会的现实。质疑与挑战这种传统的是"后表征"角度——特别是受福柯作品"社会机制"（dispositif）概念以及"行动者网络"传统和聚集体理论的启发。"后表征"角度更加关注历史化的具体的多变因素，即文本的、技术的、人类的和非人类的因素所"集合"成的暂时的相互联系，而不是宏观地对文化、经济和社会进行大划分。从"后表征"角度，本尼特指出，"文化是相连接的一系列的聚集体，将很多异质的因素聚合并且把它们组织成有特色的组合配置（configurations），而且文化的区分能力正是源于这些配置"①。

本尼特继而引出"文化复合体"的概念："文化复合体指的是一个由真理体制、治理理性、技巧本身和介入对'行为的管理'（conduct of conduct）的模式所共同组成的典型复合体；其中，介入对'行为的管理'之模式是作用于心理复合体与伴随'现代'过程出现的治理实践和知识总体。"②此处需要再次回述福柯的"知识与权力"互生的思想。"科学知识对于好的管理来说，是必不可少的"③，治理性的权力产生了一系列的治理机构，也发展了一系列的科学知识。"文化复合体"就是知识与权力互生的典型代表，它聚集特定知识、物质、技术和实践，并将这些聚集物用于一起支持"对行为的管理"。本尼特认为，在此将文化说成是跨历史的恒量是没有问题的，它是所有社会的组成成分，唯一的区别是文化治理性虽然在有些社会中已经显著呈现而在另外的许多社会中还没有显现。这就表明，那些认为有些社会缺少文化的论断是没有任何意义的，该论断把文化理解为一套较高级的智性的和知识的形式，以便提出"一些社会缺少文化"的建议，这是

① T. Bennett. *Making Culture*, *Changing Society*. London：Routledge，2013，p. 13.
② T. Bennett. *Making Culture*, *Changing Society*. London：Routledge，2013，p. 24.
③ ［法］米歇尔·福柯著：《安全、领土与人口》，钱翰、陈晓经译，上海人民出版社 2010 年版，第 313 页。

为特殊的政治目的服务，即为实施殖民权力寻找借口而已。本尼特在此显然对欧洲中心主义和其他所谓高级文化对低级文化的压制和殖民行为进行了隐晦的批判，并且从文化哲学角度支持了"他者"文化所具有的进步性和潜在的实践能力。

　　文化概念中第二个值得讨论的假定是，文化实践提供的批评所发挥的功能是影响主体的意识而成为社会转型的推动资源。本尼特认为批评的此种功能在马克思主义批评中表现尤甚。在《文化与社会》一书中，本尼特曾经对萨义德和詹姆逊的相关思想进行了具体批判分析，他得出这样的结论："萨义德和詹姆逊二人的批评观都是将批评视为文本评论实践，但又把文学文本视为对努力影响主体的道德、认知和政治的形成的解释范式的详细论述的前在文本，在这个层面上它也联系与影响着普遍的社会政治过程。"①也就是说，以詹姆逊等人为代表的欧美马克思主义批评传统的任务是通过培养主体的反抗意识来改造社会，但它具有的"普遍性""总体化"和"本质主义"的特征却是拘泥于文本而与现实脱节，必定因为没有可操作性而难以改变社会现实。本尼特将文学批评与审美解释成与其他的知识形式一样：是一定权力发挥作用的实践过程的真理体制，而不是这种过程的一种例外。本尼特认为，主体获得自由的关键是获得审美能力，这种能力的塑造得益于公民人文主义和自由主义政府体制的联合；审美知识、实践和权威以各种方式汇集于审美聚集体中，引导个体去实施各种各样的自我规范的行为。

　　第三个文化概念中的假定是，文化是一套独特的人类实践，文化与自然是分开的，有了人类与非人类的划分。就人类和非人类的关系问题，本尼特特别重视里奇·尼莫（Richie Nimmo）的观点。在技

———————

① ［英］托尼·本尼特著：《文化与社会》，王杰、强东红译，广西师范大学出版社2007年版，第310页。

术的和认识论的机制发展中，尼莫认为，文化的范畴在把人确定为特殊的种类中发挥了核心作用，它将人类与非人类区分开来并且高于非人类[①]。人类/非人类的划分，或者文化/自然的划分，其意义不仅仅表现在人类与外部自然的关系上——借助于不同的认识论的和治理技术的发展，自然被人类的能动作用征服并被其所控制——更重要的，一是涉及人类内部划分阶级和种族的关系上，二是涉及人的行为的塑造也是靠习性（多被认为是人的自然本性）的转变来实现的。

习性是人直觉和遗传的冲动，是重要的自然本性，康德把习性看作是人内部的野兽。康德认为，"习性是身体的内在的必需，以相同的无思考重复方式继续前进直到某人的目前状态。它使好的行为不能有它们的道德价值，因为它损害了人的思想的自由"[②]。习性在人的构造中就如人类内部的阈限区域，是自然本性和文化相斗争的区域，对这种斗争的不同解决方式则成了区分不同人类的一种方式。依照康德的观点，受教化的、有教养的团体和人口具备了倾向自由的潜在能力，因而能够自治，而那些行为依然过度地受到习性影响的团体和人口，需要顺从于更加规律的规范形式。本尼特概括说，"在后康德式的论述中，习性在解放人类的自我塑造的过程中充当的是文化概念的对立面，那个过程是由天才模范和它所激发的非重复的模拟形式所推动的"。[③]

与康德式习性论述相对立的是达尔文主义的相关讨论。达尔文论述了蠕虫生活习性的作用，打乱了自然、人类历史和康德所提出的对文化类别的简单分界线。达尔文认为，蠕虫将自己的洞穴封闭起

---

① R. Nimmo. *Milk*, *Modernity and the Making of the Human*. London and New York: Routledge, 2010, p. 15.

② I. Kant. *Anthropology from a Pragmatic Point of View*, trans. Robert L. Louden. Cambridge: Cambridge University Press, 2006[1798], p. 40.

③ T. Bennett. *Making Culture*, *Changing Society*. London: Routledge, 2013, p. 21.

来是一种本能和天性,但在封闭洞穴的活动中涉及一定程度的选择自由和智力的实施活动,因此他指出蠕虫的活动不是"直觉或不变的遗传的冲动结果"[①],而是显示出某种智力活动和某种思维的存在。以蠕虫的例子,达尔文将下列绝对区分的意义混在一起:区分高级动物与低级动物,或者区分动物和人类,这里一面是行为完全受反射、直觉或习性的管辖的一线,而另一线是受意识、意志力和智力的管辖。本尼特结合上述达尔文的论述和拉图尔的"行动网络"理论提出了自己的看法,他认为对人类/非人类、自然/文化的划分没有多大意义,问题的关键是有关习性的论述是怎样在世界上分配自由的。实际上,在后达尔文主义的科学学科中,如生命科学方面,人类学与考古学都有大量关于习性的文献,这些不同习性的论述显示了政府的自由主义技术把潜在的自由不均衡地分配到性别、阶级和种族的关系中的方法。也就是说,习性也成为塑造主体,改变社会和世界的可利用的技术,特别是在殖民主义时代,有关习性的论述更是凸显了文化与殖民主义之间的复杂的渗透关系。

二、"文化复合体":构造文化与组织自由的场域

本尼特扩展了文化机构的内涵和外延,提出了"文化复合体"的概念。他认为文化的"文化性"不是由一般的符号或者表征的逻辑所给予的,而是在于集合(gatherings)的本质,而集合是由组成它的各个因素间的关系排列所产生。文化治理性要求"不仅考虑在具体机构(博物馆、图书馆等)内文化实践的物质复杂情况,还涉及这些机构所占的场所与更广泛物质网络与基础设施之间的关系,包括它们在

---

① C. Darwin. *The Formation of Vegetable Mould Through the Action of Worms with Observations on their Habits*. London: John Murray, 1881, p. 156.

组织和分配自由时所起的作用"①。因此,文化得以构造、自由得以组织、文化能够作用于社会所涉及的关键因素是"文化复合体"和与其相关的背景、基础设施和公共领域。

首先来看"文化复合体"(the culture complex)的概念,它是指"通过文化机构的运转,特定的知识和技术分类、整理、展览和分配文化资源和其他文化实践材料,转换和组织成作用于社会个体的行为方式"。② 也就是说,"文化复合体"意指"一个由真理体制、治理理性、技巧本身和介入'对行为的管理'的模式所共同组成的典型复合体,其中,介入'对行为的管理'是作用于心理复合体与伴随'现代'过程出现的治理实践和知识总体"。③ 在文化复合体中,比较典型的是由公共博物馆、画廊和艺术博物馆等组成的"展览复合体"(exhibitionary complex)。19 世纪发展起来的"展览复合体"是借助特别的"展览规训"(地理学、历史、艺术史、考古学、自然史和人类学)所构成的一套知识/权力关系来塑造主体的。"展览复合体"产生了特殊的空间使得聚集于内的市民可以观察自身,管理自己的行为,变得自我规范并形成平等、民主、自由和进步的资产阶级价值观。但是,本尼特认为"展览复合体"概念有着明显局限,它不能囊括更大范围的主体行为治理实践,比如文学研究、音乐学等文化规训都不包含明显的展览成分,据此它们就被排除在展览复合体之外,并进而忽视它们对主体的规训作用显然是不合理的;再者,博物馆在殖民地语境中并不受欢迎,殖民地的当地民众(即殖民者眼中的"他者")对这种展览规训和"展览复合体"的监督一点都不顺从。故而,本尼特提出"文化复合体"概念来替代 19 世纪产生的"展览复合体"。

---

① T. Bennett. *Making Culture*, *Changing Society*. London: Routledge, 2013, p. 24.
② T. Bennett. *Critical Trajectories: Culture*, *Society*, *Intellectuals*. Blackwell Publishing, 2007, p. 103 - 104.
③ T. Bennett. *Making Culture*, *Changing Society*. London: Routledge, 2013, p. 24.

在文化机构(博物馆、图书馆、电影院、广播、遗产遗址等等)中运用现代文化的规训(文学、美学、艺术史、民间研究、遗产研究、文化社会学、文化的研究)实现对人们行为进行有计划的改变,而人们行为的改变要依赖他们的信念、习俗、习性和知觉等的转变来实现,这就是"文化复合体"的功能与作用。尤其是在民族问题上,各种民族当局部门发挥着至关重要的行政管理作用,即在组织新的行动集体和赋予这些集体特定能力能够对(人们的)行为起作用并改变他们的行为。这就需要对不同的文化治理领域进行分区,还需要关注各分区实践的互动关系,划分不同分区的习俗、惯例、传统和习惯丛,并配以特定机构的特定的计划、处方和规定管理。

其次是看文化治理中的背景(milieus)、基础实施和公共领域因素。"文化复合体"的功能与作用得以发挥首先离不开背景,"福柯将背景解释为一套自然的和社会的条件,通过它一套混合的效果作用于所有生活其中的人"①。背景是新的治理行为中的一个导管,是一种试图影响"人口"(即公众)的场域。从 18 世纪开始,国家当局积极地调动运用"背景"将"人口"训练成有特定职业能力的能动者以便确保实现下列"治安"(police)目的:生产与资源及国家领土相匹配的必要人口,确保公众生活所需、实现人口的健康和福利、培养和分配人口的活动,提供恰当的物质网络和基础设施以及实用规则和规范,以保证人口活动的产品能够流通②。此时,"人口"从"存在的目的"角度来看就是国家的资源,特定人口的自由生产、自我形塑、身份认同、信念形成和行为形式的形成都需要"背景"所提供的社会与自然条件。

本尼特基于福柯"背景"概念进一步指出,与"文化复合体"公共机构紧密相关的因素还包含新物质基础设施的发展。这些基础设施

---

① T. Bennett. *Making Culture, Changing Society*. London: Routledge, 2013, p. 31.
② [法]米歇尔·福柯著:《安全、领土与人口》,钱翰、陈晓经译,上海人民出版社 2010 年版,第 288—290 页。

包括道路、照明、公共卫生设备和供水系统等,这为公众提供了"保持得体、健康、严肃和自我治理的工具"并借此产生的"机构使得自我能够变成自主的能动者"①。基础实施被证明在自由主义中非常关键,它为自由能力的产生和实践创造了环境。基础实施不仅对 19 世纪的宗主国内的公众行为的塑造意义非凡,而对于殖民地的"他者"更是不得不进行构建的物质条件,只有这样才可能使"他者"有可能行动、产生自由并且组织自由,成为特别的人类能动主体。

"文化复合体"作为治理理性的历史性的产物,它的出现与自由公共领域还密不可分。此处的公共领域是指把自由公共领域看作是自由治理形式与社会之间新组合关系的产物,是福柯对"市民社会"出现时的时髦陈述。福柯反对 19 世纪哲学性的"市民社会"含义——把"市民社会"当作是"对抗、反对、摆脱政府、国家或国家机器和制度的一种实在",他认为市民社会实际上是作为新的自由治理技术的一个方面而规范政府和经济之间的关系的②。英国学者班宁对自由公共领域也有类似于福柯的解释——公共领域"是国家的创造物和延伸物"③,它产生了一系列外在于它自身的空间,也独立于宗教的权威部门,个人和团体被新的权威部门支持者所装备,并通过这些部门实践他们所被唤醒的自由。

总而言之,本尼特认为"文化复合体"是历史化的知识与制度实践的特别总体,有特色的专业知识得以在里面被运用于"构造文化",被"构造的文化"则成为一系列的资源作用于社会。"文化复合体"总是处于背景、社会物质基础实施和自由公共领域的结合所形成的不

---

① C. Otter, *The Victorian Eye: A Political History of Light and Vision in Britain*, *1800 - 1910*. Chicago, IL: University of Chicago Press, 2008, p. 19.

② [法]米歇尔·福柯著:《生命政治的诞生》,莫伟民、赵伟译,上海人民出版社 2011 年版,第 262 页。

③ Timothy C. W. Blanning, *The Culture of Power and the Power of Culture*. Oxford: Oxford University Press, 2002, p. 13.

同路径和机制之中制造、组织和分配自由。为了阐释"构造文化"和"制造、组织和分配自由"的过程,拉图尔关于科学实验室的论述进入本尼特的视线。"在实验室中,在科学文本中,事实被制造出来、表征出来……"①,"文化不是在行动者背后悄然行动,最令人崇敬的产品是在特定的地方和机构制造出来的,可能在芝加哥大学马歇尔·萨林斯(Marshal Sahlins)阁楼里的脏乱办公室,也可能在牛津市的皮茨河(Pitts River)博物馆所存的厚厚地区档案中"②。因此,本尼特认为,新的物品、知识新实体和行为体在艺术家的工作室、图书馆、大众参观的档案馆、超现实主义办公室、生活剧、新闻工作室、艺术博物馆、电影和声频档案馆、图书馆等场所中被生产并具有杰出的权力和能力,这些权力和能力被各个部门通过各种方式调动,穿越不同的网络,塑造主体并改变社会。

三、"公民实验室":博物馆,文化实物和社会治理

19世纪晚期,博物馆就被普遍指称为"公民的引擎",并被用于管理拥有选举权的男性大众公民之中③,换言之,公民得以诞生和塑造所需的动力就是来源于博物馆这样的场所和机构。沿袭这一传承,本尼特主张将博物馆视为组织文化、配置资源、规范公民行为、塑造新型公民以及表现一系列知识与权力间特定关系的机制场所,也就是说"在博物馆里新的、有特色的文化实物被生产和调动到市民管

---

① [法]布鲁诺·拉图尔著:《我们从未现代过:对称性人类学论集》,刘鹏、安涅思译,苏州大学出版社2010年版,第33页。

② B. Latour. *Reassembling the Social: An Introduction to Actor-Network Theory.* Oxford: Oxford University Press, 2005, p. 175.

③ G. Lewis. *For Instruction and Recreation——A Century History of the Museums Association.* London: Quiller Press, 1989.

理的规划环境中,这样各种社会关系得以被特定的方法排列与规范好"①。同期,博物馆被认为和实验室有着亲缘关系,如唐纳德·普雷齐奥西(Donald Preziosi)把 19 世纪博物馆定性为"资产阶级情操教育和完善的实验室"②。本尼特也把博物馆发挥这种机制的作用过程类比为科学实验室的作用,只是科学实验室产生的是科学知识和科学成果,而博物馆产生的是特定文化并作用于社会。

各种博物馆被看作是实验室的理论依据比较复杂,但本尼特首先依靠的是拉图尔的科学研究和行动者网络理论(Actor-Network-Theory,简称 ANT)。ANT 挑战了认识论中的最基本、最普遍的命题——二元主义划分法。该理论否认传统认识论中对主体与客体、文化与自然、社会与科技之间进行根本的划分。ANT 把人类和非人的科技、机构、自然物质、市场主体等在认知论的层次上都称为"Actor"(行动者),他们都具有同样的行动能力,人类的和非人类的行动者的关系不是停滞的、固定的而是模糊的、多变的,不同的组合关系使各因素所发挥的作用和所产生的结果不同甚至大相径庭。拉图尔认为,"借助抽象、净化、转换和调节的特殊步骤,不同类型的博物馆交织成新实体并对所收集的异质物品的聚集发挥作用"③。本尼特进一步阐释说,"博物馆中物品与物品、人与物品之间的关系的不同排列,可以对特定专业知识的形式和社会规划语境中的公民以及公民管理之间的关系进行调节"④。

卡林·诺尔-塞蒂纳(Carin Knorr-Cetina)的作品是本尼特把博

① T. Bennett. *Making Culture*, *Changing Society*. London: Routledge, 2013, p. 49.

② Donald Preziosi. "In the temple of entelechy: the museum as evidentiary artifact", in Gwendolyn Wright, ed., *The Formation of National Collections of Art and Archaeology*. Washington, DC: National Gallery of Art, 1996, p. 168.

③ B. Latour and W. Steve. *Laboratory Life: The Construction of Science Facts*. Princeton, NJ: Princeton University Press, 1986.

④ T. Bennett. *Making Culture*, *Changing Society*. London: Routledge, 2013, p. 50.

物馆类比为实验室的最好参照。塞蒂纳认为:"多变的替代品组成了实验室实践的本质,……实验室科学,首先,没有必要忍受物品作为'它是'的制约而可以有各种替代品;其次,自然科学不必受自然物品被固定在'某处'的制约,此类物品可以脱离原位置而被带进实验室里进行实验操作;第三,实验科学可以脱离事件的自然循环而能让它们时时再现于科学研究中。"[1]本尼特认为博物馆的物品排列与塞蒂纳对实验室科学实践本质的认识极其相似:与第一点相对应的是,博物馆物品的放置构成了与它"自身"分离,并且这种放置使得物品可以顺从于连续的重新构建,这些物品似乎都可以成为它们之间的相互替代品;与第二点对应的是,博物馆物品与其自然的、社会的和文化环境相结合的诞生地是分离开的,这些物品在博物馆中以各种方式构造新的可感知的现实,并进而塑造和再塑造社会的各种关系,一旦被放进博物馆中,物品的意义和功能会被构造得更具有灵活性,"它们就不再受其原初社会背景或者内在传统的制约"[2],正如拉图尔所言,博物馆成了"世界上所有被调动的物品聚集和容纳的场所"[3];博物馆与实验室科学第三点类似的是,博物馆生产出来各种实体,如社区文化、遗址文化、区域文化等等,而参观者和这些实体之间的不同排列关系所引起的观看,就使博物馆省掉了场景的"自然"循环("natural" cycles of occurrence)而组织出实验的场景。

　　本尼特认为博物馆作为给各项技术累积权力和能力的主要例

① Karin Knorr-Cetina. "The Couch, the cathedral, and the laboratory: on the relationship between experiment and laboratory in science", in Andrew Pickering (ed.) *Science as Practice and Culture*. Chicago, IL and London: University of Chicago Press, 1992, p. 117.

② D. Maleuvre. *Museum Memories: History, Technology, Art*. Stanford, CA: Stanford University Press, 1999, p. 21 - 29.

③ B. Latour. *Pandora's Hope: Essays on the Reality of Science Studies*. Cambridge, MA: Harvard University Press, 1999a, p. 101.

子,其过程与实验室科学非常相似,他把"博物馆类似地看作是新力量和现实被建构的地方,然后相关权威就可以把这些新力量和现实调动进社会规划之中。博物馆充当着重要的一系列新实体(像艺术、共同体、史前史、国家的旧事和国际的遗产)产生的场所,人们通过在博物馆的空间里设计和仔细地管理'公民的实验',然后导向特定的人口(工人、孩子、移民者),进而用各种方式作用于社会"①。

第二节　人类学的聚集体：治理"他者"

公共博物馆作为"公民实验室",产生文化技术和文化实体作用于社会并改变着社会,主要表现在两方面:一是对公民道德和行为的塑造,这一点已经在前面章节作了讨论;二是对殖民地的被殖民者,即"他者"进行塑造和治理。"他者"是"在自体以外'再现'的存在物——一个人性别、社会群体、阶级、文化之外的实体"②。实际上,从广义上来看,现代以来所有非西方文化和文明在西方人眼里都是"他者"。在西方社会内部,女性、同性恋者、外来移民都可被看作"他者"。西方最常见的对"他者"的阐释是:西方人是文明人,其余人是野蛮的"他者";殖民者勤奋工作,是先进文化的代表和引领者,而土著和被殖民者是十分懒惰的、落后的"他者";异性恋是好的、有道德的而同性恋是邪恶的、不道德的"他者"。本尼特在《构造文化,改变社会》一书中的"他者"是指澳大利亚的土著和"大法国"的非洲被殖民者。他以 19 世纪末期到 20 世纪两战前

---

① T. Bennett. *Making Culture*, *Changing Society*. London: Routledge, 2013, p. 52.
② 〔美〕齐亚乌丁·萨达尔著:《文化研究》,苏静静译,当代中国出版社 2013 版,第 11 页。

后的澳大利亚土著治理策略和"大法国"的非洲殖民地的治理策略为研究对象,分析了实地探险、博物馆、文化知识(真理)和治理策略之间的关系,从治理"他者"这一特定人口的角度再次强调了"构造文化与改变社会"的文化治理性逻辑。

一、治理澳大利亚的"他者"——土著居民

澳大利亚原住民族包括两部分:大陆土著居民和托雷斯海峡岛屿人。从1788年第一批英国流放犯到达澳大利亚算至今天,澳大利亚政府处理白人与原土著间关系的策略经历了以下几种:种族灭绝政策、种族隔离政策、同化政策、一体化政策和多元文化政策。英国人初到澳大利亚就将土著置于人类进化阶梯中的低阶,以文化差异和种族低劣为基础刻画土著人的形象,为了夺取土地和财富,建立一个"白澳"的澳大利亚社会,澳大利亚殖民当局就对土著人进行种族屠杀,到19世纪末,土著已经濒于灭绝的境地。20世纪初,在土著是一个"注定灭绝的种族"观念指导下,澳大利亚各殖民地又实施种族隔离政策,想让残存的土著人自行灭亡。然而经过半个世纪的种族隔离后,白人预期的土著灭绝并未实现,土著人口自20世纪30年代以来不断上升,这一事实迫使澳大利亚政府寻觅新的政策,即同化政策,企图将土著人口尤其是混血土著纳入白人社会的文化和社会生活中,试图以灭绝土著的文化取代灭绝土著的肉体。但随着对文化多样性认识的改变和国际社会不断加大的反种族主义的压力,20世纪60年代中期到1972年澳大利亚社会用一体化政策(将澳大利亚主体文化与其他文化相互融合,互相吸收而形成以澳大利亚主体文化为中心的新文化)取代同化政策来处理与土著相关的问题。1972年,澳大利亚废除"白澳"政策,官方认可澳大利亚社会的文化多样性,宣扬利用澳大利亚人口丰富的文化多样性创建民族

大家庭,开始实施多元文化政策。如今,多元文化政策早已成为澳大利亚的基本国策,土著与土著文化得到了前所未有的尊重和发展。但从 1788 年西方人登陆澳大利亚到 1972 年实施多元文化政策将近 200 年的时期内,种族灭绝、种族隔离和同化政策则是西方人对澳大利亚原住居民采取的主要策略。期间对土著人口和土著文化的残酷消灭和压制给原住居民造成了难以估算的痛苦和损失。

本尼特认为,澳大利亚所实行的种族隔离政策和同化政策所依据的理论,与探险、博物馆以及就此所产生的文化实物与文化知识之间有着极其密切的关系。从某种程度上讲,澳大利亚土著居民作为"他者"被治理的策略,是由博物馆这一特殊"社会机制"制造和调动世界各因素而产生的结果。

首先,本尼特指出探险者和殖民者"对'梦幻时代'的不同解释与不同的殖民统治策略密切相关,而且还是这些策略实施的组成部分"。[①]"梦幻时代"这个术语是由英国人类学家鲍德温·斯宾塞(Baldwin Spencer)和弗兰克·吉伦(Frank Gillen)构造出来的。吉伦回忆了 1895 年跟随霍恩到澳大利亚的探险,他一厢情愿地认为当地阿兰达人把火的起源归为"遥远的过去,事实上是在'梦幻时代'的先祖所获得的"[②]。而斯宾塞在介绍同一探险时,将吉伦的"梦幻时代"拼写改成了"黄金时代",并且放大了这个术语的指称范围,并将它扩展至含阿兰达人在内的其他土著部落,使得"黄金时代"成了区分原始人和文明人的符号。但是,当地土著对像吉伦和斯宾塞这样的英国探险者或殖民者把"'梦幻时代'作为他们历史的某个时代—

---

① T. Bennett. *Making Culture*, *Changing Society*. London: Routledge, 2013, p. 74.

② Patrick Wolfe. "on being woken up: the Dreamtime in anthropology and in Australian settler culture", in *Comparative Studies in Society and History*, Vol. 33(2),1991, p. 197–224.

无所知"①,他们认为"梦幻时代"是一系列持久不变的事件,是他们的生活方式,如当地一名土著居民所解释的那样:"我的父亲把他父亲讲的故事再讲给我听,现在他正在教我如何以'梦幻时代'的生活方式生活,按照我祖父的方式行事,再教我他自己所做的事,此后我将像我父亲教我那样去教我的孙儿孙女。他再现了梦幻从祖父、父亲到儿子、孙子的传承,世代相袭,经久不息。"②因此,本尼特指出,殖民者把"梦幻时代"看作是原始的一个时代而不是土著居民的独特生活方式与文化,即把"梦幻时代"误解成了时间概念而不是文化概念,这种对土著文化的有意忽视和回避的行为,实际上是在为殖民者实施种族灭绝和同化政策制造依据。正如斯宾塞自己所说,"最好让'梦幻时代'保持完整,因为从进化论的角度看,从精神文化层面提升土著的做法注定是失败的,因为这是由不可阻挡的种族竞争的规律所决定的,种族竞争意味着灭绝是土著种族不可避免的命运"③。土著在斯宾塞眼中注定是要因竞争而被淘汰在历史的长河中,必定会被其他"先进文化"(即西方文化)所灭绝。

第二,本尼特审视了斯宾塞所从事的摄影和博物馆实践是如何构建和循环土著居民的文化的,使这种"他者"文化成为新社会物质安排的一部分,并将它用在"土著"范围环境中管理土著团体,其目的在于调整20世纪初期澳大利亚白人和有色人之间的关系。为此,本尼特勾勒出土著文化"博物馆形成"中的几个关键时段,组成德勒兹(Deleuze)和塔里(Guattari)所谓的"殖民战利品"形式,使其以一种治理性聚集体的形式刻写进土著居民中。斯宾塞从霍恩的澳大利亚

① B. Hill. *Broken Song: F. G. H. Strehlow and Aboriginal Possession*. Sydney and New York: Vintage, 2002, p. 141.

② [澳]斯图亚特·麦金泰尔著:《澳大利亚史》,潘兴明译,东方出版中心2009年版,第9页。

③ T. Bennett. *Making Culture*, *Changing Society*. London: Routledge, 2013, p. 74.

探险返回英国后,就被任命到公共图书馆、博物馆和维多利亚国家画廊委员会中,并且在 1899 年被任命为维多利亚国家博物馆馆长,而且他和吉伦多次重返澳大利亚探险。斯宾塞集探险家、管理专家和殖民者于一身的特殊身份使他很便利地从事下列活动:他到澳大利亚探险带回土著物质文化物品,拍成片子录制声音;然后基于探险的实地(field)笔记、片子、照片和博物馆聚集的人工制品进行科学书籍和文章的写作,以便完成对土著文化的制作;随后他又举行尽可能多的大众公共讲座,以实现对其所构造的"他者"文化进行宣传。斯宾塞借助上述活动对殖民当局"他者"的管理政策施加很大影响,或者他本人就直接参与到北部领土土著居民事物的行政管理之中。

本尼特认为,斯宾塞的探险和他聚集到维多利亚国家博物馆的藏品有四大意义。第一,它们是人类学实地工作发展阶段的重要时刻,相比较那些早期"摇椅"阶段的人类学家而言,斯宾塞不用拘泥于放有摇椅的书房范围,而是能够出去到达"实地"并且亲自收集、带回非常系统的"移动体"以展示给那些你想说服却不能亲自去那里的人们,这样他本人就是"理论家和人种学家集于一身"[1]的身份,结果是"'他者'文化被聚集、被组装、展览和转换成铭文的过程就更加密切地相互协调了"[2]。第二,斯宾塞很大程度上阻止了土著物品外流向欧洲和美洲。斯宾塞为了将从世界各地收集到的文化物品尽可能多地保留在英国本土,他支持全国必须使用出口批准政策。斯宾塞不断地为英国本土的文化积累做积极贡献,比如,他 1916 年向维多利亚国家博物馆捐献了自己的全部藏品,这些藏品为构建土著文化提

---

[1] Howard Morphy. "More than mere facts: repositioning Spencer and Gillen in the history of anthropogy", in S. R. Morton and Derek John Mulvaney (eds.), *Exploring Central Australia: Society, Environment and the 1894 Expedition.* Chipping Nortin, NSW: Surrey Beatty, 1996a, p. 138.

[2] T. Bennett. *Making Culture, Changing Society.* London: Routledge, 2013, p. 76.

供了物质基础和保证,并且很大程度上影响了欧洲人类学的发展,后来涂尔干的人类学和社会学理论从斯宾塞的贡献中找到了数据资源;第三,斯宾塞和吉伦在中澳大利亚与阿兰达人的首次相遇涉及拍摄和声音的录制,这实现了人类学权威的有机转变。传统的以爱德华·泰勒(Tylor)为代表的维多利亚时代的人类学家注重捍卫人类学学科的专门研究和学科独立,不愿意与历史及语言学科相混淆。但是,随着不断使用拍照、摄影和声音录制去获取当前存在的文化痕迹,人类学权威越来越注重批评和反击由诸如殖民的行政管理者、记者和旅行者所发出的有关"他者"的声音,因为只有"人类学家的持续很久的实地工作此时显得非常关键——正像是斯宾塞和吉伦对阿兰特人的夜间祭祀的拍摄与摄像那样——,当如此深入到'他者'的文化而获得许可进入秘密的事件时,才能确认人类学家的权威"[1]。第四,由于斯宾塞在19世纪末和20世纪初所进行的探险和博物馆实践处于特殊时期——此时正是澳大利亚形成民族国家时期,这就使斯宾塞可能成为制造和调动具体"他者"文化的人。在斯宾塞之前和之后都有人在做聚集与土著相关的文化物品,但只有他所从事的实践与20世纪初澳大利亚民族国家的形成密切相关。斯宾塞把各种东西从不同地方汇集在一起,以新方式使之结合、简化与压缩,使它们服从于进一步的刻写过程以便生产出以前不存在的东西——土著居民的文化,"不是一系列土生土长的、先于他调查的真实,而是新的泛部落的和泛国家的、白人和澳大利亚有色人之间联系的界面,这是一个组织新的一系列治理的和行政管理界面的工作层"[2]。

总之,本尼特认为,斯宾塞构建和使用土著文化的过程如下:将实地(field)标本聚集、服从新的组合关系,形成新的智性网格并返回

---

[1] Arthur Cantrill and Corinne Cantrill. "the 1901 cinematography of Baldwin Spence", in *Cantrill's Filmnotes*, Vol. 37/38, 1982, p. 27 – 42.

[2] T. Bennett. *Making Culture*, *Changing Society*. London: Routledge, 2013, p. 78.

实地,作用到各种实体或能动者的行为之上。从这个角度看,斯宾塞的工作其实就是博物馆、科学的和行政的实践相互作用后形成新的、有特色的种族逻辑,以便实现对土著居民的治理。

第三,本尼特指出,斯宾塞的实践是基于并充分体现种族本质主义而治理"他者"的活动。无论是斯宾塞的著作《中澳大利亚的本土部落》还是维多利亚国家博物馆的土著物品以及他所拍摄的不同土著部落各类照片,都显示出不同土著有着自己独特的生活方式、语言、宗教仪式和身体特征(如身高、肤色等),可是斯宾塞却"最终对他们的差异熟视无睹"[1],将土著居民的身份统一解释为"现存的最落后的种族",而且斯宾塞还将土著居民和欧洲人之间的差异变化归因于土著居民种族化的结果,"不像欧洲人,他们的智慧因野蛮的自然竞争者(狮子、老虎等等)而快速地发展,而那些澳大利亚的土著居民没有什么可怕的竞争者除了巨型袋鼠和袋鼠外"[2]。为了证明进化"阶段稍高"的人种会淘汰低阶的人种并进而掩盖某个族系灭绝的真正原因,斯宾塞甚至把"澳大利亚土著居民从塔斯马尼亚人(Tasmanian)那里分开出来,斯宾塞描述到,除了较大的头盖骨外,塔斯马尼亚人还是比较低级的发展阶段,因此,随着澳大利亚土著居民与之相遇,就被消灭了"[3]。斯宾塞的这种结论显然与后来的研究结果不符,塔斯马尼亚人作为澳大利亚土著的一个分支,其灭亡的真正原因不是与其他土著族裔的战争,而是欧洲殖民者野蛮的种族灭亡政策所导致。不仅如此,为了证明土著是劣等的种族,斯宾塞甚至还从语言学中收索证据,达拉斯曾经研究的结论是"语言学迹象显示古

---

[1] T. Bennett. *Making Culture, Changing Society*. London: Routledge, 2013, p. 79.

[2] Baldwin Spencer. "The Aboriginals of Australia", in G. H. Knibbs (ed.), *Federal Handbook prepared in connection with the eighty-fourth meeting of The British Association for the Advancement of Science held in Australia*. August, Melbourne: Commonwealth of Australia, 1914, pp. 33-43.

[3] T. Bennett. *Making Culture, Changing Society*. London: Routledge, 2013, p. 81.

希腊人没有发展出在光谱中辨别蓝色的能力"①,所以斯宾塞通过测试宣称,土著居民仅能区分黑色、白色、红色和黄色;他们很难将黑色、褐色和灰色区分开来;他们在自己自然的状态下不能分清蓝色。因此,他得出结论,"至少我们的土著居民不具有好的颜色感知能力"②,土著居民就是类似古希腊时代存于今天的残余。

斯宾塞的种种努力无非再次证明"土著种族低级野蛮的观念","这种观念长期支配着澳大利亚白人对土著的态度和政策",③虽然暴力残杀土著的事情直到 20 世纪 20 年代依然存在,但是斯宾塞时代对土著主要采用的是种族隔离,即将土著驱赶至偏远的隔离区让其自然灭亡的种族灭绝政策和后来的同化政策(即替代肉体灭绝而从文化习俗上企图灭绝土著)。这些政策之所以被采用,其主要根据就是斯宾塞通过探险实践与博物馆实践所构造的有关土著的上述文化阐释以及相应的建议。1914 年,斯宾塞向英国科学促进会致辞时,专门为"混血"土著居民设计了社会空间安排。1922 年斯宾塞再次强调了"混血儿具有积极的人种价值。与纯血统的有色人种相比,混血儿具有获得更高水平发展的潜在能力"④,他建议建立混血儿驻地,配备宿舍、洗澡间、餐厅、学校、锻炼场、木匠店和其他的工业和技术的培训设施。于是,从 20 世纪 30 年代到 60 年代,澳大利亚政府对土著人实施强制同化政策,如斯宾塞所提议的那样,混血的孩子被强行带走与家庭分离,在福利院或政府专门机构长大,即"它打开了一个空间,混血儿能够从纯血统的分离出来,并且通过此项目将他们吸

---

① Quoted in T. Bennett. *Making Culture*, *Changing Society*. London: Routledge, 2013, p. 81.

② Baldwin Spencer. "Blood and shade divisions of Australian tribes", in *Proceedings of the Royal Society of Victoria*, New Series, Part 1, 1934, p. 1 - 6.

③ 杨洪贵:《澳大利亚多元文化主义研究》,西南交通大学出版社 2007 年版,第 108 页。

④ R. McGregor. *Imagined Destinies: Aboriginal Australian the Doomed Race Theory*, *1880—1939*. Melbourne University Press, 1997, p. 145.

收进白人社会，这同时也是进步的'白化'过程，也是进步的文明化过程，最终将他们塑造成公民"①。不过，二战之后，澳大利亚政府就把同化政策从最初仅限于混血儿而扩展至所有土著居民，想从灭绝"他者"文化习俗上试图实现他们"白澳"的构想。文化"白澳"，不仅导致无数土著家庭骨肉分离，而且致使"混血儿"成为了介于"他者"和白人之间的新的"他者"，他们成了身份无所归依的精神流浪者，其承受的各种痛苦和压力是外人无法想象的，也形成了许多新的社会问题。

最后，值得一提的是，本尼特发现澳大利亚白人在 19 世纪末到 20 世纪初期在处理"他者"问题时完全可以有另外一种不同于"斯宾塞式"治理策略的可能性。早在 1894 年霍恩大冒险时，路德教会的传教士卡尔·施特雷洛(Carl Strehlow)曾被任命去管理中澳大利亚赫曼斯堡并实施布道，他指出，"梦幻时代"具有宗教潜在性，"即它提供了一个基础，可以使福音主义救助计划建立其上"，因此，土著"可以被吸收进基督教的教化的项目"，而不是像斯宾塞逻辑中那样"使他们在仁慈的殖民行政管理中得到平静并走向消亡之路"②。另外，本尼特还发现，从 19 世纪 60 年代到 20 世纪前 40 年间，到卡兰德卡(Coranderrk)土著保留地的专业澳大利亚摄影师、参观的欧洲人和保留地的管理者所拍摄的照片显示：土著居民具有人类进化到高级的潜质。"该保留地的土著人在拍摄中非常合作，他们的影像是经济的文明化过程的参与者，比如他们衣着整齐地离开自己游牧场，拿着农具去开始新的农耕生活，还有中年男子手持书本显示自己识字……。"③但是，遗憾的是，受占有土地和财富的驱使以及种族主义

---

① T. Bennett. *Making Culture*, *Changing Society*. London：Routledge, 2013, p. 87.
② T. Bennett. *Making Culture*, *Changing Society*. London：Routledge, 2013, pp. 73 - 74.
③ T. Bennett. *Making Culture*, *Changing Society*. London：Routledge, 2013, p. 83.

优越论的影响,欧洲白人并没有重视或选择尊重、保护土著居民和其文化的可能性,却代之以种族灭绝和同化政策。现在研究表明:"狩猎—采集者社会具有惊人的持久性和适应性;人口学家指出土著人身份成功地保持人口和资源的平衡。经济学家确信土著人产品出现了剩余,从而进行贸易和取得技术进步;语言学家揭示土著人语言的多样性和复杂性;人类学家洞悉土著人复杂的宗教引导其生活和行为,破解生态的奥秘,确保遗传的多样性和社会凝聚力"①。幸运的是,随着当代研究的深入和人类文明的发展以及"澳大利亚政府于20世纪70年代推行积极的多元文化政策,澳大利亚土著文化开始得到了广泛的重视和系统的研究,从而使这种新石器时代的古老文化走上了复兴的道路,焕发出崭新的光彩"②。

二、"大法国"治理"他者"——法属殖民地

爱德华·萨义德认为,早期的西方人类学家前往本国殖民统治地区进行实地调查,对当地人进行身体测量以及撰写民族志,这种人类学知识的生产实际上"有着秩序严密的政治情境",③可以这样说,人类学知识是随着殖民主义而产生、发展并为其服务的。不仅是像澳大利亚这种移民型殖民地的土著居民被视为"原始"、落后的"他者",其他亚洲和非洲等广大地区的居民同样被沦为"奴隶种族"。从1857年到1914年间法国在海外的殖民地总面积达1100万平方公里,其殖民扩展的重点在非洲和印度支那。本尼特亦注意到法国"以各种方式使法国人向殖民地移民,而殖民地的人口反过来又成了扩

---

① [澳]斯图亚特·麦金泰尔著:《澳大利亚史》,潘兴明译,东方出版中心2009年版第10—11页。
② 韩锋、刘樊德(主编):《当代澳大利亚》,世界知识出版社2004年版,第78页。
③ [美]爱德华·萨义德著:《东方学》,王宇根译,三联书店1999年版,第14页。

大的法国概念的一部分"，而博物馆作为重要"社会机制"之一（其他"机制"如电影院、收音机、旅游文学等）发挥着独特的作用——"不仅管理着文化从殖民地到宗主国的流动，还在行政管理流向相反方向中起重要作用，因此，它处于一个过程的交叉点上，在此点上'制造文化'和'改变社会'的工作就在宗主国的和殖民地的环境中'结合'了"[1]。为此，本尼特阐释了法国殖民主义是如何治理"他者"的，他是围绕法国人类学博物馆（Musèe de l'Homme，简写为 MH[2]）和大众传统与艺术博物馆（Musèe de Arts et Traditions Populaires，简写为 ATP[3]）的发展过程以及它们在殖民时代所发挥的作用和功能进行阐释的。

20 世纪初期，一些法国社会学家和人类学家意识到发展人类学研究的迫切性，特别是马塞尔·莫斯更是积极推动法国人类学发展、促进民族所成立和实施殖民地田野研究，他成为 MH 民族研究所的最大核心人物。早在 1913 年，莫斯就发表文章通过对比英国、美国、德国和法国的人类学历史而指出：法国人类学处于"停滞状态"，这里"既没有民族志研究的教育规划，也没有好的博物馆和相关处局"[4]。"法国人种学家没有能够将自己的工作和殖民地的行政管理任务结合在一起"[5]。莫斯认为，要缩小法国与其他国家在人类学研究的差距，"首先是田野研究，其次博物馆和档案馆，第三教育培训，即对人种学家的培训"，"我们呼吁建立民族志博物馆、民族志管理局，以及在殖民地之外做研究"[6]。但是，随着一战的爆发，莫斯的提议搁浅

---

[1] T. Bennett. *Making Culture, Changing Society*. London：Routledge, 2013, p. 91.

[2] T. Bennett. *Making Culture, Changing Society*. London：Routledge, 2013, p. 88.

[3] T. Bennett. *Making Culture, Changing Society*. London：Routledge, 2013, p. 89.

[4] ［加］马塞尔·富尼耶著：《莫斯传》，赵玉燕译，北京大学出版社 2013 年版，第 185 页。

[5] T. Bennett. *Making Culture, Changing Society*. London：Routledge, 2013, p. 88.

[6] ［加］马塞尔·富尼耶著：《莫斯传》，赵玉燕译，北京大学出版社 2013 年版，第 185—186 页。

了。战后,莫斯继续通过政治呼吁、公共演讲以及与一些科学联合会的合作,促进法国人类学的发展,标志性的事件是 1925 年位于夏佑宫人类学博物馆(MH)的民族研究所宣告成立,尽管该民族所并不是独立的单位而是作为巴黎大学的一部分,但它得到了政界和商界的诸多支持,比如当时的殖民地部长达拉第、殖民地总督和当时在印度支那服务的瓦雷纳等人都参与其中,其目的是"培养新一代的人类学家和殖民地的管理者,他们学习了莫斯的人类学的新人文主义并且成为经历严厉田野工作的知识主体,这将有利于'左倾殖民主义'的发展"[①]。

首先,MH 是法国人类学与殖民主义之间联系的重要组成部分。同其他西方列强一样,法国殖民者在 19 世纪中后期也自视为"优秀种族""支配种族",把被殖民者看作是"灭亡"的"落后种族""奴隶种族",种族主义是帝国主义有力的意识形态和政治武器[②],是其殖民行为的借口。于是,宗主国的人们肩负着"教化"亚洲人和非洲人的使命,堂而皇之地去开拓和经营他们的殖民地。曾任第三共和国总统的保罗·杜美说,"法国的殖民统治带来了智慧和资本,因此有力地帮助印度支那致富",但实际情况是"殖民地对富国来说,是最有利可图的投资场所"[③]。本尼特指出,殖民者对"他者"的教化就是让其"在特定的建构环境按照白人的指导来做事",[④]但这种赤裸裸的掠夺和强制统治状况因 20 世纪 20 年代法国人类学博物馆(MH)的成立而有了改变,由"种族主义殖民策略"逐渐向"新人文殖民主义策略"转变,而且 MH 成立后在组织田野探险到改变殖民地的环境中也起了

① T. Bennett. *Making Culture, Changing Society*. London: Routledge, 2013, p. 96.
② [德]汉娜·阿伦特著:《极权主义的起源》,林骧华译,三联书店 2008 年版,第 217—241 页。
③ 楼均信等选译:《1871—1918 年的法国》,商务印书馆 1989 年版,第 33 页。
④ T. Bennett. *Making Culture, Changing Society*. London: Routledge, 2013, p. 28.

关键作用。

20 世纪 20 年代末到 30 年代初期,在法国负责殖民地行政事务部门的支持下,以莫斯领导的 MH 做指挥中心,莫斯的几个学生开展了几次对法属非洲、印度支那和格陵兰岛的田野调查。"特别是马塞尔·格里奥尔在 1927—1928 年受政府委派去了阿比西尼亚(埃塞俄比亚),1932—1933 年又接受了达喀尔-吉布提(Dakar-Djibouti)的考察任务",其目的是"研究某些黑人族群和他们多方面的活动",以及为"填补民族学博物馆藏品的缺口"进行收集活动。[①]"在达喀尔-吉布提任务中,共运回 3500 件物品,6000 张拍摄的底片、200 个录音、30 种独立语言或方言的符号、国家图书室的 300 个埃塞俄比亚的手稿、一批绘画和教堂的壁饰、国家自然历史博物馆的动物的收藏,还有 1500 张用于观察的微缩胶片。……这些成果在 MH 中被用于科学研究"[②]。

本尼特认为,"田野工作—博物馆—科研实验室建立了新的网络,使得文本、人、物品和技术能够在宗主国和殖民地之间来回流动,这构成了殖民地行政管理项目的组成部分"[③]。经过田野探险和对"他者"相关物品的研究,法国人获得了对"他者"详细知识的认知,有利于消除种族主义殖民策略而采用适时适地的"新人文殖民主义"的治理策略。

田野探险的结果显示出一种标识非洲并不落后的确定性,"即除专业技术外,非洲黑人社会拥有一种多方面都已进化了的文明"[④],这种非洲并不落后的确定性使殖民者的殖民政策倾向于怀柔的"新人

① ［加］马塞尔·富尼耶著:《莫斯传》,赵玉燕译,北京大学出版社 2013 年版,第 312—313 页。
② T. Bennett. *Making Culture*, *Changing Society*. London: Routledge, 2013, p. 99.
③ T. Bennett. *Making Culture*, *Changing Society*. London: Routledge, 2013, p. 88.
④ ［加］马塞尔·富尼耶著:《莫斯传》,赵玉燕译,北京大学出版社 2013 年版,第 313 页。

文殖民主义"。"古代社会远非人们经常所认为的那样处于一种无序状体,它们展示出社会组织的复杂模式,有着许多政治——家庭亚群体(宗族、氏族)、多种分类(划分标准有性别、年龄、代际、社会阶级、种姓),最后,还有复杂的(婚姻和其他)联盟关系。"①因此,非洲社会不能被认为是低级的,它仅仅是发展得迟一些,当地人有能力行使公民权利,只是有区别地、不充分地实施那种权利。莫斯认为应该放弃种族主义治理策略而采用温和的"新人文殖民主义"策略,该策略不能被简单地理解为发展仁慈的行政管理形式而更倾向于是"行政—科学的复合体",即"MH 在里面起关键作用的复合体——它吸收涂尔干的社会学和莫斯的人类学后,发展出一个可理解的本土社会是完整的一体,目的在于通过提供社会福利而确保经济发展和保持政治秩序"②。本尼特在此借用福柯的人口治理理念来阐释宗主国和殖民地之间的关系,被殖民者被认为是有价值的劳动力资源,能将殖民地领土的原材料转换成巨大的财富。"这样就落到了生物权力的积极一面,作为资源而存活,这要在它的背景中借助各种行为方式(医疗的、卫生的)来支持这种关系,同时它还要顺服于强制性的和刑罚性的劳动力控制形式。"③也就是说,法国原来强调"以优秀人种"的身份对殖民地肩负"教化任务",现在强调的是"殖民地的环境",即"改变个体活动的社会环境——而不是直接作用于个体自身"④。通过将人类学的"科学—行政"管理应用到管辖殖民地背景的方法去转变"他者"所习惯的生活方式。比如说,加大基础设施投资力度、改善医

---

① [加]马塞尔·富尼耶著:《莫斯传》,赵玉燕译,北京大学出版社 2013 年版,第 322 页。

② G. Wilder. *The French Imperial Nation-State: Negritude and Colonial Humanism Between the Two World Wars.* Chicago, IL and London: University of Chicago Press, 2005, p. 61.

③ T. Bennett. *Making Culture*, *Changing Society.* London: Routledge, 2013, p. 92.

④ Alice C. Conklin. *A Mission to Civilize: The Republican Ideal of Empire in France and West Africa.* New York: Peter Lang, 1997, p. 78.

疗卫生、发展现代教育、鼓励宗主国与殖民地之间的相互移民等措施。"从 1914 年到 1938 年间,法国在非洲殖民地的投资总额由 40 亿金法郎增加到 100 亿金法郎。这些资金主要用于基本建设,特别是公路、铁路和码头等建筑工程,……"①,"欧洲的公共卫生政策与干预措施减少了人口死亡率,增加了人口数量"②。显而易见,对"他者"的认知引起了博物馆(作为藏品和统计的中心)与殖民地(作为藏品的遗址)之间关系的重新组合。这种重新组合产生的结果主要是"与田野研究工作相一致的角色,规范着专业知识和藏品机制从博物馆到殖民地的流动;而文本、物品和解剖遗迹从殖民地返回到博物馆;而个性化的和殖民地的行政管理的实践从宗主国返回到殖民地"③。

第二,MH 民族研究所不仅在"涂尔干—莫斯"的传统中培养了下一代法国人类学家和殖民地管理者,还运用自己的文化和政治的蕴含意义执行了非常关键的教育大众的任务。MH 的另外一位核心领导人员里维与人民阵线的努力结合一起,力图将 MH 构建成一种工具,重新塑造法国对其殖民地主体的态度,"将他们从进化论的和等级的构想中分离出来,然后将他们置于新的人文主义普遍性的空间中,这样,共同的生物学的和解剖学的基础就被镀上有差异但表面上平等的种族类型和文化。要致力于将其展览的功能改成符合大众阶级的教育项目,所采用的方法直接不同于 19 世纪法国博物馆实践的主导倾向"④。因

---

① [美]菲利普·C. 内勒著:《北非史》,韩志斌等译,中国大百科全书出版社 2013 年版,第 244 页。

② [美]菲利普·C. 内勒著:《北非史》,韩志斌等译,中国大百科全书出版社 2013 年版,第 197 页。

③ T. Bennett. *Making Culture, Changing Society*. London: Routledge, 2013, p. 92.

④ Dominique Poulot. *Une historie des musées de France, XVII - XX siècle*, Paris: Éditions la Découverte, 2005, p. 143 - 146. Quoted in T. Bennett. *Making Culture, Changing Society*. London: Routledge, 2013, p. 100.

此,文本和人工制品被聚集到新展览形式的方法是很重要的。传统的展览原则是"按照装饰原则来组织的:作为战利品的产品,'他者'被描绘成殖民的财产,同时是外来的和原始的"①。而 MH 的展览采用的新原则是:将人类学物品展示成一般的和典型的文化指数,以便它们能成为新的教育大众的工具,"将所有的组织、所有的图书馆、所有分散的藏品聚集起来是为了一个共同的任务,显示人类的同一性——不同类型下面的同一性——和文化和文明的多样性"。② MH 将展览设计成清晰、可接近和互动的整体图画,这种互动是组成不同地域的明确的文化因素之间的互动,用金属的而不是木质的橱窗以便更加透明,所有物品都安排得视线清楚,提供文档的和摄像的信息,使物品与它们的区域背景相关,并且在安装橱窗时用的是最现代的建筑空间设计理念。

　　MH 执行教育大众的任务还体现在人类学的实践与美学,特别是与超现实主义之间的关系上,二者既有重大差异也有一定的融合。引导法国超现实主义文艺的米加·莱里斯(Michal Leiris)也加入了达喀尔-吉布提的殖民地探险任务之中;赞助那次任务的除了殖民地行政管理部门和科学联合会外还有艺术组织;1933 年任务结束返回巴黎后,首批出版的报道中第二个发行物就是人身牛头怪物,一个超现实主义的出版物;莫斯等人通过报纸期刊、出版社、展览等手段对探险和探险结果以及研究结果进行大力宣传,以至于"艺术家、作家和普通大众都在学习民族学,'对它十分偏爱,表现出极大的兴趣'",就连著名的超现实主义作家乔治·巴塔耶也"深深陶醉于民族学者们所收集到的事实和他们所提出的理论"③。巴塔耶把自己主管的

---

① T. Bennett. *Making Culture*, *Changing Society*. London: Routledge, 2013, p. 101.

② T. Bennett. *Making Culture*, *Changing Society*. London: Routledge, 2013, p. 98.

③ 〔加〕马塞尔·富尼耶著:《莫斯传》,赵玉燕译,北京大学出版社 2013 年版,第 315—317 页。

《记录》杂志的副标题定为"考古、美术、民族志、各种表现",该杂志在某种程度上就是一种"民族志博物馆",因为它汇集了文字、影像和各种物体。人类学与美学的融合很大程度上有利于 MH 执行教育大众的任务,但也要保证"MH 民族学研究中心的展览物品具有科学的认识论的身份,确保它是所指代的文化科学有效的文档"①。这就要仔细地安排物品从野外实地到展览的每一环节:(一)强调收藏一般物品和典型物品而不是异国的或离奇的物品,前者比后者更适合作为日常用途的文档标记物;(二)重视对摄影实践的指导,这是为了保证所收集的仪式实践记录具有有效性;(三)注重实验室工作的科学有效性和分类的价值,这确保了 MH 藏品记录的身份信息更与实际相符合,因而使它们可以被解释为有特色的整体的证据,这是由一个区域的特定文化和社会所构成的;(四)突出展览长廊的价值,引导参观者对展览有一个正确的人文主义的文化理解。总之,本尼特认为,"田野探险、实验室和展览厅的相互关系所发挥的作用来确保 MH 的人种学的物品有一套特别的能力,成为特定类型的知识的物品。它们的科学有效性使它们区别于新奇的和精美艺术品的美学藏品,它们具有典型的、认识论的和文件的价值。它们作为文件的价值同时使它们渗透着特殊的道德力量和权力,进而成为特定类型的治理性物体"②。MH 民族学研究中心也充当了引航人种学运用的灯塔作用,在殖民地向法国移民的重要上升期,它结合"人民阵线"的政治活动使人类学成为一种出色的公共教育。这不仅对海外殖民地人口的治理意义非凡,而且对调节法国本土人口与外来移民之间的矛盾紧张也都有重大的指导意义。

① T. Bennett. *Making Culture*, *Changing Society*. London: Routledge, 2013, p. 105.
② T. Bennett. *Making Culture*, *Changing Society*. London: Routledge, 2013, p. 106.

第三节　习性/习惯：文化治理性的重要技术

　　文化治理性理论的本质内容，是文化与权力的关系在现当代社会中如何发挥塑造主体、治理"他者"和改变社会的作用。除了文化政策、文化机构、实践型知识分子以及治理性领域被本尼特详加研究之外，习性/习惯也被纳入文化治理性中进行研究，以便探究文化治理性的生物学和心理学机制，也就是说，习性/习惯如文艺审美和其他文化知识那样也是文化治理性的重要技术。本尼特注意到，很多哲学家、社会学家和人类学家，如康德、朗西埃、乔伊斯、洛克、穆勒、布尔迪厄等以及后达尔文主义学者不仅意识到"习性"（habit）和与之相近的"习惯"（habitus）在"人的构成"（architectures of the person）中发挥重要作用，还注意到它们在自由治理中的重要性。本尼特借助一些学者的观念，阐述了"习性"（habit）、"习惯"（habitus）、"习俗"（custom）、"性格"（character），"本能"（instinct）和"意志"（the will）之间的关系。

　　习性/习惯在现代社会理论、政治美学理论和文化理论中都发挥了十分重要的作用，而且它们还将治理实践和手段连接起来形成一些对子概念：文化/本能，自由/必然性，同时将自由治理和排斥自由治理的双方组织起来了。这主要表现在以下方面：根据不同习性/习惯可以将殖民者与被殖民者划分开来，尤其是 19 世纪末期到 20 世纪早期澳大利亚的土著居民和欧洲殖民者间的划分，前者是"过去"在"现在"的"幸存者"（survivals），是"未完善的"（unimprovable）；相异的习性/习惯还将 19 世纪以来的工人阶级与资产阶级划分开来，前者受生活必需性的控制，而后者具有"无功利的"审美自由性。鉴于此,殖民者在自由治理中认为被殖民者深受习性/习惯的桎梏,而缺乏意志力进行自我行为的改善;在治理工人阶级的观点中,认为工人缺乏那些镜子式的道德形式。本尼特经过抽丝剥茧式的探究后犀利地指出,这种根据"习性/习惯"判断"人的构成"并依此对被殖民者和工人阶级所采用的治理方式,是西方种族主义和西方审美话语的一些治理策略,是对被殖民者生命权利和政治权利的剥夺,也是对工人阶级政治权利和政治能力的忽略与剥夺。

一、"习性""本能"和"意志"

"习性"意为"机械的、无思考的重复"①。乔伊斯认为,习性在"人的构成"中处于重要位置,它调节欲望和责任的关系,"习性根深蒂固于'本能',但依然可被'意志'所打断"②。约翰·斯图亚特·穆勒(又译为米尔,John Stuart Mill)和洛克的解释相近,"'意志'有能力重塑'习性',并进而重塑自我以及主张掌握行为的习性形式来实践获得道德自由的能力"③。如果要实现个性(既能转变也能自我稳定)的不断自我更新,"意志"必须与"习性"竞争,即意志克服旧习性而以一套新的"习性"取代之,行为借助新"习性"就可以受到规范并进一步获得自由。同样地,社会可能持续进步的前提,就是主体获得自由的程度,因为正如穆勒所说"进步的唯一可靠而永久的源泉还是自由"④。"习俗"则是如科林·坎贝尔(Colin Campbell)

---

① T. Bennett. *Making Culture*, *Changing Society*. London: Routledge, 2013, p. 150.
② P. Joyce. *The Social in Question*: *New Bearings in History and the Social Sciences*. London: Routledge, 2003, p. 18.
③ T. Bennett. *Making Culture*, *Changing Society*. London: Routledge, 2013, p. 149.
④ [英]约翰·斯图亚特·穆勒著:《论自由》,许宝骙译,商务印书馆 2015 年版,第 83 页。

所说,"如在印度寡妇殉夫自焚的习俗那样,组成的是单一的而不是通常重复的行为"①。参与某种"习俗"行为的理由,可能靠的是有意识的意志力而不是如"习性"行为那样是机械的、无需思考的重复。而在洛克的解释中,"借助重复,习俗(customs)就被安装成习性","习性就是良性循环中重要的机制,这样行为就可以无尽地塑造和再塑造"②。显然,洛克的观念和穆勒早期作品都倡导"习性"是良性循环中的重要机制,人的行为可以借助它得以无尽地塑造和再塑造。

但是,康德有关习性的观点与穆勒和洛克的看法是相对立的,而且康德的观点对穆勒后期思想影响甚大。康德认为,"习性"整个地归入本能或半本能的行为形式,由于它们受需求的驱使并因此缺乏道德的意义。它是"身体的内部必需,是人一开始就用同样的方式进行直到现在",习性"剥夺了好行为的道德价值,因为它损害了心灵的自由"③。习性和本能紧绕在一起,有利于自然力量的发挥却与文化的力量对立,而恰恰是文化的力量才能够起到发挥塑造自由的能力,正如桑卡尔(Sankar Muthu)评论康德时所说,"从动物性的运动到人类的运动就是一种走向自由和文化的运动"④。

受康德的影响,穆勒在后来的作品《论自由》(1859)中将关注点从习性(habit)和意志的关系转到关注"习俗"和"性格"的关系上。他认为"习俗"在个人和社会的进步发展中消极作用远大于积极作用,因为"习俗"与"性格"是对立的。"性格"是指"一个人,其欲望和冲动

---

① C. Campbell. *Detraditionalisation: Critical Reflections on Authority and Identity*. Oxford: Blackwell, 1996.

② T. Bennett. *Making Culture, Changing Society*. London: Routledge, 2013, p. 149.

③ I. Kant. *Anthropology from a Pragmatic Point of View*, trans. Robert L. Louden. Cambridge: Cambridge University Press, 2006[1798].

④ S. Muthu. *Enlightenment against Empire*. Princeton, NJ: Princeton University Press, 2003, p. 128.

是他自己的——这些是他自己的本性经过他自己的教养加以发展和校改的表现——就称为有性格。一个人,其欲望和冲动不是他自己的,就没有性格,正如一架蒸汽机之没有性格",没有"性格"的人,即做事不循其本性而遵从"习俗"的人,"那并不会对他有所教育,也不会使他的作为人类专有禀赋的任何属性有所发展。……智力的和道德的能力也和肌肉的能力一样,是只有经过使用才会得到进展的"①。因此,主体只有具有"性格"才会有创新性、进步、发展和自由,而"习俗的专制在任何地方对于人类的前进都是一个持久的障碍,因为它和那种企图达到某种优于习俗的事物的趋向是处于不断冲突之中的"②。在《论自由》中,穆勒还举了当时的中国封建专制为例,认为"那个国族乃是一个富有才能并且在某些方面也富有智慧的国族,因为他们难得的好运,竟在早期就备有一套特别好的习俗……",可是,"他们却已变成静止的了,他们几千年来原封未动","已经成为另一些民族的臣民或依附者了",③这样看来,一个民族在发展一段之后会在拘泥"习俗"而失去"性格"的时候停止发展和进步了。显然,"性格"促进人和社会的发展与进步,"习俗"却往往起反作用。

　　本尼特发现,"在 19 世纪的后二十五年中,欧洲正处于从早期自由不干涉主义向新自由主义转变的过程,新自由主义重视国家的干涉作用,特别是在帮助发展'个性'上",在"人的构成"中,意志/习性、文化/本能、性格/习俗这些人类的内部行为的关系,成了自由主义治理运作的方式之一,这种治理运作方式被组织的原则是,要么"依据'意志'和'习性','文化'和'本能',或'性格'和'习俗'之间的对立,要么是它们之间的良性循环"。但实际上,它们之间并非是要么"对立"要么"良性循环"的非此即彼的关系,而"更像是一个斜面的形式

① [英]约翰·斯图亚特·穆勒著:《论自由》,许宝骙译,商务印书馆 2015 年版,第 68 页。
② [英]约翰·斯图亚特·穆勒著:《论自由》,许宝骙译,商务印书馆 2015 年版,第 71 页。
③ [英]约翰·斯图亚特·穆勒著:《论自由》,许宝骙译,商务印书馆 2015 年版,第 85 页。

而不是对立的形式——并且将'本能'解释成不是与文化纯粹的天然对立,而是有意识的行为的积累库,通过'习性'继承的作用将'本能'的自动形式传递下去"①。本尼特指出,这种修正理论的产生是由下列智性知识所促成的:达尔文的进化论,拉马克(Baptiste Lamarck)进化论解释,恩斯特·黑克尔(Ernst Haeckel)生物基因"法则"等等。这些 19 世纪后期出现的一代社会学家、社会生物学家和人类学家的相关著述组成了一系列科学知识和理论知识,让人们重新思考国家的干涉对人们转向自由的功能和作用。

达尔文认为"人的种种心理特征,乃至道德感等,与其他(生理)性状一样,也是会变异的,并且我们有一切的理由可以相信,这些变异是倾向于可遗传的"②。拉马克认为"当环境变化时,动物体就会产生新的行为,并使得整个机体随之作出新的调整……这种调整后的性状遗传给下一代,就是获得性遗传,即需要产生行为并导致结构变化"③。于是,"'人的构成'就有了新的元素——'有机记忆',即将过去放进个体、放进身体并放进神经系统","人的构成中,'记忆'和'遗传','习性'和'本能'起的作用是'连续的点',通向代代之间能力的'稳定的积累'"④。在吸收多种生理学成果的基础上,菲利克斯·布拉维(Felix Ravaisson)在《论习性》中将"习性"置于"本能"和"意志"的中间,"习性是意志和本能的分界线或临界点;但它是一个移动的分界点,是总在移动的分界线,它通过感觉不到的、从一个极端到另一个的进步而向前发展着"⑤。显然,"习性"与"意志"的关系既不是

① T. Bennett. *Making Culture, Changing Society*. London: Routledge, 2013, p. 151.
② 陈蓉霞:《进化的阶梯》,中国社会科学出版社 1996 年版,第 91 页。
③ 陈蓉霞:《进化的阶梯》,中国社会科学出版社 1996 年版,第 54 页。
④ L. Otis. *Organic Memory: History and Body in the Late Nineteenth and Early Twentieth Centuries*. Lincoln, NE and London: University of Nebraska Press, 1994, p. 3.
⑤ Flix Ravaisson. *Of Habit*. London and New York: Continuum, 2008[1838].

如洛克等人所说的"良性的循环"，也不是康德等所说的"二元主义对立"，而是"一种上升的斜面，……借助此斜面，生活的所有形式——从意志或有动机的活动到最简单的生活形式——都由习性的机制连接起来"。①

　　类似于布拉维的"习性"与"意志"之间关系的关注也体现在英国的生物进化论与社会进化论之间的关系中。社会进化论学者赫伯特·斯宾塞认为"自动行为的停止和意志力的开端是一个相同的事情"，"习性"和"意志"之间没有断开，就像是无缝的过渡；他将反射和本能的发展过程等同于较高级的意志和推理的能力发展过程——都是有机体适应环境的变化而发生变异的过程；显然，他是支持拉马克关于环境与有机体之间关系论点的，并且也认为跨代能力的积累成为一系列可继承的本能："没有先于经验的先天的能力或者思想，但这不排除有历史的先天能力或思想形式存在的可能性，它们是过去的世代的连续经验的肉体的积累、已经作为一系列合成的直觉被赋码进身体当中。"②此外，亨利·莫兹里(Henry Maudsley)有关"习性"和"意志"的作品在 19 世纪晚期和 20 世纪初期的自由主义思想中也发挥了重要作用。莫兹里的看法与上述学者的观点一致，他也强调：简单的反射行为依靠的"神经机制是由遥远的时代所形成和适应的，现在成了自动的行为了"，对"意志"的运用是一种艺术，是个体为自己学习的艺术，而习性的执行是"他在远古时期学会的功能，并且继承到现在"③；意志"凭借它史前先祖的遥远过去的习性就变成了今天的本能的和反射的能力了"④。

---

① T. Bennett. *Making Culture*, *Changing Society*. London：Routledge, 2013, p. 152.
② T. Bennett. *Making Culture*, *Changing Society*. London：Routledge, 2013, p. 154.
③ H. Maudsley. *Life in Mind and Conduct*. London：Macmillan & Co. , 1902, p. 37.
④ H. Maudsley. *Life in Mind and Conduct*. London：Macmillan & Co. , 1902, p. 226 - 227.

二、后达尔文主义传统中的"他者"治理

本尼特认为,19 世纪和 20 世纪初期澳大利亚土著被殖民者看作"幸存者"与"未完善性"(unimprovabillity)的原因是:在后达尔文主义社会、政治和人类学思想环境下,"习性""本能"和"意志"之间的关系被以不同的方法所重新构建。本尼特研究了针对不同的"人的构成",文化知识在治理中被运用的方式。他认为,意志/习性、文化/本能、性格/习俗的关系,与英国自由主义社会的和政治的思想密切相关,这种密切关系用特别的生物学权力铭写了对"未完善的"土著居民的治理。于是,围绕"习性"发展起来的"真理"知识把澳大利亚土著居民在不同时间,以不同的方式置于不同的框架之中了。

首先,本尼特分析了后达尔文主义传统中各种有关澳大利亚土著居民的论调。鲍德温·斯宾塞与其同时代的人,都吸收了后达尔文的传统,普遍认为:不同的种族是不同"先天本能"(innatenesses)的承载者,他们所继承的"先天本能"是下列因素相互作用的结果:意志、推理、习性和本能之间关系的推动,是早已被其先辈所完成的。而澳大利亚土著的先辈由于其所处的生活环境中缺乏生存的竞争者(没有像其他地方那样有大型肉食性动物),他们显示的是机体中的倒退,他们的生活习性、本能和习俗沿袭数千年而不变,一直保持在"原始人"的采集渔猎、文化技术落后的蒙昧野蛮时代。这种"种族主义"理念将澳大利亚土著居民解释成是退化血统的结果,该血统不能在面对生存竞争时作出正确的回应。从布拉维和赫伯特·斯宾塞的社会进化论框架来看,面对变化的生存环境时,动物本有的反应是"从有意识的行为—习性—本能,以便建立起一套发达的累积的本能",而土著却没有此种动物所本拥有的反应,他们失去了"有意识的

行为"只剩下"习性—本能"的循环,"他们被阻止了、被自己锁死了,因为他们总是无尽地重复原初的习性—本能的循环","他们的行为被解释成受一套原始本能引导的,他们成了从本性到文化的未完成转变的'幸存者'"①。"幸存者"对现在来说就是过时的,用进化的术语来说就是时代的错误,是不该存在和继续存在的存在。另一人类学家亨利·必·里弗斯(Henry Pit Rivers)也认为:土著居民的问题在于其"习性"机制没有充分的活力去建立一个累积的"更改了的本能"的库存,仅仅有很薄的一层这样的直觉积累,它历经千年的无穷重复,已经获得了非同寻常的对行为的捆绑控制②。与里弗斯持相近观点的还有巴杰特(Bagehot),巴杰特区分了"史前的人"(原始人)和"当代野蛮人"的区别:"史前的人"是指"没有野人固定习性的野蛮人"③,"当代野蛮人"有成千上万年的时间将恶劣的习性和本能如此根深蒂固连在一起,……但是"史前的人"当时比较年轻,没有此类时间④(使他们固化恶劣的习性和本能)。这些后达尔文主义传统中有关澳大利亚土著居民的论调无疑是为定义"他者"和灭绝"他者"寻找学理依据。

第二,必·里弗斯、泰勒、巴杰特和莫兹里等人的构想奠定了一种下列话语基调,这种话语调节了 19 世纪末期和 20 世纪澳大利亚的"定居者"和土著人口的关系。莫兹里强调,"试图把文明水平的习性强加给那些低级水平的人身上是多么幼稚和危险的事情啊,特别

---

① T. Bennett. *Making Culture, Changing Society*. London: Routledge, 2013, p. 156.

② T. Bennett. *Making Culture, Changing Society*. London: Routledge, 2013, p. 158.

③ W. Bagehot. *Physics and Politics: Or Thoughts on the Application of the Principles of "Natural Selection" and "Inheritance" to Political Society*. London: Henry S. King & Co., 1873, p. 113.

④ W. Bagehot. *Physics and Politics: Or Thoughts on the Application of the Principles of "Natural Selection" and "Inheritance" to Political Society*. London: Henry S. King & Co., 1873, p. 143 - 145.

是对那些处于野蛮水平的人更是如此"①。而泰勒认为"幸存者"概念只为科学研究而存在,人类学家可以借助它筛出那些促进进步,发挥作用的思想、观点和习俗,还有那些束缚社会活力和文化进展的内容,因而,"野蛮人的持久存在,从目的论上讲,可以被解释成天意的行为,保留他们是为了服务于这种科学的目的"。② 另外,里弗斯则鼓吹,"高级文化,除了恶习和缺点,没有什么可以与低级文化合并而不用打断序列的"③。把澳大利亚土著居民看成是"幸存者",这种学说是维多利亚后期帝国人类学的基本原则——在殖民地环境中的种族概念和种族管理中都扮演了关键的角色。当时的殖民者在后达尔文主义传统中处理与土著居民的关系时,有三个过程和对应的三种方式:"边界对抗"中直接灭绝殖民地人口的肉体;"隔离",因为面临着与高级种族的竞争而让其自然消亡;"同化",即用外在的表面管理项目与白人的文化项目结合起来,从文化上而不是肉体上灭绝土著。其中,在第二阶段和第三阶段,土著居民的"未完善性"理念发挥主导作用。"边界对抗"和"隔离"政策完全否认土著民族的生命权和生存权,要随着土著人口的灭绝而消亡其民族身份,前者是对土著实行屠杀加速消亡,而后者是把土著隔离在保留地,使其自然消亡。"同化"确认了土著的生命权和生存权,不再是直接消灭他们的肉体,而是要"放弃他们传统的生活方式,接受澳大利亚白人的宗教信仰、价值观念和思想文化,采纳澳大利亚的生活方式,融入澳大利亚社会之中"④,从文化上灭绝土著传统,使其文化"白化"。

---

① Henry Maudsley. *Life in Mind and Conduct*. London: Macmillan & Co., 1902, p. 231.

② Edward Burnett Tylor. "Phenomena of higher civilization: traceable to a rudimentary origin among savage tribes", *Anthropological Review*, Vol. 5(18/19),1867a, p. 303 - 314.

③ T. Bennett. *Making Culture, Changing Society*. London: Routledge, 2013, p. 159.

④ 杨洪贵:《澳大利亚多元文化主义研究》,西南交通大学出版社 2007 年版,第 113 页。

本尼特总体上以比较客观的笔触,分析阐释了 19 世纪和 20 世纪有关"习性""本能""意志"和"幸存者"的观点学说在"人的构成"中,特别是在澳大利亚土著居民的塑造策略中所发挥的作用,但他对白人处理澳大利亚土著人口问题所用策略抱有不满和谴责。他认为澳大利亚土著居民有自己的历史和有独立的创新意识,并不是仅仅受习性、习俗和本能束缚的种族。虽然他们是特定环境的结果(缺少竞争)刻写进一个不同于白人血统的种族,但土著居民曾经显示出非凡的创造性和意志力,他们的文明与文化仅仅与白人的不同而已①。本尼特上述看法与最近的相关专家的解释极其类似:澳大利亚土著的狩猎-采集社会具有惊人的持久性和适应性;土著人能成功地保持人口和资源的平衡;土著人的语言具有多样性和复杂性;土著人的复杂宗教能够引导其生活和行为,破解生态的奥秘,确保遗传的多样性和社会凝聚力②。澳洲土著具有平等的社会和政治结构,分布广泛的贸易网络,丰富的精神和文化生活,但这似乎"都不能赐予这个种族一个未来",原因就是"受进化论的习性—本能关系的持续作用"③。

受"习性—本能关系"逻辑来处理白人与澳大利亚土著居民之间的关系,是"特定的和非同一般的、自由主义现代性和大英帝国之间的关系给我们留下的遗产,远超英国海岸之外,比帝国阶段本身还长。作为治理性的形式,其逻辑依靠的是习性、意志和本能间关系的特别的排列,它不是作为自我规范的自由主义形式的中心强迫机制,而是通过组织有特色的生物权力运用的形式方法来排列种族间的关系"④。澳大

---

① T. Bennett. *Making Culture*, *Changing Society*. London:Routledge, 2013, p. 161.

② [澳]斯图亚特·麦金泰尔著:《澳大利亚史》,潘兴明译,东方出版中心 2009 年版,第 10—11 页。

③ T. Bennett. *Making Culture*, *Changing Society*. London:Routledge, 2013, p. 161.

④ T. Bennett. *Making Culture*, *Changing Society*. London:Routledge, 2013, p. 162.

利亚政府几经波折,继"同化"政策之后对土著居民先后又采用了"一体化"政策和"多元文化"政策。比较开明的"一体化"与"多元文化"政策虽然肯定和尊重土著文化的特性,将其视为整个澳大利亚文化的重要组成部分,并采用积极的措施以保护和发展土著文化,但土著居民在现实生活中依然难以享有真正的平等,"16岁以上的土著居民都有心理上的创伤,他们的土地被剥夺,没有自决权,感到在现存的社会里没有出路,并有处处受压迫之感"[①]。因此,本尼特尖锐地指出,"土著不是要顺从某种训练和纪律,而是要被当作人,能够通过运用意志进行自治的人。这些观点还没有提上日程"[②]。也就是说,澳大利亚土著居民要走上民族自治的道路,真正在实际生活中获得各项平等公民权利的道路还很漫长。

三、习惯/习性:本尼特评布尔迪厄的"习惯"

本尼特注意到布尔迪厄首先关注了古代习惯(habitus)和现代习惯的差异。"古代"在布尔迪厄的作品中指代"地中海式的社会",即"一种直到今天还有的、在地中海普遍存在的以'男性自恋'的幻想和以男性为主的宇宙学的一种范式形式"[③]。这种范式至少从表面上看在其他欧洲地方已经不再用了;但是,古代社会的成员也代表着"我们的"遥远的过去,这种过去仍然在我们内部发挥作用,就像是无意识的决定的水平,要想从中解脱必须把它带进意识之中。因此,受到涂尔干"无意识就是历史"的启发,布尔迪厄在《实践理论概论》中将"习惯"解释成"历史被转变成了天性","过去的人不可避免地支配我们,……我们感觉不到过去,是因为我们对它已经积习已深,它组成

---

① 韩锋、刘樊德(主编):《当代澳大利亚》,世界知识出版社2004年版,第59页。
② T. Bennett. *Making Culture*, *Changing Society*. London: Routledge, 2013, p. 162.
③ P. Bourdieu. *Masculine Society*. Cambridge: Polity, 2001, p. 6.

了我们的无意识"①。显然，此处的习惯指的是古代习惯，而且经过仪式的强化重复而"石化"后就变成了现代社会成员的习性(habit)。变成"习性"的"习惯"变成了让后继者可继承的物机制，即"就不需要用脑子去思量、去选择和有意识地下决定"②。布尔迪厄在《实践的理性》中将现代习惯定义为，"生成性的和统一性的原则，它将某一处境之内在的和关系的诸多特征再转变成一套单一的生活方式，即一套统一的人员、商品和活动的选择"③。在《区隔》(Distinction)中，布尔迪厄指出，借助一种简单的移情(transference)机制，习惯所生成的模型(schemas)可以被用到不同的消费领域，进而形成一套统一的行为倾向，他写道，"同一阶级的行动主体在活动风格上相近的原因，是他们都是同一行为模式从一个领域到另一个领域转换的产物"④。

　　不过，并不是所有的"习惯"都可以被"石化"成"习性"，"有些习惯有更大的反思性的能力修正那些给它们提供条件的决心的力量。这在一定程度是取决于一定习惯与习性关联的距离，还取决于这给'自由的权威'所提供的机会以便引导和指导这种距离所产生的自由的能力"⑤。也就是说，作家、艺术家和知识分子等集体知识分子，利用科学知识可以将隐藏着的，形成社会和文化发展道路的力量展现出来，即引起原有习性的断裂或"失谐"，这就为自由的实践打开一个空间，没有"失谐"带来的这种空间也就不可能有"现代习惯"的出现。

　　如果说"古代习惯"与"现代习惯"的差异是从历时角度看的，那么"现代习惯"之间的差异可以说是从共时的阶级习惯的角度分析

① P. Bourdieu. *Outline of a Theory of Practice*. Cambridge：Cambridge University Press，1997，p. 79.

② P. Bourdieu. *Pascalian Meditations*. Cambridge：Polity，2000，p. 151.

③ P. Bourdieu. *Practical Reason：On the Theory of Action*. Cambridge：Polity，1998，p. 8.

④ P. Bourdieu. *Pascalian Meditations*. Cambridge：Polity，2000，p. 173.

⑤ T. Bennett. *Making Culture，Changing Society*. London：Routledge，2013，p. 167.

的。而且共时角度的区分从某种程度上是布尔迪厄非常注重的，也是本尼特花重笔墨所探究的。布尔迪厄在《区隔》中对不同阶级间的习惯差异的论述堪称经典：资产阶级的无功利思潮、小资产阶级的亲善文化和工人阶级的必需性文化，这种阶级习惯的构想在非常隐蔽的层面（也可以叫做审美无意识）与美学的和自由政治间关系的遗产是一致的。本尼特从三种阶级习惯的角度，批判分析布尔迪厄分配不同价值能力的方式（在跨阶级的不同习惯中通过自由和必需性治理的能力），还有他在美学范围内持有的一种话语——使一些人有资格成为政治的参与者，而其代价是使另一些人失去这种资格。

首先，本尼特驳斥了布尔迪厄"阶级习惯单一性统一"的观点。在《区隔》中，"阶级习惯单一性统一"是指人们将拥有相似趣味趋向（即实践习惯）的人归入同一类（阶级）[①]，同一阶级行为主体的实践在风格上极为相关，他们"被置于相似的生存条件中以及由此衍生出相似的限制和训练，并能够创造产生相似活动倾向的相似系统。他们拥有一套共同和客观化的道具，甚至有时得到法律保护的道具（如对商品和权力的占有），或者是表现为阶级习惯的道具"[②]。对此，本尼特的看法是：布尔迪厄视习惯始终必然统一，或鲜有源于社会发展轨迹中断的观点是十分武断的，因为他忽视生活条件的变化可以使人们将早期的习惯当作"陋习"而被抛弃[③]的事实。个体、群体或阶级的趣味趋向可能断裂或叫作"失谐"，同时也会出现不同阶级共享趣味和活动的情况，因此布尔迪厄"阶级习惯始终必然统一"的研究结论，是"把一个特定阶级的成员与其他阶级区分开来的代价，是牺牲一个

---

① P. Bourdieu. *Pascalian Meditations*. Cambridge：Polity，2000，p. 56.

② P. Bourdieu. *Pascalian Meditations*. Cambridge：Polity，2000，p. 101.

③ ［英］托尼·本尼特著：《分裂的惯习》，《马克思主义美学研究》第12卷第2辑，中央编译出版社2009年版，第5页。

特定阶级的成员与其他那些阶级的成员共享的其他趣味或活动”。①

第二,本尼特批评了布尔迪厄关于“资产阶级的无功利思潮和工人阶级的必需性文化”审美话语的逻辑。无论在其早期作品《区隔》和《艺术法则中》还是在后期著作《帕斯卡的沉思》中,康德的“审美非功利性”始终在场,审美判断之“无目的的目的性”充当了处于净化过程和社会过程中被否定的社会关系的象征,这种象征性运用把资产阶级的趣味与显现在工人阶级必需品趣味中的利益考虑区分开来,掩盖了背后的阶级利益。18 世纪的市民人道主义美学中,人们把艺术判断能力与统治能力联系起来,把它看成自由的产物,社会中有一少部分人因拥有土地或者有追求自由职业的条件和能力而摆脱苦工,进而有时间、有能力投身于职业之外的事情,参与到政府事务之中。布尔迪厄在《区隔》中对市民人道主义进行了回应和深化。第一,他依然坚持工人阶级深受必需性的束缚,工人阶级的习惯比其他任何阶级的习惯都统一和固定,他们没有时间投身于职业之外的任何事情,自己无法从单调的机械的职业习惯中解放出来,他们“一直缺少审美判断所要求的任何自由的因素或有意识的选择”;其次,布尔迪厄后来也承认,个体或群体因社会地位变化而引起原有的阶级习惯的断裂和“失谐”,但这部分人是艺术家、知识分子等阶层,对于“工人阶级成员而言,必需性的可怕重负不允许在区隔中有丝毫差池”,“他们不是区隔游戏里的玩家,而仅仅提供游戏的背景”②,即工人阶级依然缺乏审美判断能力和实施政治的无资格。本尼特由此指出布尔迪厄虽然继承了康德的“审美非功利性”却忽视了康德美学中一项重要的遗产——美学是通过自由主义政府的文化技术,过去是、现在依旧是与国家联系在一起的,而且“康德重申并修正了沙夫兹伯

---

① ［英］托尼·本尼特著:《分裂的惯习》,《马克思主义美学研究》第 12 卷第 2 辑,中央编译出版社 2009 年版,第 6 页。

② T. Bennett. *Making Culture*, *Changing Society*. London: Routledge, 2013, p. 170.

里对于审美作为自我塑造活动的强调"①。也就是说,布尔迪厄认为"工人阶级如要形成自己的政治观点和判断的方式,就需要知识分子的引导",②而康德重视审美在所有人自我心灵的提升和生活方式的改变中所发挥的作用,即审美在原则上能使所有人均可以获得自由而不仅仅拘泥于知识分子。

但实际上,布尔迪厄所谓的"审美无功利性"是区分资产阶级与工人阶级间距离的手段,这种观点在本尼特看来至少在两方面是错误的:一是忽视了审美话语的各种政府印记,二是无视工人阶级自我改善的传统。

审美话语的印记之一就是与教育项目联系紧密,美学开始因与政府项目联系起来而被庸俗化,使得被管理者通过公共教育被纳入自我管理之中。对这一点的忽视,意味着布尔迪厄忽视早在 19 世纪就已经存在的公共文化机构(艺术长廊、图书馆、博物馆、音乐厅等)的功能——既是区分各种活动的常见场所又是致力于艺术范围拓展的市民管理机构③。这表明,为了实现观众利益的最大化目的,掌握文化资本的人常常越过阶级界限传播文化,这也同时是个体、群体或阶级的趣味趋向可能断裂或"失谐"的原因。

而且,布尔迪厄忽视了工人阶级自我改善的传统。在布尔迪厄看来,虽然工人阶级拥有正式的政治权利却无参与实施政治权利的能力,因为他们深陷必需性文化所塑造的习惯之中,并且不能借助自己的努力去摆脱困境:工人阶级要摆脱必需性的泥淖就需要通过集体知识分子从外面以礼品(gift)的形式赠送他们,而这种礼物交换的

---

① [英]托尼·本尼特著:《分裂的惯习》,《马克思主义美学研究》第 12 卷第 2 辑,中央编译出版社 2009 年版,第 15—16 页。

② T. Bennett. *Making Culture, Changing Society*. London: Routledge, 2013, p. 171.

③ [英]托尼·本尼特著:《分裂的惯习》,《马克思主义美学研究》第 12 卷第 2 辑,中央编译出版社 2009 年版,第 18 页。

完成要靠一系列的接入点发挥作用，如学校、教育系统等①。布尔迪厄这种观点低估了工人阶级创新、参与政治事务的能力，因此遭到一些学者的批评。兰塞尔认为，早在 19 世纪，工人中就有重要人物的文学活动削弱了工人阶级必需性文化和资产阶级无功利美学追求之间的区别；乔纳森·罗斯也指出从 19 世纪初开始，对于英国工人阶级的重要组成部分来说，他们审美的趣味和活动既产生于由政府和商家发起的旨在扩散高雅文化的活动，也得益于和劳工运动机关的机构性活动所形成的工人阶级自我启蒙形式②。本尼特认为，布尔迪厄将资产阶级和工人阶级的审美倾向通过彼此互相充当对立物而得以建构的逻辑是不能成立的，认为工人阶级缺乏审美判断能力和政治参与的能力实际上就是"西方审美话语传统中的一个策略，一种通过重复某些条款来剥夺工人阶级的政治权利和政治能力的策略"。③

本章小结

本章承接本尼特在上一章的议题——文化知识具有对主体的塑造功能，继续阐释文化知识是怎样产生的，文化具体与哪些权力技术系统和机制相结合以及怎样结合、文化技术对社会产生什么样的影响以及产生影响的具体方式和效果等问题。本尼特将自己的研究类比于科学实验室的实践对社会所产生的影响：专家们在各种文化机

① T. Bennett. *Making Culture*, *Changing Society*. London：Routledge，2013，p. 177.
② ［英］托尼·本尼特著：《分裂的惯习》，《马克思主义美学研究》第 12 卷第 2 辑，中央编译出版社 2009 年版，第 18 页。
③ ［英］托尼·本尼特著：《分裂的惯习》，《马克思主义美学研究》第 12 卷第 2 辑，中央编译出版社 2009 年版，第 2 页。

构,博物馆、艺术馆、历史遗址等各种类似机构处理文化材料、组织文化材料,试图生产出真理性知识对社会施加影响,进而调节和改变社会。

19世纪末期,公共博物馆、画廊和艺术博物馆等组成了"展览复合体",对人的行为进行塑造,对人们的习性和习惯(多被认为是人的自然本性)加以转变来实现对人们的塑造。本尼特将"展览复合体"概念扩展为"文化复合体",它是知识与权力互生的典型代表,它聚集特定知识、物质、技术和实践,并将这些聚集物用于一起支持"对行为的管理"。"文化复合体"的功能与作用是实现对人们行为进行有计划的改变,而人们行为的改变要依赖他们的信念、习俗、习性和知觉等的转变来实现。

与"文化复合体"公共机构紧密相关的因素还包含新物质基础设施的发展。主体得以获得,基础实施或者称之为"背景"发挥了非常关键的作用,它为自由能力的产生和实践创造了环境。在19世纪,基础实施对本国公众的行为塑造具有非凡意义,同时对殖民地的"他者"的行动和自由也发挥着重要作用,使"他者"成为特别的人类能动主体。这就是宗主国总是乐于在殖民地国家发展基础设施建设的原因。

简言之,"文化复合体"是历史化的知识与制度实践的特别总体,是处于背景和社会物质基础设施所形成的不同路径和机制之中制造、组织和分配自由的机制总体,专家运用专业知识在里面"构造文化",随之被"构造的文化"就成为作用于社会的资源。19世纪以来,艺术家的工作室、自然博物馆、图书馆、大众参观的档案馆、超现实主义办公室、生活剧工作室、新闻工作室、艺术博物馆、电影和声频档案馆等场所中,产生了具有权力和能力的新的物品、知识新实体和行为体,这些权力和能力被各个部门通过各种方式调动,去塑造主体并改变社会。

本尼特重点以博物馆为例来阐明"文化知识"是如何得以在其中产生并塑造主体作用于社会的。博物馆是新力量和现实被建构的地方,然后相关权威就可以把这些新力量和现实调动进社会规划之中,博物馆被称为"公民实验室",是组织文化、配置资源、规范公民行为、塑造新型公民以及表现一系列知识与权力间特定关系的机制场所。

公共博物馆作为"公民实验室",产生文化技术和文化实体作用于社会并改变着社会:一是对公民道德和行为的塑造,这一点已经在前面章节作了讨论;二是对殖民地的被殖民者,即"他者"进行塑造和治理。本尼特以澳大利亚的土著和"大法国"的非洲被殖民者为例,阐释博物馆是如何实现对"他者"进行塑造和治理的。

从 1788 年第一批英国流放犯到达澳大利亚算至今,澳大利亚政府在 20 世纪 70 年代前对原住居民的策略经历了以下几种:种族灭绝政策、种族隔离政策、同化政策。这些澳策略不断转变的重要因素与以斯宾塞为首的探险者和殖民者的博物馆工作密切相关。斯宾塞把各种东西从澳大利亚不同地方汇集在一起,以新方式使之结合、简化与压缩,生成一种新的文化——土著文化。这种文化在斯宾塞眼中注定是要因竞争而被淘汰在历史的长河中,必定会被其他"先进文化"(即西方文化)所灭绝。受此影响英国殖民者在治理"他者"时由初期的灭绝衍变为隔离和同化策略。

法国殖民者在 19 世纪中后期也把种族主义视为其帝国主义有力的意识形态和政治武器[1]。但这种赤裸裸的掠夺和强制统治状况因 20 世纪 20 年代法国人类学博物馆(MH)的成立而有了改变,由"种族主义殖民策略"逐渐向"新人文殖民主义策略"转变。这与法国人类学博物馆(MH)的民族学研究有密切关系。MH 的研究使人类

---

[1] [德]汉娜·阿伦特著:《极权主义的起源》,林骧华译,三联书店 2008 年版,第 217—241 页。

学成为一种出色的公共教育,促使了非洲殖民政策的转变,实现对海外殖民地人口的治理,同时,也调节了法国本土人口与外来移民之间的矛盾紧张。

最后,本章强调了文化治理性理论的本质内容是文化与权力的关系在现当代社会中如何发挥塑造主体、治理"他者"和改变社会的作用。其中习性/习惯也被纳入文化治理性中进行研究,以便探究文化治理性的生物学和心理学机制,也就是说,习性/习惯如文艺审美和其他文化知识那样也是文化治理性的重要技术。本尼特以考古学般的笔触分析了很多哲学家、社会学家和人类学家,如康德、朗西埃、乔伊斯、洛克、穆勒、布尔迪厄等以及后达尔文主义学者,对"习性"(habit)和与之相近的"习惯"(habitus)在"人的构成"中所发挥的重要作用,强调了习性和习惯在自由治理中的重要性。

第五章

马克思主义视域中的本尼特文化思想

本尼特是英国新左派的重要成员,他的文化治理性理论是英国文化研究发展至今的显著一脉。他的思想在继承前人相关理论的基础上、在观照现实和思考现实之下,对西方马克思主义文艺理论和美学进行了改造和完善,在福柯等人的影响下,他的文化思想具有明显的"后"学特征。但是,在本尼特文化思想形成的早期,正是俄苏教条马克思主义式微而欧陆西方马克思主义思想在英国大受欢迎的时期。对此,本尼特站在特异的角度,对欧陆"西马"持吸收借鉴、修正、反叛的立场,竭力结合马克思主义创始人思想批判欧陆"西马"的功过得失,努力维护马克思主义创始人的历史唯物主义核心思想。不过,随着时代的发展和学术研究背景的变化,本尼特的学术思想从坚持马克思主义、修正马克思主义转向后马克思主义,但他并不像福柯、拉克劳和墨菲那样用非常激进的态度对待马克思主义,他的目的是想通过颠覆马克思主义的某些不合时宜的成分,来挽救和重振马克思主义在西方的作用和影响。因此,本尼特的文化思想特别是文化治理性理论,就呈现出对马克思主义的继承、修正、反叛、背离和发展的复杂关系。

第一节　马克思主义文化理论简析

马克思主义创始人以 19 世纪的生产力、生产关系、生产资料和资本运作方式以及资本主义社会的突出问题和矛盾为基础,全面考察当时人类社会诸多关系之后,提出了极具洞察力的剩余价值理论和历史唯物主义(经济基础和上层建筑的分析模式)理论,始终把资本主义和资本社会作为自己的批判对象。在经济基础和上层建筑理论框架里面,马克思主义创始人关注的是资本主义的经济生产活动及其运转规律,因此他们注重"经济分析""政治分析"和"阶级分析",理论的焦点在于对社会发展的规律性的宏观描述,而对"文化分析"和"日常生活分析"的研究和探讨相对薄弱。不过,马克思主义的后继者们仍然可以从创始人的著作中,比如《1844 年经济学哲学手稿》《资本论》《共产党宣言》《德意志意识形态》《路易·波拿巴的雾月十八日》等著作与文献里面获取广泛而深厚的文化理论资源,如马克思主义历史唯物主义文化观,经济基础与上层建筑(文化观念)之间的关系,意识形态概念,异化理论,人类的自由和解放维度等等。这些文化理论中所包含的要义皆成为马克思主义后继者的最重要的理论基础。进入 20 世纪,在欧洲大陆无论是早期的卢卡奇和葛兰西为代表的"西马"还是二战后以法兰克福学派为中坚的"西马"都依据社会的变迁、从不同视角继承马克思主义的"异化"理论、意识形态概念、唯物史观以及马克思对资本主义的批判维度,只是,"西马"理论者依据已经变化了的社会历史背景从创始人对资本主义政治和经济的重点批判转向了对资本主义社会文化的重点批判。

一、异化/物化理论

马克思在《1844 年经济学哲学手稿》中形象地描写和鞭挞了工人被自己的劳动产品所压迫和统治的劳动异化命运。劳动是人类区别于动物的本质特征,劳动是人类存在和发展的自身需要,劳动本应是人类自由自觉的活动,但是在资本主义私有制社会中,"劳动对工人来说是外在的东西,……他在自己的劳动中不是肯定自己,而是否定自己,不是感到幸福,而是感到不幸"①,这表明工人的劳动生产活动本身就是一种异化与外化。不仅生产活动过程对于被统治阶级是异化的,而且劳动产品对于他们来说更是一种异己的对象关系。"他亲手创造出来反对自身的、异己的对象世界的力量就越强大,他自身、他的内部世界就越贫乏,归他所有的东西就越少"②。与此同时,在私有制的生产和消费过程中,即便是宗教、法律、道德、科学和艺术等非物质生产领域作为特殊的生产方式也受生产的普遍规律制约,意识领域也会发生异化,因此,"对异化的扬弃包括两个方面"③,一个是经济领域的,另一个是意识领域的。马克思指出人的类特性是自由的有意识的活动,劳动异化却恰恰使被统治阶级失去了自己自主、自由的类特性和类生活,从而沦为被压迫和被奴役的对象。人要获得解放和自由只有摆脱异化,实现社会公有制的共产主义,"共产主义是私有财产即人的自我异化的积极的扬弃"④。

20 世纪西方马克思主义者继承和改造了马克思主义的异化理论,继续加大了对资本主义社会的批判。但是异化不再表现为直接

---

① 《马克思恩格斯文集》第 1 卷,人民出版社 2009 年版,第 187 页。
② 《马克思恩格斯文集》第 1 卷,人民出版社 2009 年版,第 185 页。
③ 《马克思恩格斯文集》第 1 卷,人民出版社 2009 年版,第 214 页。
④ 《马克思恩格斯全集》第 42 卷,人民出版社 1979 年版,第 131 页。

的、赤裸裸的外在强制力对工人的统治和剥削,异化理论在新的历史时期有了新的内涵。早期的"西马"代表人物卢卡奇基于马克思《资本论》中商品拜物教理论,将马克思本人的"异化"理论改造成了"物化理论",即资本主义社会整体陷入了异化,处于受商品生产与商品交换关系的支配中,因为人们面临商品化的世界而使人们之间的关系表现为物的关系,人的一切活动都不再是马克思所提倡的自由自觉的创造性的活动,而沦为受某种外在强制力制约的活动。卢卡奇发现在工业的大机器生产中,由于严密的具体分工制度而使工人成为整个生产过程中的零部件,"人在客观上和劳动的关系上都不表现为那个过程的真正主人;相反,他是结合于机器系统中的一个机器的部件"①。经济生产活动如此,政治管理领域也是被严格地模式化、标准化和齐一化。管理者完全从事统一、重复、没有创新性的工作,卢卡奇认为这是一种违反人性、片面化和畸形化的管理。经济生产与政治管理上的物化与理性化导致人的主观精神也被物化意识所支配。

　　二战后崛起的法兰克福学派则承接马克思与卢卡奇继续对资本主义的异化/物化进行揭露和批判。二战后到上世纪 60—70 年代,人们面临世界大战、核武器、污染与气候等全球性问题的困扰和折磨……而在实际生活中,被卷入西方商品市场的世界各国与各地区都呈现出下列现象:"大众文化、商品消费对人的操控却以温情脉脉的面目欺骗着普罗大众,使人的不自由和异化状态一步步从经济、政治领域发展到文化和日常生活之中。"②这表明被物化所奴役、被异化所操控的不仅是某些被统治阶级而是越来越表现为所有人的普遍境遇。这种新型的异化除了表现为对大众文化的消费、对商品的无穷占有之外,还表现为启蒙理性精神所带来的消极后果。首先,人与自

① [匈]卢卡奇著:《历史与阶级意识》,华夏出版社 1989 年版,第 88—89 页。
② 衣俊卿、胡长栓等:《马克思主义文化理论研究》,北京师范大学出版社 2012 年版,第 154 页。

然和谐关系遭受到前所未有的破坏。启蒙理性使人确立对自然的优越地位和无限统治权,人征服了自然却没有成为自然的真正主人,因为"人类进行毁灭的能力是如此巨大,如果这种毁灭能力实现了,整个地球就会成为一片空地。或者人类自身互相吞尽,或者人类食尽地球上全部动物和植物,……"①。其次,机器大生产和科学管理的分工越细化、严密,就使人们变得越发残缺不全,这是因为个人为了使自己满足发达资本主义生产的需要被迫"按技术结构塑造肉体和灵魂"②。第三,启蒙精神会引起人与人、国与国、地区与地区的冲突,因为对自然的征服和统治过程必然伴随着对人的征服和统治,引发矛盾和斗争。并且,启蒙理性和技术发展导致大众文化的产生和传播,进一步加大了人的异化。

二、意识形态理论

在《德意志意识形态》中,马克思恩格斯认为,"统治阶级的思想在每一时代都是占统治地位的思想。这就是说,一个阶级是社会上占统治地位的物质力量,同时也是社会上占统治地位的精神力量",而这种精神力量不过是"占统治地位的物质关系在观念上的表现"③。而且,统治阶级的思想是由其内部的思想家所编造的,在统治阶级内部,"一部分人是作为该阶级的思想家出现的,他们是这一阶级的积极的、有概括能力的意识形态家,他们把编造这一阶级关于自身的幻想当作主要的谋生之道"④。这些意识形态家为了达到实现和巩固本

① [德]霍克海默、阿多尔诺著:《启蒙辩证法》(导言),洪佩郁等译,重庆出版社1990年版,第1页。
② [德]霍克海默、阿多尔诺著:《启蒙辩证法》,洪佩郁等译,重庆出版社1990年版,第26页。
③ 《马克思恩格斯文集》第1卷,人民出版社2009年版,第550页。
④ 《马克思恩格斯文集》第1卷,人民出版社2009年版,第551页。

阶级统治的目的就在观念上"赋予自己的思想以普遍性的形式,把它们描绘成唯一合乎理性的、有普遍意义的思想"①。从马克思恩格斯上述中可以看出,意识形态概念包括以下几点内涵:第一,意识形态具有一定的经济基础,是物质上占统治地位的阶级的观念表达;第二,意识形态是由统治阶级的思想家所编造的;第三,意识形态具有"普遍性"的形式外衣;第四,基于前三点,意识形态具有虚假性、欺骗性,是统治阶级奴役被统治阶级的工具。

在马克思之前,"意识形态"一词由法国人德斯图·德·特拉西(1754—1836)在1796年第一次使用,它是指有关人观念的学说,人的心灵、意识、知识和认识的全部科学。在马克思的著作中,意识形态仅指占统治地位的阶级的思想,其功能是欺骗和剥削工人无产阶级。而西方马克思主义的早期代表,如卢卡奇和葛兰西等人在一战后,即无产阶级革命在西欧普遍失利的情况下,在分析武装革命失败的根本原因过程中,赋予了意识形态以积极的意义。卢卡奇认为,革命的成败取决于无产阶级的阶级意识成熟与否;而葛兰西则认为,当前革命的首要任务是取得无产阶级意识形态领导权,即文化霸权。显然,在卢卡奇和葛兰西看来,意识形态具有其更多的原初含义,指的是人们的观念、意识和知识;卢卡奇认为加强对无产者革命意识的培养,使其迅速成熟成长,才可以取得最终的革命胜利;葛兰西认为,在资本主义社会中发展武装革命、夺取国家政权未能实现,原因在于西方国家的政治统治现状不同于东方的苏俄,因为作为观念领域和意识形态领域的市民社会在西方过于强大,所以西方国家革命的首要任务不是像苏俄那样进行政治革命,而是同资产阶级争夺意识形态领导权或文化霸权。

但是,到了二战之后,以法兰克福学派为主的西方马克思主义者

---

① 《马克思恩格斯文集》第1卷,人民出版社2009年版,第552页。

则又恢复了马克思对意识形态的否定态度,只是其内涵更加丰富。他们认为虚伪性是意识形态的普遍性,其功能是美化现实生活并替其辩护,最终目的是维护统治者的现存统治秩序。二战之后,资本主义社会进入发达阶段,随着科学技术的发展与人民物质生活的改善,明显的阶级对立和阶级压迫已经消解,无产阶级逐渐变为中产阶级并成为社会的中坚力量,传统意义上的、蕴含强烈政治因素的意识形态意义似乎已经终结。欧陆"西马"代表人物认为"统治形式已经发生了根本的变化,即由从前的政治经济统治演变成为意识形态控制"①。在他们眼中,"在发达工业社会,信仰、科学理论、大众文化、艺术、法则等等,这些哲学的、道德的、宗教的、认知的活动都具有意识形态的特征,因为这些活动是从资本主义的整个社会框架的认可与接受的角度出发的"②。毋庸置疑,这种普遍存在的意识形态发挥的功能是:维护资本主义社会的现存统治,其借助的手段和工具是大众文化与科学技术。大众文化,在法兰克福学派看来是存于发达工业社会和后工业社会,由大众传播媒介加以传播,并被大众广为使用和利用的文化消费形式和生活状态;换言之,大众文化就是"文化工业"和意识形态的传播手段。"文化工业"无视艺术的审美价值和批判功能,没有人文关怀,仅仅是给人们提供娱乐和消遣,通过刺激人们的感官导致人的个性与创造性的丧失,进而使大众满足于当前的物质占有和消费而失去内心的自由和独立的判断能力,最终沦为甘于被统治的对象,成为推动资本主义社会发展的"社会水泥"。而意识形态之所以具有这样强大的蒙蔽和欺骗性,除了大众文化的传播之外还有科学技术作为工具对意识形态的支持。科学技术成为大众文化

---

① 衣俊卿等:《20 世纪的文化批判:西方马克思主义的深层解读》,中央编译出版社 2003 年版,第 76—77 页。

② 衣俊卿等:《20 世纪的文化批判:西方马克思主义的深层解读》,中央编译出版社 2003 年版,第 106 页。

批量生产、复制和传播的重要推动力,使得大众文化在色彩、画面和声音上更加引人入胜,使得特定的思维、价值和行为方式通过广播、电视、网络和电影等技术设施潜移默化地灌输给人们。

　　值得一提的是,20世纪60年代中期法国共产党员阿尔都塞进一步丰富了马克思意识形态理论,对英国的文化研究影响很大。他对意识形态理论做出了结构主义阐释,认为意识形态是一种客观的、无意识的结构,而且还是社会历史生活中的一种基本结构,其具体形态有宗教、伦理、哲学和艺术等等。"没有这些特殊的社会形态,没有意识形态的种种表象体系,人类社会就不能生存下去。"①显然,阿尔都塞将马克思意识形态理论改造为先在的结构物并对现实产生影响。除此之外,他还将意识形态物质化,认为意识形态在社会中发生作用的原因是意识形态国家机器的存在。意识形态国家机器论不仅是对马克思意识形态概念的改造,也是对马克思关于国家是强制性国家机器论述的发展。宗教、教育、家庭、法律、政治、工会、信息、文化等意识形态国家机器以"意识形态方式"而非以"暴力手段"发挥作用,实现对主体的塑造和询唤。个人一出生就无可选择地被意识形态国家机器所包围、所浸润、所塑造,成为既定的社会关系中新的主体,从而完成对现存社会关系的再生产。阿尔都塞的结构主义意识形态理论对英国的文化研究影响深远,引起了文化主义与结构主义研究范式之争。

　　而在英国本土,英国新左派理论家们在继承马克思本人的意识形态概念的同时,批判吸收了欧陆西方马克思主义者的相关理论,发展了更加复杂的文化审美意识形态理论,其代表人物是伊格尔顿。伊格尔顿对前人的理论汇总、拓展和深化之后,指出意识形态不能简单地被理解为虚假意识、无意识心理、欺骗机制、个人或人类的经验

---

① 孟登迎:《意识形态与主体建构》,中国社会科学出版社2002年版,第123页。

的随机表现,而是一种非常复杂的现象。他认为,意识形态常指符号、意义和价值观用以再生产一种支配性社会权力的方式①,也能表示话语和这种利益之间的任何富有深意的连接②。而且,意识形态具有虚假性并不意味着其所有成分都是不真实的,也包含着真理的片段,并且其实践功能强大——不仅发挥认识功能还是某种权力或政治力量的介入方式。意识形态的复杂性还体现在弗洛伊德的无意识理论与马克思主义意识形态理论潜在的对话空间中。"意识形态的错觉不仅是扭曲了思想观念或'虚假意识'的产物,而且也可以说是资本主义社会本身的物质结构固有的东西。"③这表明马克思的意识形态概念不仅是资产阶级的话语,是使资产阶级统治合理化的工具,也是资本主义社会内在结构的标志。伊格尔顿从社会学视野和心理学视野赋予意识形态概念以符号学意义,修正了传统的意识形态就是统治阶级意识的内涵,意识形态不仅存在于明显的意识形态国家机器中还以符号的形式渗透于日常生活的方方面面。

在为意识形态概念进行修正扩展之后,伊格尔顿在马克思主义历史唯物主义框架内论述了文化审美意识形态问题。他认为审美与意识形态看似分离实则是融合在一起。一方面是因为美学与政治紧密结合,通过介入人们的感官、感觉而发挥统治的力量;另一方面,美学能够通过审美愉悦使人们获得自由和解放,能让人们从异化中获得一定程度的解脱。伊格尔顿借鉴吸收葛兰西文化领导权的理论,认为审美在晚期资本主义社会的政治与经济领域是一种重要力量,执行着不可忽视的实践功能。他认为美学可以把政治和经济领域的外在的、强制性的权力和法则内化于主体中。权力借助于审美和情

---

① T. Eagleton. *Ideology: An Introduction*. London: Verso, 1991, p. 6.

② T. Eagleton. *Ideology: An Introduction*. London: Verso, 1991, p. 8.

③ [英]伊格尔顿著:《历史中的政治、哲学、爱欲》,马海良译,中国社会科学出版社 1999 年版,第 91 页。

感建立联系,权力的结构转化为情感的结构,在主体的塑造过程中发挥作用。在取得领导权的过程中,权力和审美的结合,使得强制力和意识形态被美化成自然,使得道德与责任潜移默化为人的本能,使得必然性因前两者而变成自由,于是人的主体性也逐渐走向完美。总之,伊格尔顿的意识形态理论是一种文化审美意识形态,他持有的是一种大文化观,即"文化是一种在我们每个人身上起作用的普遍的主体性"①;伊格尔顿将文学、审美、身体和权力等都与意识形态链接起来,既进行文化研究和文学批判,又发掘出文化的审美意识形态功能,从而实现在文化和审美领域对社会统治的一种介入。

三、历史唯物主义

历史唯物主义史观是马克思主义的核心要义,囊括了前面论述的所有理论和概念,如异化理论、意识形态概念等内容。唯物史观在马克思恩格斯不同时期的(初、中、晚期)著作中都有涉及与阐释,但集中于《〈政治经济学批判〉序言》中。在《序言》中马克思作出了以下经典阐释:"人们在自己生活的社会生产中发生一定的、必然的、不以他们的意志为转移的关系,即同他们的物质生产的一定发展阶段相适合的生产关系。这些生产关系的总和构成社会的经济结构,即有法律的和政治的上层建筑竖立其上并有一定的社会意识形式与之相适应的现实基础。物质生活的生产方式制约着整个社会生活、政治生活和精神生活的过程。……随着经济基础的变更,全部庞大的上层建筑也或慢或快地发生变革。"②

马克思的这番论述显示了他与资本主义思想家最根本的区别在

① [英]伊格尔顿著:《文化的观念》,方杰译,南京大学出版社 2006 年版,第 4 页。
② 《马克思恩格斯文集》第 2 卷,人民出版社 2009 年版,第 591 页。

于从社会的物质生产和人的实践活动中去把握上层建筑、意识形态或者说是文化精神。马克思主义的文化观是唯物主义文化观，在马克思恩格斯眼中，"文化泛指人类文明，把文化与社会生活方式、文明形态的变化联系在一起"[1]。马克思主义创始人的历史唯物主义文化观，辩证地看待文化与经济的关系并随着时代的发展而不断完善。文化与经济社会发展之间是相互渗透和相互影响的，它们在现实社会实践中互相作用，并引发整个社会结构和社会形态的变革。对此，马克思曾经用中国的三大发明来阐释文明对经济社会的巨大反作用，"火药把骑士阶层炸得粉碎，指南针打开了世界市场并建立了殖民地，而印刷术则变成新教的工具，总的来说变成科学复兴的手段，变成对精神发展创造必要前提的最强大的杠杆"[2]。

　　然而，以第二国际理论家为代表的一些后继者却无视马克思本人对文化与经济关系的辩证看法，庸俗地、形而上学地看待唯物史观。为了维护马克思主义唯物史观的本真内涵以及根据新历史情况丰富发展唯物史观，恩格斯晚年在《致约·布洛赫》和《致瓦·博尔吉乌斯》的信中完整阐释了"历史合力论"，"政治、法、哲学、宗教、文学、艺术等的发展是以经济发展为基础的。但是，它们又都相互作用并对经济基础发生作用"，而且，人们创造历史时，"他们的意向是相互交错的，正因为如此，在所有这样的社会里，都是那种以偶然性为其补充和表现形式的必然性占统治地位。在这里通过各种偶然性来为自己开辟道路的必然性，归根到底仍然是经济的必然性"[3]。"历史合力论"既肯定经济基础的最终决定作用，又主张上层建筑和意识形态有相对独立性，在某个具体历史时期甚至对历史的发展起决定

① 衣俊卿、胡长栓等：《马克思主义文化理论研究》，北京师范大学出版社 2012 年版，第 52 页。
② 《马克思恩格斯文集》第 8 卷，人民出版社 2009 年版，第 338 页。
③ 《马克思恩格斯文集》第 10 卷，人民出版社 2009 年版，第 668—669 页。

作用,这反映了文化对历史的发展有着重要的制约和促进作用。

马克思主义创始人的唯物主义文化观,是人类历史理论发展史上的一次重大突破。他们认为文化的本质体现在人的实践活动的对象化规定中,人类社会结构和人类历史发展是把握文化地位和作用的基础;同时,文化进步与否或其价值高低的标准是能否促进人的自由和全面发展。这凸显了马克思主义文化理论具有极强的批判精神、实践旨趣和解放维度。马克思主义创始人的唯物主义文化理论成为后人取之不尽、挖之不绝的理论资源宝藏。

20 世纪 60 年代中期,阿尔都塞把结构主义应用于马克思主义经典著作的解读和研究中,他改造了经济基础和上层建筑的经典理论,代之以"多元决定论"。阿尔都塞提出社会由多要素构成的观点,即社会是由经济、政治和意识形态所构成,三者同等地对社会发展起作用。他反对机械地理解经济基础和上层建筑关系原理,认为社会构成的多元要素的发展是不平衡的,它们之间是相互作用的关系,在不否定经济基础的最终决定因素的基础上,他说,"在每个社会形态内部……由经济所起的决定作用在真实的历史中恰恰是通过经济、政治、理论等交替起第一位作用而实现的"①。阿尔都塞的"多元决定论"与恩格斯的"历史合力论"有颇多相似之处,都认为经济是社会发展的最终决定因素,都赋予文化对历史发展有重要作用,只是阿尔都塞比恩格斯更加看重文化和意识形态的作用,认为政治组织和意识形态在社会发展的过程中也会交替地发挥第一位的作用。不仅如此,阿尔都塞还消解了西方认识论历史上人是主体的理论。"生产关系的结构决定着生产当事人所占据的位置和所承担的职能……真正的'主体'是这些规定者和分配者:生产关系(以及政治的和意识形态

---

① [法]阿尔都塞著:《保卫马克思》,顾良译,商务印书馆 1984 年版,第 184 页。

的社会关系）。"①人从相对自主变成了受多元因素的构造之物,处于完全被动的位置,而那些他所谓的"结构"就成了主体。显然,阿尔都塞在否定经济决定论而主张"多元决定论"的时候走向了结构决定论。

在英国本土,对经典马克思主义历史唯物主义理论进行改造和修正的突出代表人物是威廉斯。威廉斯首先对马克思的"基础-上层建筑"理论进行了反思。他认为人们一直在误读马克思本人的有关"基础-上层建筑"的原意,其实这是一个具有隐喻性的概念,所谓生产中的社会关系构成的"基础"与竖立其上的各种思想、制度等体系构成的上层建筑是一个假想的模式,从未真正存在过。斯大林主义对此隐喻做出了教条主义理解,导致许多马克思主义者对文化等上层建筑做出机械决定论和经济还原论的解释。威廉斯赞同用一定的生产方式解释文化,但反对此类教条主义简单地把文化实践看作是由经济基础决定的上层建筑,他更倾向恩格斯晚年的"历史合力论",认为恩格斯揭示了经济基础与上层建筑之间的复杂性和相互决定性。因此,威廉斯指出,文化等上层建筑不是经济生产活动的附属物和派生物,文化本身就具有物质性和实践性,是社会存在的基础和社会生产过程中必不可缺的一环。

威廉斯将文化本身就看成是一种物质生活实践,将文化和文化生产特性纳入历史唯物主义视域中进行具体阐释,既强调文化生产的物质性又重视文化实践的创造性,这被称为"文化唯物主义"研究范式,也就是后来新左派第二代理论家所说的文化主义。文化唯物主义通过凸显文化活动的物质实践形态来克服第二国际所流行的教条的经济决定论思想,既在文化理论中坚持唯物主义基石,又在唯物主义的内容中充入文化理论的内容,这无疑发展了马克思主义文化理论,成为英国文化马克思主义的重要组成部分。

---

① ［法］阿尔都塞等著:《读〈资本论〉》,李其庆等译,中央编译出版社2001年版,第209页。

20 世纪 70 年代之后,伴随着全球化时代的到来,西方马克思主义者对资本主义的批判是在新的社会背景中进行的。世界一体化的强烈冲击使得经济、政治和文化等领域的界限越来越模糊、消解,各领域的发展轨迹在相互渗透、融合之中慢慢交织与汇合,共同勾画了后现代以来全球化错综复杂的历史图景。尽管世界不断变迁,历史不断变化,批判的对象和侧重点或许有所不同,但西方马克思主义理论家都始终保持着与马克思主义创始人一致的资本主义社会批判维度以及要实现人的解放和自由的终极目标。

第二节　本尼特文化思想对马克思主义的继承与发展

本尼特认为马克思主义依然是当今世界上我们正确认识资本主义社会的最重要理论,从他踏入学术研究的那一刻就一直努力坚持马克思主义的核心原则和基本要义,他对马克思有关文化的理论一直进行着在继承中改造、在修正中发展的不懈努力。虽然,本尼特的文化思想总体上有着明显的后马克思主义特征,但他与马克思有着相同维度看待文化现象,有着相似的聚焦现实的理论与实践相结合的方法,还有着共同的终极奋斗目标——人的自由和解放。

一、重拾马克思历史与政治的维度审视文艺问题

20 世纪大多数西方马克思主义理论家处理文学和艺术问题时,使用的是决定论和自律论相结合的僵化方式。为了说明“文学”的“文学性”,“西马”理论家将文学文本形式之外的要素都悬置起来,认为只有语言形式、技巧、结构和符号等才可以决定某些文本是文学;

除了形式之外,西方马克思主义者认为文本要成为文学还要有一个恒定的本质:比如在卢卡奇看来作品要反映进步阶级的意识、要凝聚重要阶级的经验;在阿尔都塞眼中就是文本有崇高的追求目标,要疏离意识形态,否则就不具备文学的品质。说白了,在"西马"理论家眼中,文学的审美主体是精英知识分子,审美对象是经典作品。"从这样的假定出发时,即从被指定为文学的文本一定有一系列潜在共同品性出发时,西方马克思主义者的分析就离开了它所要求的社会历史具体性场域。"①为了驳斥这种本质主义文学观,本尼特认为文学应该被看作是一种特殊的社会化组织的表征空间,在这个空间里,文本意义与审美体验事实上被一系列历史的、特定的制度与话语所调节。文学显然是一系列社会现实和社会实践的手段,受作家、世界、生产背景和读者的制约,文本的产生离不开一定的历史条件。

本尼特进而提出文学理论的研究对象应该是"阅读型构",反对将文学视为有固定审美本质的后康德主义的变形,用后马克思主义的反本质主义还文本以绝对的历史化和唯物主义向量。对文学概念和文本阅读进行重新阐释的同时,本尼特还指出马克思主义文艺批评的目的"不是制造一个审美对象,不是揭示已经先验地构成的文学,而是介入阅读和创作的社会过程……,必须开始从策略角度思考什么样的批评实践形式才能将阅读过程政治化",②这表明本尼特旗帜鲜明地提出要从政治的维度审视阅读过程问题。卢卡奇认为文学的作用在于表达进步阶级的世界观以区别于统治阶级的意识形态;阿尔都塞指出,文艺作为观察意识形态的途径有助于人们认识意识形态并摆脱意识形态束缚;本尼特与他们都不同,指出包括文学在内

---

① [英]托尼·本尼特著:《文化与社会》,王杰、强东红译,广西师范大学出版社 2007 年版,第 30 页。

② [英]托尼·本尼特著:《马克思主义与通俗小说》,刘象愚译,弗朗西斯·马尔赫恩编,《当代马克思主义文学批评》,北京大学出版社 2002 年版,第 222 页。

的文化是由不同知识体系和技能组成，其功能是通过审美来改变主体的行为品性，实现"自我治理"或"他人治理"之目的。将美学纳入文化治理性的技术组成部分本身就是一种政治诉求和政治表现。

二、继承理论与实践相结合的研究方法

马克思曾经说过，"哲学家们只是用不同的方式解释世界，问题在于改变世界"①。理论与实践相结合的原则是马克思主义的基本精髓，是所有马克思主义者应该共同遵守的原则，他们会根据变化了的社会历史发展情况展开自己的理论研究和实践活动。本尼特作为英国文化研究的马克思主义者，即便是后来转成后马克思主义者也一直秉承马克思主义创始人和英国文化马克思主义的实践传统，注重以现实生活和社会经验为基础进行研究。将马克思主义的历史维度和政治维度纳入文艺理论，将文学艺术置于复杂的社会网络关系中，从文学与社会语境中考虑文学生产和消费，倡导审美的作用在于对主体行为的塑造从而获得自由以及美学也是一种治理技术的思想，都体现了本尼特务实态度和重视理论的实效性。尤其是在 20 世纪 80 年代中期后，他将理论的重心转到含通俗文学在内的大众文化、文化机构、文化政策、文化与殖民主义等问题，进而提出文化治理性理论，这些都是他践行文化实践性的努力，"引起了文化研究理论与实践上的策略转型与方向调整"②。

对西方马克思主义的绝大多数理论家来说，大众文化就是工业时代与后工业时代大批量、商品化消费的产品，是意识形态欺骗的工具，对它充满了否定和批判。即便是英国新左派第一代，虽然对大众

---

① 《马克思恩格斯文集》第 1 卷，人民出版社 2009 年版，第 502 页。

② 段吉方：《理论与经验：托尼·本尼特与 20 世纪英国文化研究》，《马克思主义美学研究》2009 年第 2 期，第 103—115 页。

文化已经不太排斥，但终究没有对它持比较肯定的态度。而本尼特却本着务实的精神，对大众文化加以辩证分析，认为它就是当代社会客观存在着的文化形态，而且深受大众欢迎。实际上，大众文化并不比所谓经典文学多携带意识形态的成分，甚至有时并不具有意识形态的成分，还会对主流意识形态起颠覆作用。本尼特以通俗小说为例对英国当时的流行大众文化——"邦德"现象进行了葛兰西主义的分析，揭示了大众文化是怎样解构主流话语并成为争夺文化领导权的重要场域。而在文化机构的研究方面，本尼特借鉴福柯的治理性思想，充分分析了公共博物馆、艺术馆与画廊等文化机构是如何成为文化技术，对人实施教化规训功能，完成对人的主体行为的塑造，发挥它们的实践功能与政治理性的。在文化政策研究方面，本尼特主张人们特别是知识分子要把学术研究与有规划的实践联系起来，积极参与政府的各项文化规划的政策设计与设施方面的研究，这样就能够产出符合社会实际需要的知识，进而发展出实际可行的改造社会的政治形式。本尼特本人率先示范，经常参与澳大利亚政府、联合国组织与英国政府组织的大型文化项目研究与实践，为各种规划、策略的设计与实施，贡献自己的才能和智慧。

三、秉承马克思的终极目标：人的自由和解放

马克思主义的创始人在《1844 年经济学哲学手稿》《共产党宣言》和《资本论》等著作中都详细论述了何为人的自由与解放，以及如何获得自由与解放。马克思曾提到人的本质是社会关系的总和，人的自由和发展必须以丰富而全面的社会关系为基础；马克思又强调人的本质是人的自然属性、社会属性和精神属性的统一，这显示人的自由与解放就要克服对人的智力、道德和精神片面发展而实现全面发展；马克思还曾把人的本质与人的需要结合起来，只有满足人的全

面的、综合的与多层次的需要才能实现人的本质。而要实现人的本质、获得人的自由和解放就要消灭资本主义社会的"异化劳动",实现共产主义理想。马克思认为,在消灭私有制和阶级对立的共产主义社会中,社会生产力极大发展、物质产品极大丰富、人的工作时间大大缩短,劳动真正成为人的自由自在的必需,这为所有人的自由和全面的发展提供了可能。显然,在共产主义社会不但可以解除物对人的束缚,还可以实现对"异化劳动"的扬弃,实现人精神的解放和全面的发展。为了实现共产主义,马克思主义创始人始终不渝地坚持理论斗争并参与工人运动,对资本主义社会的剥削和压迫进行无情揭露,对共产主义的蓝图与实现路径加以科学分析,为后人推翻资本主义、实现自由和解放留下了宝贵的理论资源导向和实践奋斗目标。

如果说马克思主义创始人是从宏观总体的角度提出消灭异化实现共产主义是实现人的自由与全面发展的路径的话,本尼特的文化治理性理论则是从相对微观层面向人们展示如何在当代克服异化,实现人的自由与发展。

当英国新左派与欧陆西方马克思主义者或专注于文艺审美的自律性研究,或揭示大众文化的意识形态欺骗性,或转向葛兰西主义探究如何争夺文化领导权之时,本尼特另辟蹊径,更注重文化的经验性、治理性和实效性。西方进入现代之后,国家的强权治理逐渐被由文化所主导的对主体行为品性塑造的自由主义治理所取代。文化对教育、审美和自我管理,对主体行为塑造、能力的提升和个人生活品质的提高,以及社会的进步和改变都有巨大影响。因此,在物质生活水平提高的发达资本主义社会,主体塑造自己、提高自己、实现自我治理并获得自由,成了个人与政府应该共同关注的问题,这与马克思所倡导的实现人的自由与全面发展完全相吻合。

受福柯治理性观念的影响,本尼特认为文化治理性研究就是从文化与权力错综复杂的关系角度考察文化实践,重在对文化物质性的机制研究,如文化体制、文化政策、文化机构和文化管理等实践领域。文化的塑造作用依赖于政府的政策、技术和文化管理的权力,"这成了政府职能活动的一般范围,到今天也依然如此","政府实践是现代社会构建文化的核心。没有哪方面的文化是不属于或独立于它存在的"①。显然,文化与权力的关系共同塑造着现代社会,本尼特的文化治理性主要是研究文化审美、主体与治理之间的关系。文化治理性作为塑造主体的技术承接了阿尔都塞意识形态对主体的塑造理论和伊格尔顿的"审美意识形态"研究,但是本尼特的观点却与二人有着显著不同。本尼特既看到了主体"自我治理"的主动作用又看到了"他人治理"的介入作用,这与阿尔都塞由于过于重视"结构"的塑造作用而将人看成是被动接受的机器是完全不同的;本尼特还侧重于从文化审美实践而不是如伊格尔顿那样从审美认知角度去看文化与社会、文化与权力的关系。总之,文化治理性理论为现当代人如何运用文化进行"自治"与"他治",促进人的自由、发展和寻求解放提供了理论指导与实践路径。

第三节　拓展和深化马克思主义文化理论研究领域

一、继承并深化马克思恩格斯对大众文化的辩证研究

　　由于马克思恩格斯集中精力于政治、经济和哲学的研究上,对文艺的相关论述并不多见,但后人还是能在他们的许多著作中看到他

① 金惠敏:《修正文化研究政策——托尼·贝内特访谈》,《学术界》2010 年第 4 期,第 50—63 页。

们富有思辨、充满热情的对自己所处时代的大众文化和通俗小说的重视和研究。这突出表现在二人致费迪南·拉萨尔、明娜·考茨基和玛格丽特·哈克奈斯等作家的十余封信中。马克思恩格斯对各位作家的新作进行客观中肯的评价，这一事件本身就显示了他们对大众文化和通俗小说的重视。更为重要的是，这些信件凸显了他们对文学文化的基本要求和原则，如马克思的悲剧观、对现实主义的看法、对"典型"的阐释、"要莎士比亚化，反对席勒式"、美的原则和历史的评判原则等马克思主义文艺美学思想。除了这些著名的信件之外，马克思恩格斯在其他一些文章中用辩证的方法总体上对大众文化持肯定态度，如在《德国民间故事书》一文中，马克思指出大众文化往往具有诗意、谐趣和道德的纯洁，可以使底层劳动者缓解其疲惫，获得精神振奋和愉悦①；在《道德化的批评和批评化的道德》一文中，马克思批评 16 世纪德国的粗俗文学庸俗之气过于浓厚、语言肉体性过强、造成美学上的反感②，这显示了马克思本人对大众文化辩证分析的态度。

但到了 20 世纪，绝大多数西方马克思主义者却对大众文化已经不再辩证分析而是进行忽视或贬斥，正如莱恩所说，"面临 20 世纪较为新式的大众文化形式，马克思主义美学的反应是较为迟缓的"③，此种状况直到 70 年代末霍尔和本尼特主持开放大学的大众文化课程之后才有明显改观。欧洲大陆的法兰克福学派对大众文化的批判，是西方马克思主义流派中最为典型和激烈的。除本雅明以外其他成员都认为大众文化是维持资本主义现存社会极权统治的意识形态工具，它的产生与扩张就是对文化艺术追求崇高和反抗现实的自由超越精神的湮灭，因为它使文化的生产和消费具有庸俗性和平面化，使

---

① 《马克思恩格斯全集》第 2 卷，人民出版社 2005 年版，第 84 页。
② 《马克思恩格斯全集》，人民出版社 1958 年版，第 322—323 页。
③ ［英］戴维·莱恩著：《马克思主义的艺术理论》，湖南人民出版社 1987 年版，第 138 页。

大众因沉溺于其中而失去反抗社会压迫的意识和能力。法兰克福学派对大众文化的批判、否定和敌视导致他们对如何改变现实没有一点建设性的建议,"这就使大众文化的研究,实际上难以为继,变得毫无意义"[①]。而在英国本土,虽然文化研究在 60 年代已经确立,但大众文化直到 70 年代末期才逐渐被文化研究者所重视,而使其进驻学院获得学制化的标志正是本尼特在开放大学所开设的"大众文化"课程。具体来说,早期的文化研究学者霍加特、威廉斯、汤普森等人被称为"左派利维斯",他们为了显示与利维斯精英主义文化观有所不同而关注大众文化,这是一种矛盾的、复杂的、欲迎还拒的态度,正如霍加特所说,大众文化就是大众娱乐,它的新形式就如"内部中空的奶酥作品,是空洞的光明的无尽耗用"[②]。"左派利维斯"的这种复杂态度显示了他们并没有与利维斯主义彻底决裂,而对精英主义文化观进行彻底批判和对大众文化进行学理性说明的任务落在了霍尔与本尼特等人的身上。

本尼特与霍尔在开放大学对大众文化研究的理论建树和课程实践,使得大众文化明确被定为文化研究的对象,开始实现与利维斯主义的彻底决裂。本尼特在此的突出贡献主要有以下几点:一,从历史唯物主义角度阐释文本概念——"社会文本"。霍加特将文学批评的方法引入大众文化,把流行音乐和书刊看作文学文本加以解读,威廉斯作为文化唯物主义的创始人把对文学的内部研究拓展到文化社会学的研究中去,霍尔的媒介研究更多地借鉴结构主义的方法关注文学文本和视觉文本。而本尼特正是在此三人基础上提出了自己的"社会文本"概念,即将文本视为多种不同意义来源的文本的有机构成方式,文本总是处于历史的变化当中,强调文本会随着历史条件、

① 陆扬:《文化研究概论》,复旦大学出版社 2008 年版,第 37 页。
② R. Hoggart. *The Uses of Literacy*, New York: Oxford University Press, 1970, p. 232.

物质媒体和社会机制的变化而变化,重视文本间的"互文"关系和读者特别是大众参与阅读的实践活动。"社会文本"概念批判了西方马克思主义文论中"文本形而上学"的谬误,重新将文本概念和文本意义视为随政治、经济和社会的变迁而变化,真正符合马克思主义的核心要义——历史唯物主义的要求。二,将葛兰西的文化霸权理论引入文化研究中,把大众文化看作是产生话语实践、进行文化领导权争夺的场域。这不仅有利于解决英国文化研究的文化主义与结构主义之间的范式之争,更是对马克思本人相关思想的深化。马克思曾经说过,"统治阶级的思想在每一时代都是占统治地位的思想。……每一个企图取代旧统治阶级的新阶级,为了达到自己的目的不得不把自己的利益说成是社会全体成员的共同利益"①。这段话实际上涉及文化和思想的领导权问题,意味着在经济和政治上占据领导地位的统治者也试图在文化和思想上获得领导权,并且隐晦地将自己的利益赋予普遍的意义从而为自己的文化思想取得合法的领导权地位。马克思本人没有对此展开论述,但葛兰西延续并明晰了马克思的这一思想,而本尼特结合英国文化研究的实际发展,力促文化研究的葛兰西转向,既不能将大众文化看作是与传统工人阶级自生的文化等同而大加赞赏,也不能仅仅视其为欺骗大众的统治工具而盲目批判;正确的做法是,要重视大众在文化消费过程中的主动性、创新性,把大众文化看作统治者和被支配者进行文化领导权争夺的场域,为社会主义文化的产生和发展创造各种条件。三,本尼特提出"阅读型构"概念,文本阅读就是在"互文"环境中进行的历史语境中的"生产性激活"。他从马克思主义语言学的角度进一步阐释了大众文化的文本理论。在马克思和葛兰西相关理论的基础上,本尼特还吸收了阿尔都塞的结构主义观点、巴赫金的马克思主义语

①《马克思恩格斯文集》第1卷,人民出版社2009年版,第550页。

言哲学和福柯的话语权力理论,把大众文化看作是统治集团和从属集团之间进行权力游戏性颠覆和包容活动的场域。文本不仅是话语符号体系生产和运作的产品,更是符号体系与读者、与其他文本、与读者的阅读活动和社会结构之间动态的相互生产的阅读构型活动。

总之,本尼特所构建的大众文化理论与其他英国文化研究者的研究成果一起确立了大众文化与文学传统一样具有研究价值,这不仅对欧陆大众文化批判理论进行了逆转,而且更是从理论上肯定了大众文化的独特学术价值。本尼特的"社会文本"和"阅读型构"等概念大大地扩展了马克思主义文化研究者对"文本"的内涵和外延的理解,这是对欧陆西方马克思主义"文本形而上学"概念的清算和解构。本尼特的大众文化理论拓展了马克思主义的文化研究视域,促进了大众文化研究从 1980 年代起在英国和世界各地的兴起与繁荣。

二、注重文化机构的功能:承接与改造马克思主义现代国家治理术

马克思认为,国家是生产力发展到一定阶段、阶级矛盾不可调和时的产物,是统治阶级统治被统治阶级的工具。在资本主义社会,国家维护了资产阶级的统治、资本主义生产以及资本主义生产关系的再生产。在马克思主义创始人的著作中,资产阶级国家在治理社会时执行两种职能:政治职能和社会职能。政治职能指统治阶级利用军队、警察和监狱等暴力工具对外侵略、对内镇压以及调节统治阶级内部矛盾来维持统治秩序。社会职能指的是国家对国内社会经济、生活和文化等各个方面发挥影响,此时国家是以"整个社会代表"的身份出现的。恩格斯曾经指出,"政治统治到处都是以执行某种社会职能为基础,而且政治统治只有在它执行了它的这种社会职能时才

能持续下去"①。因此,资产阶级的国家治理术就是依赖国家发挥其政治职能和社会职能来实现的。值得一提的是,政治国家的基础是"市民社会",马克思把"市民社会"看作是与各个历史时期生产力和生产方式相联系的社会交往形式与经济基础的要素,马克思的"市民社会"概念几乎与经济基础概念同义。

西方马克思主义者对马克思有关资本主义的国家治理术也进行了改造和发展,尤其是葛兰西与阿尔都塞的思想影响深远。20世纪初期,葛兰西在《狱中札记》提出了"完整国家"说,认为国家是由"政治社会"与"市民社会"共同构成。"政治社会"在统治过程中发挥强制和压制功能,常常与国家暴力机关联系;"市民社会"在葛兰西的国家理论中与马克思主义经典著作中不同,他把"市民社会"视为上层建筑而非经济基础中的要素,由政党、新闻机构、工会、学校、教会、学术文化团体等构成。葛兰西指出,随着资本主义社会的发展,国家治理的方式不是主要依靠暴力而是通过"市民社会"各机构的宣传,让大众接受资产阶级制度、观念从而对统治阶层的统治表示"认同",也就是说,统治阶层是获得意识形态上的领导权或称"文化领导权(霸权)"来实现、维持并巩固其统治的。上世纪60年代中期,法国的阿尔都塞基于马克思主义国家学说并承接葛兰西的"文化领导权(霸权)"理论后,把国家机器划分为镇压性的和意识形态两类。阿尔都塞认为,随着西方民主程度的提高,含宗教、学校、家庭、文化事业等领域与机构在内的资本主义意识形态国家机器的功能日益突出,通过对主体进行社会"结构"的无意识的塑造,使他们成为资本主义社会所需要的"社会水泥"。葛兰西与阿尔都塞的"文化霸权"理论和国家意识形态机器理论显示了资本主义社会统治阶级治理国家所采用的方式越发复杂和隐蔽了,他们的理论丰富发展了马克思的意识形

①《马克思恩格斯选集》第3卷,人民出版社2012年版,第560页。

态理论与国家治理观。

本尼特也对马克思主义国家治理观进行了发展，只是他是以福柯的"治理性"为基础的，具有后马克思主义的特征，注重文化与微观权力间的关系。福柯认为资本主义社会从 19 世纪就开始进入自由主义治理时期，以规训和治理替代以往的血腥暴力统治。政府机构作为国家安全与人口管理的机器，在管理的过程中运用一系列的技术策略（如制度、程序、分析、计算等），侧重对属民精神和心态的管理，注重对主体权力运用的分析。本尼特接受了福柯治理性理论，他认为"福柯的观点给我们增加了大量对不同类的文化/权力整合体的形成、组织和功用的理解"[①]，现当代的文化应该放在治理性的视域下被理解。作为文化的主要承载物质体——博物馆、艺术馆、画廊、文化遗址、音乐厅等文化机构就成了政府治理与策略的重要组成部分。本尼特认为上述文化机构"组成了大众民主制下一系列能动地塑造公民的文化能力的新的文化与权力关系的一部分"，在此，本尼特引入宽泛的政府观念，"政府不光要理解为国家的政府，而是福柯更广泛意义上的政府，即各种日常行为和实践形式受到调节、控制的不同方式，以及在我看来文化机构的运作"[②]。显然，本尼特认为文化机构本身就是政府的组成部分，他以博物馆为例，研究了从 19 世纪开始文化机构作为政府的组成部分在文化治理性视域中的强大治理功效。

博物馆可以分为艺术博物馆和自然历史博物馆，前者主要是通过审美教化塑造主体的道德，后者侧重于利用知识与空间对主体公民性的培养。19 世纪，统治阶级意识到人口是管理国家的重大问

---

① 金惠敏：《修正文化研究政策——托尼·贝内特访谈》，《学术界》2010 年第 4 期，第 50—63 页。

② ［英］托尼·本尼特著：《英国文化研究的另一种范式——托尼·贝内特学术自述》，《洛阳师范学院学报》2007 年第 4 期，第 8—11 页。

题,人口的素质高低和数量多少决定着国家的兴衰与发展,人口成为国家的重大财富,因此改变人口主体——工人阶级的生活方式就被提上了日程。欧洲本土、英国、美国等资本主义国家都采取了改革计划,将艺术和文化知识当作改变工人行为的重要工具,使工人成为"谨慎的主体"。如英国的亨利·科尔爵士1867年倡导免费开放艺术博物馆,使广大选民免于"沉溺于酒吧",只要让工人开始文化审美之路就有助于道德的自我培养,他们也必然因道德的提高而改变自己的行为方式。直到今天,人们依然非常重视博物馆的审美塑造对人的心灵的提升和生活的改变作用。自然历史博物馆随着考古、自然和历史科学的大发展也在现代社会的无数大城市中建立起来,如今更是蓬勃发展。自然历史博物馆与下列自然科学是结合在一起的:地质学、考古学、人类学、民族史、古生物学和解剖学等,"开辟了新的交叉的时代,这为治理和规范人口与个人的行为提供了新的时间坐标并进入自由主义政府变革的问题域之内"①。世界各地的生物标本、矿石、人类遗迹、艺术品、手抄本、人种学标本和工艺制品等聚集在自然历史博物馆,不仅使得公众的科学好奇心和求知欲得到满足,更重要的是各物种、各民族和各阶层在共时与历时方面的产生与湮灭、辉煌与匿迹、兴衰与变迁能使人产生一种这样的震撼:"人类族群要么在进步的主干道上,要么冒险成为一个展品,文化亦是如此。"②每个种族和每种文化都有自由平等发展的机会,但是若是丧失机会停滞不前,就很可能沦为展品成为进步者参观研究的物品和遗迹。政府借此将平等、自由、进步和发展的现代性价值潜移默化地灌输给公众,对他们进行公民品格的塑造。

---

① T. Bennett. *Culture: A Reformer's Science*. London and Thousand Oaks, CA: Sage, 1998, p. 137.

② T. Bennett. *Culture: A Reformer's Science*. London and Thousand Oaks, CA: Sage, 1998, p. 135.

　　博物馆作为文化机构在国家治理中不仅可以对本国大众进行塑造，还在对外殖民、实施对"他者"（即被殖民者）的治理中充当着特殊的机制。本尼特认为，殖民探险和因探险所收集到博物馆的文化实物以及所产生的文化知识在澳大利亚土著居民的治理中发挥着不可忽视的作用，正是博物馆和相关的文化知识构成了澳大利亚政府采取种族隔离政策和同化政策的理论依据和基础。从某种程度上讲，澳大利亚土著居民作为"他者"被治理的策略是由博物馆这一特殊"社会机制"制造和调动世界而产生的结果。无独有偶，在"大法国"对"他者"的治理中，博物馆与电影院、收音机、旅游文学等文化机制发挥着独特的作用。本尼特认为，"博物馆不仅管理着文化从殖民地到宗主国的流动，还在行政管理流向相反方向中起重要作用"[①]。在法国对海外殖民地的治理过程中，前期采用的策略是野蛮血腥地掠夺土地、财富和资源，采取这样的殖民政策除了贪欲作祟之外，还因为殖民者把当地居民看作是文化低级落后的民族。而随着田野探险和博物馆学者对"他者"相关物品的深入研究，法国人获得了对被殖民者详细知识的认知，这促使殖民行政部门摒弃种族主义殖民策略而采用适时适地的"新人文殖民主义"治理策略。

　　总之，本尼特指出，博物馆等文化机构是治理性理论中的"文化复合体"的构成要件。"文化复合体"概念意在"包含更广大范围的知识实践和机构在行为治理中所起的作用"[②]。人们行为的改变要依赖他们的信念、习俗、习惯和知觉等转变来实现的，这需要"文化复合体"中的各种文化机构的运作，潜移默化地对行为主体进行塑造。在博物馆、图书馆、电影院、广播、遗产遗址等文化机构中，运用文学、美学、艺术史、民间研究、遗产研究、文化社会学、文化的研究等文化规

---

① T. Bennett. *Making Culture*, *Changing Society*. London：Routledge，2013，p. 91.
② T. Bennett. *Making Culture*, *Changing Society*. London：Routledge，2013，p. 25.

训实现对人们行为品性的改变。当然,作为参观者的主体会利用政府所提供的便利完成对自己的完善和发展,在"他治"中实行"自治",从而获得更多的生活便利和自由。"文化复合体"对社会的作用不仅表现在国内,还表现在对海外殖民地的管理中,博物馆等文化机构促进宗主国与殖民地之间的文化交流和了解,客观上有助于殖民者采用更加文明、进步的殖民政策并相对较好地保护和发展殖民地的文化与文明,为今天更好地解决后殖民主义问题奠定了一定的基础。

　　本尼特将文化机构纳入政府/国家治理学说,比以往任何西方马克思主义者都更加注重文化意识形态在国家治理中的作用。马克思本人只是强调国家有社会职能,文化教育也是国家的社会职能之一;葛兰西强调"市民社会"是上层建筑,是由宗教、文化教育、工会、商会等机构构成的场域,统治阶级在此场域中与被统治阶级争夺文化领导权,也没有特别强调文化机构的运作机制和巨大治理功效;而阿尔都塞的意识形态国家机器也是将文化机构囊括其中,将它们看作是国家机器笼罩着主体,使主体无意识地被社会"结构"所塑造。本尼特在文化治理性研究中始终强调文化审美活动对主体的塑造既是"自治",也是相关国家文化机构从体制和制度方面进行组织和策划的"他治",尤其重视后者的物质性国家机器的治理性功能和意识形态特征对大众行为的自我约束和管理。本尼特具体地、微观地从实践层面发展了自己文化机构治理性思想,即文化机构是知识的生产地、知识分子的实验室、公民行为道德塑造的场所和国家治理的技术,在现当代社会发挥着无法比拟的"构建文化、改变社会"的作用。

三、文化治理性理论:拓展了英国文化马克思主义的研究范式

　　英国文化马克思主义是以伯明翰学派为主体力量,以新左派刊物为阵地,将文化研究与马克思主义批判相结合而形成的英国马克

思主义阵营。文化马克思主义的发展逻辑演进过程与英国文化研究的发展进程是一致的,其发展阶段依照研究范式的不同可以分为下列阶段:文化主义范式—结构主义范式—新葛兰西主义范式。文化主义倡导"大"文化观,把文化看作是整体的生活方式;不同于马克思主义的经济决定论,文化主义认为上层建筑本身就是物质性的和生产性的,因此,文化、政治和经济之间的复杂互动共同构成社会;关注工人阶级文化和日常生活,开始重视大众文化的意识形态问题。由于文化主义过于注重经验,对主体的感性过于推崇而忽视理性,这不利于文化研究的抽象理论建构,于是,阿尔都塞的结构主义被引入文化研究,引起了它与本土生长的文化主义的研究范式之争。结构主义认为社会是由经济、政治和意识形态三种"结构"所组成,三者同等地对社会发生作用,即"多元决定"的立场。阿尔都塞消解了传统认识论上"人"是主体的理论,"真正的'主体'是这些规定者和分配者:生产关系(以及政治的和意识形态的社会关系)"[①]。人是由意识形态国家机器所塑造的,意识形态国家机器将客观的意识形态在不为人所知的过程中作用于人,塑造了人。显然,结构主义虽然给英国文化研究引入了抽象理论与科学的结构因素,但由于过于重视"结构"而陷入了"结构决定论",忽视人作为主体的能动性。因此,文化马克思主义者将文化研究的理论范式寄托在"葛兰西转向"上,逐渐形成了"新葛兰西主义"。葛兰西的"文化领导权"理论具有兼收并蓄的强大理论功能,能够有效地消解"文化主义"和"结构主义"的"主体"与"能动性"的对立矛盾,为文化研究的发展提供了新的研究视域。从上世纪70年代末到90年代,葛兰西主义成为英国本土的文化马克思主义者研究当代政治、经济和文化关系的主要范式。

　　值得一提的是,在文化研究"葛兰西转向"的过程中,霍尔与本尼

[①] ［法］阿尔都塞等著:《读〈资本论〉》,李其庆等译,中央编译出版社2001年版,第209页。

特都是重要的推手。所不同的是，在霍尔、墨菲和拉克劳等人继续对葛兰西"领导权"进行挖掘与阐释，形成"新葛兰西主义"之时，本尼特却洞悉到了"文化领导权"的局限，远赴澳大利亚并借鉴福柯"治理性"理论形成了"文化治理性理论"。尽管本尼特承认葛兰西的"文化领导权"理论结束了统治阶层与被统治阶层间思想观念的敌对与斗争，认为文化是两极斗争的相互妥协的场所，但它却无视具体文化机构、技术或机制的物质特性及其运作过程。特别是 20 世纪 80 年代之后，经济全球化、世界政治文化一体化发展迅速，文化与权力之间的关系显示出一种错综复杂而微观化的倾向。包括本尼特在内的很多西方马克思主义者在新的社会历史背景下转向了后马克思主义，认为当代社会呈现出微观政治学的批判特征。因此，本尼特将注重微观权力运作的"治理性"理论纳入自己的视线，使"文化"与"治理性"互动融合形成了文化治理性理论。

"文化治理性"是指"具体文化研究和实践要为文化的多元性与特定人类社群的不同标准而负责，文化研究应该通过密切关注政府、政策与惯习等因素，实现文化功用的倍增，以有效地增强人们的自我控制能力"[①]，促进人的进步和发展进而促进整个社会的发展。"文化治理性"是本尼特从福柯的"治理性"概念中扩展出来的，后者阐释了西方现代性过程中，政府与人民之间的管理关系是知识与"人"的塑造关系。"医学""心理精神学""语言学"和"规训的身体学"等学科知识塑造出了现代人。本尼特将"治理性"运用于审美、艺术、习惯和其他文化的领域中文化与政府之间的关系，由此走向了对文化政策、文化机构和实践型知识分子的治理性问题的研究，注重文化的实用性、实效性和政治性。对文化政策的研究并不是以政策研究代替文化研

---

① 段吉方：《理论与经验：托尼·本尼特与 20 世纪英国文化研究》，《马克思主义美学研究》2009 年第 2 期，第 103—115 页。

究或以文化研究等同于政策研究,而是将政策问题"适度"地置于文化研究,从政策视域来阐释文化与权力的关系,以便促使政府机构的知识分子和文化机构的知识分子更加有效地联结与合作,以实现促进文化发展和改善人们生活状况的目的。文化机构是文化知识和技能的孵化器、文化传播和主体塑造的主要物质机制,更是文化治理性理论研究范式的核心成员。不管是文化政策问题还是文化机构问题,知识分子的作用非常重要。他认为,不管知识分子愿意与否,都必须利用当前政府所能提供的自由空间来为底层人民谋利益,努力实现文化向社会主义文化转型的目的。因为只有"政府实践是现代社会构建文化的核心。没有哪方面是文化不属于或独立于它存在的"①。知识分子不能像传统的知识分子那样置身于文化批判的立场,因为仅仅实行文化批判只是揭露问题、暴露矛盾,却无助于解决那些问题和矛盾,更不利于人类生活状况的改善和社会的进步与发展。因此,知识分子要做实践型的知识分子,与政府保持合作,参与文化治理性的事业当中,但又要与政府保持一定的距离。

文化治理性理论要求文化的研究和实践要与国家和意识形态的复杂问题区分开来,因为文化在本尼特眼中是由不同的知识体系和技能构成的,是规范和管理人们的行为的。文化治理性理论研究范式不同于传统的文化主义范式注重对工人阶级"活"文化的分析,也不同于结构主义范式对文化文本结构和意识形态的研究,当然更有别于"新葛兰西"主义对"文化领导权"争夺的文化政治分析,它是注重制度、机制、政策和文化实践的文化政治学研究范式,是当代文化研究中与"新葛兰西主义"并行的文化研究范式。本尼特坚持马克思主义创始人的批判精神、实践品格、唯物主义立场和辩证方法,批判

---

① 金惠敏:《修正文化研究政策——托尼·贝内特访谈》,《学术界》2010 年第 4 期,第 50—63 页。

和修正了经典的马克思主义的观点和术语,吸收和借鉴了欧陆西方马克思主义和本国文化马克思主义的理论成果,在文化研究领域开辟了马克思主义发展的新空间、新视野,形成了对当代社会文化发展影响深远的文化治理性研究范式。

本章小结

马克思主义主张从社会的物质生产和人的实践活动中去把握上层建筑、意识形态和文化。马克思主义创始人的唯物主义文化观,是人类历史理论发展史上的一次重大突破:人类历史和实践活动是把握文化地位和作用的基础;判断文化进步与价值高低的标准,是看该文化能否促进人的自由和全面发展。这凸显了马克思主义文化理论三大特征:批判精神、实践旨趣和解放维度。阿尔都塞的"多元决定论"已经显示出与马克思主义强调的"实践第一"有了些微偏差,他认为政治组织和意识形态在社会发展的过程中也会交替地发挥第一位的作用。同时,阿尔都塞还消解了西方认识论历史上人是主体的理论,人从相对自主变成了受多元因素的构造之物。显然,阿尔都塞在否定经济决定论而主张"多元决定论"的时候走向了结构决定论。本尼特与此不同,从没有表现出对"经济决定论"的质疑,只是强调文化对主体的塑造功能,文化是由不同知识体系和技能组成,其功能是通过审美来改变主体的行为品性,实现"自我治理"或"他人治理"。本尼特既看到了主体"自我治理"的主动作用,又看到了"他人治理"的介入作用,这与阿尔都塞由于过于重视"结构"的塑造作用而将人看成是被动接受的主体是完全不同的。总之,文化治理性理论为现当代人如何运用文化进行"自治"与"他治",促进人的自由、发展和寻求解放提供了理论指导与实践路径。

马克思本人对大众文化的积极功能进行肯定，但这种精神并没有被众多后继的西方马克思主义者所继承，特别是法兰克福学派对其进行了猛烈的批判，不过，本尼特对此进行了一定纠正。本尼特对大众文化进行了辩证分析，认为它是一种客观存在着的文化形态，而且深受大众欢迎，并且大众文化从某种程度上还会对主流意识形态起颠覆作用。在西方马克思主义流派中，对大众文化批判得最为激烈的是欧洲大陆的法兰克福学派。该学派多数成员都认为大众文化是维持资本主义统治的意识形态工具，它的产生与扩张就是对文化艺术追求崇高和反抗现实的自由超越精神的湮灭，因为大众文化具有庸俗性和平面化，导致大众沉溺其中而失去反抗社会压迫的意识和能力。本尼特提升了大众文化的学院地位，他与霍尔在开放大学开设讲授大众文化的课程，明确提出大众文化与文学传统一样具有研究价值。本尼特的"社会文本"和"阅读型构"的大众文化理论拓展了马克思主义的文化研究视域，促进了大众文化研究从 1980 年代起在英国和世界各地的兴起与繁荣。

本尼特也对马克思主义国家治理观进行了发展。本尼特将文化机构纳入政府/国家治理学说，比其他任何西方马克思主义者都更加注重文化意识形态在国家治理中的作用。马克思本人更加强调把文化教育纳入国家的社会职能之中，并没有突出文化教育对主体的治理作用；葛兰西的文化领导权理论，也没有特别强调文化机构的运作机制和巨大治理功效；而阿尔都塞的意识形态国家机器也仅仅是将文化机构囊括进入国家机器的行列，强调主体无意识地被多种社会"结构"所塑造。但本尼特在文化治理性研究中，始终强调文化审美活动对主体的塑造，既可以是主体的"自治"，也可以是相关国家文化机构从体制和制度方面进行组织和策划的对大众自我约束和管理的"他治"。为此，本尼特具体地、微观地从实践层面发展了文化机构治理性思想,文化机构在现当代社会发挥着无法比拟的"构建文化、改变社会"的作用。

而在文化机构的研究方面,本尼特借鉴福柯的治理性思想,充分分析了公共博物馆、艺术馆与画廊等文化机构是如何成为文化技术,对人实施教化规训功能,完成对人的主体行为的塑造,发挥它们的实践功能与治理性功能。博物馆可以通过审美教化塑造主体的道德,也可以利用博物馆所产生的知识与空间对主体公民性进行培养;另外,博物馆还在对外殖民与实施对"他者"(即被殖民者)的治理中充当着特殊的机制。这些文化机构的运作,潜移默化地对行为主体进行塑造,实现对人们行为品性的改变。作为博物馆参观者的主体,会利用政府所提供的便利完成对自己的完善和发展,施行在"他治"中进行"自治"。在"他者"治理的问题上,博物馆等文化机构在客观上促使殖民者采用更加文明、进步的"怀柔"殖民政策,这一定程度上保护和发展了殖民地的文化与文明,为后来更好地解决后殖民主义问题发挥了较大的积极作用。

总之,本尼特的文化思想对马克思主义文化理论进行了发展,只是他是以福柯的"治理性"为基础的,具有后马克思主义的特征,注重文化与微观权力间的关系。显然,本尼特认为文化机构本身就是政府的组成部分。文化治理性理论要求文化的研究和实践要与国家和意识形态的复杂问题区分开来,因为文化在本尼特眼中是由不同的知识体系和技能构成的,是规范和管理人们的行为的。文化治理性理论研究范式,不同于传统的文化主义范式注重对工人阶级"活"文化的分析,也不同于结构主义范式对文化文本结构和意识形态的研究,当然更有别于"新葛兰西"主义对"文化领导权"争夺的文化政治分析,它是注重制度、机制、政策和文化实践的文化政治学研究范式。本尼特坚持马克思主义创始人的批判精神、实践品格、唯物主义立场和辩证方法,批判和修正了经典的马克思主义的观点和术语,吸收和借鉴了欧陆西方马克思主义和本国文化马克思主义的理论成果,在文化研究领域开辟了马克思主义发展的新空间、新视野,形成了对当代社会文化发展影响深远的文化治理性研究范式。但是,本尼特文化思想里面越来越显著的"后学"倾向,对于"微观"权力和"文化机构"的过分关注,就会与马克思主义"经济决定论"的主张渐行渐远;让知识分子与当代资本主义政府机构的过分融合充分发挥文化对主体的塑造功能,这很可能导致知识分子与现代资本主义实现某种"共谋",从而使其很难再发挥出葛兰西所倡导的"有机知识分子"的功能。

结语：

本尼特文化思想对我国文化建设的启示

　　也许因为时代、知识基础和学术研究环境的不同，社会学出身的本尼特与英国文化马克思主义者以及欧洲大陆西方马克思主义者的学术研究存在着显著不同。他从一个西方马克思主义者的角度审视马克思主义创始人的文化思想以及本国和欧陆"西马"理论家的文论，在西方马克思主义之后、后现代主义的基础上发展马克思主义，坚持立足现实实践和历史唯物主义原则，采众家之长，树一家之言，其文化思想理论性、实践性、治理性和政治性都很强。我国正处于社会转型的特殊时期，各种文明冲突和文化碰撞十分激烈，从知识精英到普罗大众都有不同程度的文化现代性危机，显得无所适从和徘徊迷惘。因此，以文化治理性理论为核心的本尼特的文化思想对发展我国的马克思主义文论、解决我国当前的文化冲突、促进我国的文化建设以及帮助人们明晰文化精神方向都有较高的借鉴意义和指导价值。

　　第一，本尼特对马克思主义创始人文化理论的继承和发展以及对"西马"文论的反思、突破、解构和建构，为我国马克思主义文论的发展提供了新的研究视野和探索领域。本尼特对欧陆"西马"文论进行批判分析，他坚持马克思主义的历史唯物主义原则，对"唯心主义简约论""文本形而上学""体裁社会学"以及"西马"文论普遍只重视对意识形态进行揭露和批判却忽视政治实践的"学理探讨"进行了剖析、批判和反驳。为了把"西马"文论从上述不足和困境中挽救出来，本尼特提出了新的"文学本质观"——文学是一种特殊的话语制度表意实践，"社会文本"和"阅读型构"概念，"审美是塑造主体的技术"，"实践型知识分子观"和"文化治理性"理论。本尼特从对文学的关注为研究起点最终走向了"大"文化观的文化研究和实践，将马克思的实践维度和政治维度从微观政治学的角度进行了阐释、发展和践行。本尼特的文化思想对我国当前马克思主义文论的建设有下列重要启示：一要重读经典。"经典文本是我们研究的重要对象，许多新的理论推进和创新，是以开掘经典文本为根源的；许多理论上分歧、论争和误解的产生，也是由偏离对经典文本的准确理解、误读原著而造成的"①，只有从源头上才能找到我国马克思主义文化建设发展的真正动力。二要真正做到吸收借鉴西方文论而不是盲目跟从。本尼特以"西马"理论家的身份洞悉了其他"西马"文论家理论的诸种局限和不足，这给那些"言必称'西马'"的人当头一棒，坚持马克思主义唯物辩证法进行分析明辨才是实施研究的科学态度和方法。三要做到经典马克思主义和"西马"文论的中国化，使它们符合中国历史发展的实际，转化为能够推动中国文化研究和文化实践发展的理论和方法。四要坚持"实践是检验真理的唯一方法"。引进的文化理论方法能用不能用，好不好用，只有看其能否解决中国问题，能否促进中国文化的发展。本尼特的马克思主义文艺理论、大众文化理论，对文化机构、文化政策和文化治理性的分析和研究，值得在我国文化建设中进行实践并接受实践的检验。

---

① 董学文：《新中国马克思主义文艺理论六十年》，《文艺理论与批评》2009 年第 5 期，第16—22 页。

　　第二,辩证地分析对待大众文化,引领大众文化健康向上的发展。无论是欧美日韩等国外舶来的大众文化产品还是我国本土生产的大众文化产品都是文化全球化和商品化的产物,无论人们主观上持什么态度,它都客观地存在着并融入了民众的生活之中。如何对待大众文化,本尼特在理论上和文化实践上给出了很好的答案。他根据葛兰西的"文化霸权"理论指出,大众在消费文化产品时完全可以与主导意识形态进行对话、协商或解构,因为大众文化就是各种社会阶层试图将自己的价值施加给大众意识的斗争领域,就是在文化领域通过协商获取大众"认同"的场域。因此,对我国的文化建设来说,大众文化是可以被批判利用的文化形态。利用大众文化传播现代文明理念和我国优秀文化传统,构建新的适应社会主义事业发展的价值体系是必要的和有效的,比如,将文明、平等、自由、法制等理念与我国"仁义礼智孝"等文化传统融入人民喜爱的大众文化节目和产品中,引导人民在满足娱乐和休闲的精神需求的同时具有积极向上的精神风貌;重视大众的主体创造精神,引导他们对西方舶来文化进行意识形态的甄别与解构,避免他们陷入西方文化产品所吹嘘的"'物''欲'至上"和历史虚无主义的陷阱,鼓励他们主动利用大众文化中的审美因素改造自己的思想和行为;督促文化机构和知识分子坚持以马克思主义为指导的实事求是精神,创造适应市场、满足大众消费需要而又具有持久生命力的大众文化产品,反对和抵制以满足低级趣味追求、充满性和暴力的文化商品,这种商品只能一时吸引眼球但很快就会被人民摒弃。总之,在对待大众文化时,不能一味打压、排斥,更不能听之任之,而要与西方国家争夺话语和意识思想领导权,还要与低级趣味文化作斗争,传播先进文化,促进人民在智识、道德和能力方面的全面发展。

　　第三,重视文化政策的研究和文化机构的作用。本尼特的特殊之处就是没有传统知识分子对政府的抵制和批判态度,反而极力倡导知识分子参与政府,与政府机构合作,关注政府治理下的制度创新和政策改造。从政策应纳入文化研究的角度看,我国政府不仅要调动起政府机构的知识分子,还要联合非政府文化机构的知识分子和文化名人,积极参与文化领域的政策研究和政策制定,根据管理的目标、对象和所拥有的不同文化技术形式而采用最优的文化配置,实现文化资源利用的最大化、最优化,在满足人民各个层次精神文化需求的同时,实现人民精神道德和行为方面的发展和提高。文化机构在本尼特文化治理性理论中占据着非常重要的位置,它们是审美智性文化的物质载体,是科学知识的孵化器,是"公民实验室"。在经过数十年的发展和建设之后,我国当前的博物馆、图书馆、美术馆、音乐厅、文化遗址、历史遗址和革命遗址等文化机构在数量上和质量上都很可观,但由于时间、金钱和服务质量等因素的限制,这些文化机构对人民进行行为规范和提高其文化修养的功能并未得到充分发挥。广大民众更多的闲余时间被网络和电视等媒介所占据,因此,我们要尽可能地免费或降低参观费用,提供良好的服务,吸引广大人民走出自己的狭小空间,感受欣赏我国丰富的文化资源和文化遗产。面对中华民族的灿烂文明可以增强他们的民族自尊心和自豪感;身处高雅的美术馆和音乐厅可以陶冶他们的身心并促使他们的行为更优雅;历史遗址和革命遗址让他们深悟如今的和平幸福是无数先辈牺牲奉献的结果,……当然,我国的文化机构除了上述作用之外,也担负着知识生产、对外展示和宣传我国优秀文化传统的重任。因此,重视文化机构的作用是我国文化建设与发展的重中之重。

第四,"文化治理性"理论对我国发挥文化的"治理"功能有较大的启迪价值。本尼特强调文化既是治理的工具又是治理的对象,在治理性理论视域下既要实现对主体的塑造和建构,也要实现对社会的改革和建构,继而实现文化与社会的双向繁荣与发展的目的。我国富含多种文化形态,既有含社会主义革命文化、中国特色社会主义建设文化和优秀传统文化在内的主流文化,又有含网络文化在内的多种多样的大众文化,当然还有地方特色的民俗文化,这些丰富多样的文化形态蕴含在我国取之不尽用之不竭的文化资源当中。仅以地处中原有着华夏文明发祥地之称的河南省为例:河南地下文物数量居全国第一位,地上文物数量居全国第二位;各种文物点有28000多处,其中全国重点文物保护单位97处;全国八大文明古都,河南就拥有四个——十三朝古都洛阳、八朝古都开封、七朝古都安阳和夏商古都郑州,全省有13个国家级历史文化名城;馆藏文物多达140多万件,被人称为历史天然博物馆;红色爱国主义教育资源600多处[①]。充分发挥这些文化资源的"文化治理性"功能,使人民大众在不知不觉之中提升文化素养,改善文明行为,成为合格的现代公民和社会主义建设者,本尼特的文化思想对此有较大启示。首先,这些文化资源是"治理的对象",需要政府、文化机构和知识分子多方联动,挖掘和重组这些文化资源,形成真理性知识,然后运用时代技术和平台来展示与传播这些知识,让主体可以快速便捷地接触它们。其次,这些文化资源是"治理的工具","文物点、古都名城、博物馆、红色资源"等都可以发挥极大的"工具性功能",使主体在不知不觉中接受文化熏陶,在"他治"中实现"自治",使主体的心智和行为趋向"完美发展"。因此,以河南省文化资源为代表的中华民族厚重文化底蕴对主体有着不可估量的塑造功能。如何发挥这种塑造能力,是政府机构、文化机构、知识分子乃至一般公民都应该参与的伟大征程,是事关中华民族伟大复兴的一项事业。

第五,知识分子要积极参与文化治理性的实践。本尼特不赞成"为批判而批判",仅对现代性进行揭露和批判却置身于实践之外的

---

① 张春香:《河南文化旅游资源分类及其优势分析》,《中州学刊》2018年第6期,第80—83页。

知识分子。他倡导知识分子既要凭借自己的卓越知识参与公众生活和影响政府的文化政策,又要保持独立人格和批判精神,成为与政府有一定程度的"共谋"又保持一定"距离"的"实践型知识分子"。我国正处于社会转型期,各种文化交锋、社会矛盾和社会不公现象时有发生。知识分子不可为个人名利投靠政治或商业集团,为集团利益和追求利润失去公知的社会良心;知识分子也不能独善其身,只专心于学术研究和知识生产,要担起启蒙大众和推进社会发展的重任;知识分子面对分配不公、司法不公、医疗不公、地位不公等社会不公现象时,不能一味地批判和谴责,而要用专业知识加以分析阐明、引导舆论、缓解民众的负面情绪;更为重要的是,利用各种合法渠道参与政府管理,提出合理而又专业的解决问题的方法策略,帮助政府更好地解决社会矛盾,促进社会的和谐发展。值得一提的是,当前我国政府为知识分子施展个人才华与为民谋福创造了大好机会。习近平指出,"知识就是力量,人才就是未来"[①],要努力在文化建设的实践中发现人才、培育人才、尊重人才、凝聚人才。并且,我国政府所规划的实践"核心价值观"、实现"中国梦"、建设"一带一路"等社会发展目标为知识分子参与公共生活,履行实践使命提供了努力的方向和机会。中华民族的伟大复兴是每一个中国人的责任,更是当代知识分子的使命,知识分子要以马克思主义为科学武器,要对党和政府充满信心,要有天下千秋的承担情怀,要积极投身于社会实践,做既有"批判"精神,又有"公共关怀",还有"切实行动"的知识分子,为促进社会公平、谋求公共福利、提升人民智识和素质、促进社会发展贡献自己的力量。

概言之,作为文化研究的领军人物,本尼特的文化思想既受到马克思主义创始人的影响,又承接英国文化马克思主义的文化传统;既

---

① 《习近平谈治国理政》,外文出版社 2014 年版,第 127 页。

借鉴欧陆"西马"文论家的理论成果又吸收后现代大师的思想财富，其思想的复杂性和深奥性恰恰反映出当前文化与权力、文化与社会的复杂性和纠缠性。本尼特的文化思想，尤其是文化治理性理论有不少拥护者，但他的理论也有明显的局限，如他将注意力过多地放在剖析其他"西马"理论家那里，却未对马克思本人的文化思想进行充分而直接的分析和发展。这使得本尼特的文化思想实用主义倾向过于明显，"有用即真理，无用则谬误"。他的文艺思想中也可窥探到康德唯心主义的倾向，过度强调语言文化的表意实践而忽略人的真正劳动实践。因此，我们需要与本尼特的文化思想保持适当的距离，坚持马克思主义历史唯物主义的基本立场，以"他者"的眼光来审视本尼特的文化思想，既不能过度溢美又不能一味贬抑，而要进行辩证分析。对本尼特文化思想进行客观地研究、理性地吸收、批判地借鉴和合理地运用，对我国的马克思主义文论的发展和我国的文化建设都大有裨益。

参考文献

一、本尼特的著作、编著与论文

1. Bennett，Tony. *Formalism and Marxism*. London and New York：Routledge，1979.

2. Bennett，Tony，Michael Gurevitch，James Curran，and Janet Woollacott，（eds.）. *Culture，Society and the Media*. London：Methuen，1982.

3. Bennett，Tony，C. Mercer，and J. Woollacott，（eds.）. *Popular Culture and Social Relations*. Milton Keynes and Philadelphia：Open University Press，1986.

4. Bennett，Tony，and J. Woollacott. *Bond and Beyond: The Political Career of a Popular Hero*. London，MacMillan and New York：Methuen，1987.

5. Bennett，Tony. *Outside Literature*. London and New York：Routledge，1990.

6. Bennett，Tony. *Popular Fiction：Technology，Ideology，Production，Reading*. London，USA and Canada：Routledge，1990.

7. Bennett, Tony, and Simon Frith, (eds.). *Rock and Popular Music: Politics, Policies, Institution*. London and New York: Routledge, 1993.

8. Bennett, Tony. *The Birth of the Museum: History, Theory, Politics*. London and New York: Routledge, 1995.

9. Bennett, Tony. *Culture: A Reformer's Science*. London and Thousand Oaks, CA: Sage, 1998.

10. Bennett, Tony, Michael Emmison, and John Frow. *Accounting for Tastes: Australian Everyday Cultures*. New York: Cambridge University Press, 1999.

11. Bennett, Tony, and David Carter (eds.). *Culture in Australia: Policies, Publics and Programs*. Australia Ligare Pty Ltd, 2001.

12. Bennett, Tony. *Cultural policy and cultural diversity: mapping the policy*. Belgium: Council of Europe Publishing, 2001.

13. Bennett, Tony. *Past Beyond Memory: Evolution Museums Colonization*, USA and Canada. Routledge, 2004.

14. Bennett, Tony, and Elizabeth Silva (eds.). *Contemporary Culture and Everyday Life*. Durham, UK: Sociology Press, 2004.

15. Bennett, Tony, Lawrence Grossberg and Meaghan Morris (eds.). *New Keywords—A Revised Vocabulary of Culture and Society*. Cambridge: Blackwell Publishing, 2005.

16. Bennett, Tony. *Critical Trajectories: Culture, Society, Intellectuals*. Blackwell Publishing, 2007.

17. Bennett, Tony, and John Frow (eds.). *The SAGE Handbook*

of Cultural Analysis. London: SAGE, 2008.

18. Bennett, Tony, Mike Savage, Elizabeth Silva, Alan Warde, Modesto Gayo-Cal and David Wright. *Culture*, *Class*, *Distinction*. USA and Canada: Routledge, 2009.

19. Bennett, Tony, and Patrick Joyce (eds.). *Material Powers: Culture*, *History and the Material Turn*. London: Routledge, 2010.

20. Bennett, Tony. *Making Culture*, *Changing Society*. London: Routledge, 2013.

21. Bennett, Tony. "Marxism and Popular Fiction", in *Literature and History*, Vol. 7. No. 2, 1981.

22. Bennett, Tony. "Popular culture: themes and issues", in *Popular Culture U203*. Milton Keynes Open University Press, 1982.

23. Bennett, Tony. "Text, Readers, Reading Formations", in *The Bulletin of the Midwest Modern Language Association*, Vol. 16. No. 1, 1983.

24. Bennett, Tony. "Texts in History: The Determinations of Readings and Their Texts", in *Midwest Modern Language Association*, Vol. 18. No. 1, 1985.

25. Bennett, Tony. "The Political Rationality of the Museum", in *An Australian Journal of the Media*, Vol. 3. No. 1, 1990.

26. Bennett, Tony. "Putting Policy into Cultural Studies", in *Cultural Studies*, ed. by Lawrence Grossberg, Gary Nelson, Paula A. Treichler. New York and London: Routledge, 1992.

27. Bennett, Tony. "Useful culture", in Cultural Theory. ed. by David Oswell. London: SAGE Publications Ltd, Vol. 1, 2010.

28. Bennett，Tony. "The multiplication of Culture's Utility", in *Critical Inquiry*，Vol. 21. No. 4，1995.

29. Bennett，Tony. "Towards a pragmatics for cultural studies", in *Cultural Methodologies*. ed. by J. McGuigan. London：Sage，1997.

30. Bennett，Tony. "Cultural studies：a reluctant discipline", in *Cultural Studies*，No. 4，1998.

31. Bennett，Tony. "Civil seeing：Museums and the Organization of Vision", in *Companion to Museum Studies*，ed. by S. MacDonald. Oxford：Blackwell，2005.

32. Bennett，Tony. "Habitus Clive：Aesthetics and Politics in the Work of Pierre Bourdieu", in *New Literary History*，Vol. 38. No. 1，2007.

33. ［英］托尼·本尼特著：《文化与社会》，王杰、强东红译，广西师范大学出版社 2007 年版。

34. ［英］托尼·本尼特著：《形式主义与马克思主义》，曾军等译，河南大学出版社 2011 年版。

35. ［英］托尼·本尼特著：《文学之外》，强东红等译，人民出版社 2016 年版。

36. ［英］托尼·本尼特著：《知识分子、文化与政策：技术的、实践的与批判的》，孟雅丽译，金元浦等编：《文化研究（第二辑）》，天津社会科学出版社 2001 年版。

37. ［英］托尼·本尼特著：《走向文化研究的语用学》，阎嘉译，陶东风主编：《文化研究精粹读本》，中国人民大学出版社 2006 年版。

38. ［英］托尼·本尼特著：《现代文化事实的发明：对日常生活批判的批判》，王建香译，陶东风（执行）、周宪主编：《文化研究》（第 6 辑），广西师范大学出版社 2006 年版。

39. ［英］托尼·本尼特著:《大众文化与"转向葛兰西"》,陆杨译,陆杨、王毅选编:《大众文化研究》,上海三联书店 2001 年版。

40. ［英］托尼·本尼特著:《通俗文化与"葛兰西转向"》,汪凯、刘晓红译,［英］奥利弗·博伊德巴雷特、克里斯·纽博尔德编:《媒介研究的进路》,新华出版社 2004 年版。

41. ［英］托尼·本尼特著:《文本、读者、语境》,潘德重译,李宏图选编:《表象的叙述——新社会文化史》,上海三联书店 2003 年版。

42. ［英］托尼·本尼特著:《科学、文学意识形态》,寿静心译,《辽宁大学学报》1994 年第 4 期。

43. ［英］托尼·本尼特著:《英国文化研究的另一种范式——托尼·贝内特学术自述》,寿静心译,《洛阳师范学院学报》2007 年第 4 期。

44. ［英］托尼·本尼特著:《置政策于文化研究之中》,赵国新译,罗钢、刘象愚主编:《文化研究读本》,中国社会科学出版社 2000 年版。

45. ［英］托尼·本尼特著:《托尼·贝内特谈文化研究与知识分子》,陶东风译,《文艺研究》1999 年第 1 期。

46. ［英］托尼·本尼特著:《马克思主义与通俗小说》,刘象愚译,弗朗西斯·马尔赫恩编:《当代马克思主义文学批评》,北京大学出版社 2002 年版。

47. ［英］托尼·本尼特著:《西方马克思主义文学批评与美学遗产》,张来民译,《黄淮学刊》1993 年第 3 期。

48. ［英］托尼·本尼特著:《形式主义与马克思主义文学批评》,张来民译,《黄淮学刊》1992 年第 2 期。

49. ［英］托尼·本尼特著:《俄国形式主义与巴赫金的历史诗学》,张来民译,《黄淮学刊》1991 年第 2 期。

50. ［英］托尼·本尼特著:《审美·治理·自由》,《南京大学学报》

2009 年第 5 期。

51. ［英］托尼·本尼特著：《分裂的惯习》，付德根、王琨涵译，郑从容校，《马克思主义美学研究》第 12 卷第 2 辑，中央编译出版社 2009 年版。

52. ［英］托尼·本尼特著：《文化、历史与习性》，陈春莉译，强东红校，《马克思主义美学研究》第 12 卷第 2 辑，中央编译出版社 2009 年版。

二、其他国外著作和论文

1. Anderson, Perry. *In the Tracks of Historical Materialism.* London: Verso, 1983.

2. Bagehot, Walter. *Physics and Politics: Or Thoughts on the Application of the Principles of "Natural Selection" and "Inheritance" to Political Society.* London: Henry S. King & Co., 1873.

3. Barnett, A. *Raymond Williams and Marxism: A rejoinder to Terry Eagleton.* New Left Review, 1976.

4. Blanning, Timothy C. W. *The Culture of Power and the Power of Culture.* Oxford: Oxford University Press, 2002.

5. Bourdieu, Pierrre. *Masculine Society.* Cambridge: Polity, 2001.

6. Bourdieu, Pierrre. *Outline of a Theory of Practice.* Cambridge: Cambridge University Press, 1997.

7. Bourdieu, Pierrre. *Pascalian Meditations.* Cambridge: Polity, 2000.

8. Bourdieu, Pierrre. *Practical Reason: On the Theory of Action.* Cambridge: Polity, 1998.

9. Campbell, Colin. *Detraditionalisation: Critical Reflections on*

Authority and Identity. Oxford: Blackwell, 1996.

10. Cantrill, Arthur and Corinne Cantrill. " The 1901 cinematography of Baldwin Spence", in *Cantrill's Filmnotes*, Vol. 37/38, 1982.

11. Chris Waters. "Popular Culture and Social Relations by Tony Bennett, Colin Mercer, Janet Woollacott", in *Albion: A Quarterly Journal Concerned with British Studies*, Vol. 19. No. 3, 1987.

12. Conklin, Alice C. *A Mission to Civilize: The Republican Ideal of Empire in France and West Africa.* New York: Peter Lang, 1997.

13. Crimp, Douglas. "The Postmodern Museum", in *Parachute*, March-May. 1987.

14. Darwin, Charles. *The Formation of Vegetable Mould Through the Action of Worms with Observations on their Habits.* London: John Murray, 1881.

15. David, Simpson. "Outside Literature by Tony Bennett", in *Comparative Literature Studies*, Vol. 30. No. 3, 1993.

16. Dean, Mitchell. *Governmentality: Power and rule in modern society.* London: Sage, 1999.

17. Eagleton, Terry. *Ideology: An Introduction.* London: Verso, 1991.

18. Eagleton, Terry. *The Function of Criticism: From the Spectator to Post-Structuralism.* London: Verso, 1984.

19. Ferretter, Luke. *Louis Althusser.* London and New York: Routledge, 2006.

20. Fleming, Ian. " How to write a Thriller". *Books and*

Bookmen, Vol. 3,1963.

21. Foucault, Michel. "Technologies of the self", in Luther Martin, Huck Gutman and Patrick Hutton (eds.) *Technologies of the self: A Seminar with Michel Foucault*, London: Tavistock Publications, 1985.

22. Goldmann, Lucien. *Towards a Sociology of the Novel*, Tavistock, 1975.

23. Graeme, Turner. *British Cultural Studies: An Introduction*, London: Routledge, 2003.

24. Graham, Maddox. "Culture in Australia: Policies, Publics and Programs by Tony Bennett and David Carter", in *Pacific Affairs*, Vol. 76. No. 3. 2003.

25. Gurevitch, and Janet Woollacott (eds.). *Mass Communication and Society*, London: Edward Arnold, 1977.

26. Habermas, Jurgen, (ed.). *The Structural Transformation of the Public Sphere——An Inquiry into a Category of Bourgeois Society.* Cambridge: Polity Press, 1989.

27. Hall, Stuart. "Cultural Studies: Two Paradigms", in Storey, John (ed.), *What Is Cultural Studies? A Reader.* London: Routledge,1996.

28. Hall, Stuart. " Culture, the media and the ' ideological effect '", in James Curran, Michael Gurevitch and Janet Woollacott (eds.), *Mass Communication and Society.* London: Edward Arnold, 1977.

29. Hall, Stuart. "The centrality of culture: Notes on the cultural revolution of our time," in K. Thompson, (ed.). *Media and Culture Regulation.* London: Sage, 1997.

30. Hall, Stuart. "The Problem of Idology—Marxism without guarantees", in Matthews, Betty (ed.), *Marx 100 Years On*. London: Lawrence & Wishart, 1983.

31. Hetherington, Kevin. "The Unsightly: touching the Parthenon Frieze", in *Theory, Culture and Society*, Vol. 19(5/6),2002.

32. Hill, Barry. *Broken Song: T. G. H. Strehlow and Aboriginal Possession*. Sydney and New York: Vintage, 2002.

33. Hoggart, Richard. *The Uses of Literacy*. New York: Oxford University Press, 1970.

34. Hunter, Ian. "Setting limits to culture", in *New Formations*, No. 4, 1988a.

35. Hunter, Ian. *Culture and Government: The Emergence of Modern Literary Education*. London: Macmillan, 1988b.

36. Hunter, Ian. *Rethinking the School: Subjectivity, Bureaucracy, Criticism*. Sydney: Allen and Unwin, 1994.

37. Kant, Immanuel. *Anthropology from a Pragmatic Point of View*, trans. Robert L. Louden, Cambridge: Cambridge University Press, 2006 [1798].

38. Keith, Jenkins. "Marxism and Historical Knowledge: Tony Bennett and the Discursive Turn", in *Literature and History*, Vol. 3. No. 1, 1994.

39. Knorr-Cetina, Karin. "Sociality with objects: social relations in postsocial knowledge societies", in *Theory, Cultur and Society*, Vol. 14(4),1997.

40. Knorr-Cetina, Karin. "The Couch, the cathedral, and the laboratory: on the relationship between Latour experiment and laboratory in science", in Andrew Pickering (ed.) *Science as*

Practice and Culture. Chicago, IL and London: University of Chicago Press, 1992.

41. Latour, Bruno. *Pandora's Hope: Essays on the Reality of Science Studies*. Cambridge, MA: Harvard University Press, 1999a.

42. Latour, Bruno. *Reassembling the Social: An Introduction to Actor-Network Theory*. Oxford: Oxford University Press, 2005.

43. Leavis, F. R., and Denys Thompson. *Culture and Environment*. Westport, Connecticut: Greenwood Press, 1977.

44. Lewis, Geoffrey. *For Instruction and Recreation—A Century History of the Museums Association*. London: Quiller Press, 1989.

45. Lukacs, Georg. "Problem der Asthetik", Werke, Vok. 10, Neuwied: Luchterhand, 1969. Cited as translated by John Frow in *Marxism and Literary History*. Cambridge, Mass: Harvard University Press, 1986.

46. Maleuvre, Didier. *Museum Memories: History, Technology, Art*. Stanford, CA: Stanford University Press, 1999.

47. Maudsley, Henry. *Life in Mind and Conduct*. London: Macmillan & Co., 1902.

48. McGregor, Russell. *Imagined Destinies: Aboriginal Australian the Doomed Race Theory, 1880—1939*. Melbourne University Press, 1997.

49. Medvedev, P., and Mikhail Bakhtin. *The Formal Method in Literary Scholarship: A Critical Introduction to Sociological*

Poetics. Baltimore: Johns Hopkins University Press, 1978.

50. Morphy, Howard. "More than mere facts: repositioning Spencer and Gillen in the history of anthropology", in S. R. Morton and Derek John Mulvaney (eds.), *Exploring Central Australia: Society, Environment and the 1894 Expedition.* Chipping Nortin, NSW: Surrey Beatty 1996a.

51. Murch, A. E. *The Development of the Detective Novel.* Westpoint, Connecticut: Greenwood Publishers,1963.

52. Muthu, Sankar. *Enlightenment against Empire.* Princeton, NJ: Princeton University Press, 2003.

53. Nimmo, Richie. *Milk, Modernity and the Making of the Human.* London and New York: Routledge, 2010.

54. Otis, Laura. *Organic Memory: History and Body in the Late Nineteenth and Early Twentieth Centuries.* Lincoln, NE and London: University of Nebraska Press, 1994.

55. Otter, Chris. *The Victorian Eye: A Political History of Light and Vision in Britain, 1800—1910.* Chicago, IL: University of Chicago Press, 2008.

56. Peter, Jones, "Book Review: Formalism and Marxism" (2nd edn), in *Language and Literature*, Vol. 14. No. 4,2005.

57. Preziosi, Donald. "In the temple of entelechy: the museum as evidentiary artifact", in Gwendolyn Wright (ed.) *The Formation of National Collections of Art and Archaeology.* Washington, DC: National Gallery of Art, 1996.

58. Ravaisson, Flix. *Of Habit.* London and New York: Continuum, 2008 [1838].

59. Rose, Jonathan. *The Intellectual Life of the British Working*

Class. New Haven and London: Yale Nota Bene, 2002.

60. Rose, N. *Inventing ourselves: Psychology, Power and Personhood*. Cambridge: Cambridge University Press, 1998.

61. Said, Edward. *Representations of the Intellectual*. London: Vintage, 1994.

62. Said, Edward. *The World, the Text and the Critic*. London: Faber&Faber, 1984.

63. Samuel, J. M. M. Alberti, "Culture and Nature: the Place of Anthropology in the Manchester Museum", in *Journal of Museum Ethnography*, No. 18, 2005.

64. Samuel, J. M. M. Alberti. "Objects and the Museum", in *Isis*, Vol. 96. No. 4, 2005.

65. Simon, Gunn, "From Hegemony to Governmentality: Changing Conceptions of Power in Social History", in *Journal of Social History*, Vol. 39. No. 3, 2006.

66. Smith, Adam. *The Theory of Moral Sentiments*. Cambridge: Cambridge University Press, 2002.

67. Spencer, Baldwin. "Blood and shade divisions of Australian tribes", in *Proceedings of the Royal Society of Victoria*, New Series, Part 1, 1934.

68. Spencer, Baldwin. "The Aboriginals of Australia", in G. H. Knibbs (ed.), *Federal Handbook prepared in connection with the eighty-fourth meeting of The British Association for the Advancement of Science held in Australia*. August, Melbourne: Commonwealth of Australia, 1914.

69. Thomas, F. Soapes. "The Birth of the Museum: History, Theory, Politics by Tony Bennett", in *The Library*

Quarterly, Vol. 67. No. 1, 1997.

70. Turner, Graeme. *British Cultural Studies: An Introduction*. London, USA and Canada: Routledge, 2003.

71. Tylor, E. B. "On traces of the early mental condition of man". in *Notices of the Proceedings at the Meetings of the Royal Institution of Great Britain*, Vol. 5,1867.

72. Tylor, E. B. "Phenomena of higher civilization: traceable to a rudimentary origin among savage tribes", in *Anthropological Review*, Vol. 5(18/19),1867a.

73. Tylor, E. B. *Primitive Culture: Researches into the Development of Mythology, Philosophy, Religion, Language, Art and Custom*. Boston: Estes and Lauriat, 1874.

74. Wilder, Gary. *The French Imperial Nation-State: Negritude and Colonial Humanism Between the Two World Wars*. Chicago, IL and London: University of Chicago Press, 2005.

75. Wolfe, Patrick. "On being woken up: the Dreamtime in anthropology and in Australian settler culture", in *Comparative Studies in Society and History*, Vol. 33 (2),1991.

76. [澳]马克·吉布森著:《文化与权力:文化研究史》,王加为译,北京大学出版社 2012 年版。

77. [澳]斯图亚特·麦金泰尔著:《澳大利亚史》,潘兴明译,东方出版中心 2009 年版。

78. [德]汉娜·阿伦特著:《极权主义的起源》,林骧华译,三联书店 2008 年版。

79. [德]霍克海默、阿多尔诺著:《启蒙辩证法》(导言),重庆出版社 1990 年版。

80. [法]阿尔都塞著:《列宁与哲学》,中国社会科学院外国文学研究所外国文学研究资料丛书编辑委员汇编:《西方马克思主义美学文选》,漓江出版社 1988 年版。

81. [法]阿尔都塞著:《保卫马克思》,顾良译,商务印书馆 1984 年版。

82. [法]阿尔都塞著:《读〈资本论〉》,李其庆等译,中央编译出版社 2001 年版。

83. [法]布鲁诺·拉图尔著:《我们从未现代过:对称性人类学论集》,刘鹏、安涅思译,苏州大学出版社 2010 年版。

84. [法]米歇尔·福柯著:《安全、领土与人口》,钱翰、陈晓径译,上海人民出版社 2010 年版。

85. [法]米歇尔·福柯著:《规训与惩罚——监狱的诞生》,刘北成、杨远婴译,《大众文化研究》,上海三联书店 2003 年版。

86. [法]米歇尔·福柯著:《生命政治的诞生》,莫伟民、赵伟译,上海人民出版社 2011 年版。

87. [法]朱莉娅·克里斯蒂娃著:《符号学》,巴黎:色依出版社 1969 年版。

88. [法]朱莉娅·克里斯蒂娃著:《诗歌语言的革命》,见拉曼·塞尔登编:《文学批评理论——从柏拉图到现在》,刘象愚译,北京大学出版社 2003 年版。

89. [加]马塞尔·富尼耶著:《莫斯传》,赵玉燕译,北京大学出版社 2013 年版。

90. [美]爱德华·萨义德著:《东方学》,王宇根译,三联书店 1999 年版。

91. [美]菲利普·C. 内勒著:《北非史》,韩志斌等译,中国大百科全书出版社 2013 年版。

92. [美]亨利·吉罗著:《文化研究的必要性:抵抗的知识分子和对

立的公众领域》,黄巧乐译,载罗钢、刘象愚主编《文化研究读本》,中国社会科学出版社 2000 年版。

93. [美]齐亚乌丁·萨达尔著:《文化研究》,苏静静译,当代中国出版社 2013 年版。

94. [瑞士]菲利普·萨拉森著:《福柯》,李红艳译,中国人民大学出版社 2010 年版。

95. [苏]巴赫金著:《周边集》,钱中文主编,河北教育出版社 1998 年版。

96. [苏]巴赫金著:《小说理论》,钱中文主编,白春仁等译,河北教育出版社 1998 年。

97. [匈]卢卡奇著:《历史与阶级意识》,华夏出版社 1989 年版。

98. [意]葛兰西著:《葛兰西文选》,人民出版社 1992 年版。

99. [意]葛兰西著:《狱中札记》,葆煦译,人民出版社 1983 年版。

100. [英]安东尼·伊索普著:《英国的文化研究》,王晓路译,陶东风、周宪主编:《文化研究》(第 7 辑),广西师范大学出版社 2007 年版。

101. [英]保罗·鲍曼著:《后马克思主义与文化研究》,黄晓武译,江苏人民出版社 2011 年版。

102. [英]戴维·莱恩著:《马克思主义的艺术理论》,艾晓明译,湖南人民出版社 1987 年版。

103. [英]格雷姆·特纳著:《英国文化研究导论》,唐维敏译,台湾亚太出版社 2000 年版。

104. [英]吉姆·麦克盖根著:《文化政策研究》,王瑾译,陶东风主编:《文化研究读本》,南京大学出版社 2013 年版。

105. [英]拉克劳著:《我们时代革命的新反思》,孔明安、刘振怡译,黑龙江人民出版社 2006 年版。

106. [英]莱姆克等著:《马克思与福柯》,陈元等译,华东师范大学出版社 2007 年版。

107. ［英］特里·伊格尔顿著:《二十世纪西方文学理论》(导言),伍晓明译,陕西师范大学出版社 1987 年版。

108. ［英］特里·伊格尔顿著:《历史中的政治、哲学、爱欲》,马海良译,中国社会科学出版社 1999 年版。

109. ［英］特里·伊格尔顿著:《马克思主义与文学批评》(引言),人民文学出版社 1980 年版。

110. ［英］特里·伊格尔顿著:《文化的观念》,方杰译,南京大学出版社 2006 年版。

111. ［英］约翰·斯道雷著:《文化理论与大众文化导论》,常江译,北京大学出版社 2010 年版。

112. ［英］约翰·斯图亚特·穆勒著:《论自由》,许宝骙译,商务印书馆 2015 年版。

113. ［英］约翰·斯托里著:《英国的文化研究》,王晓路译,陶东风、周宪主编:《文化研究》(第 7 辑),广西师范大学出版社 2007 年版。

三、中文著作和论文

1. 曹成竹:《知识分子:一个从批判到实践的社会群体——兼论托尼·本尼特的知识分子观》,《社会科学评论》2009 年第 2 期。

2. 陈炳辉等:《后马克思主义的理论》,中国社会科学出版社 2011 年版。

3. 陈蓉霞:《进化的阶梯》,中国社会科学出版社 1996 年版。

4. 段吉方:《理论与经验:托尼·本尼特与 20 世纪英国文化研究》,《马克思主义美学研究》2009 年第 2 期。

5. 段吉方:《托尼·本尼特对形式主义的马克思主义批评》,《学术研究》2015 年第 3 期。

6. 段吉方:《重建"对话"思维》,张江、丁国旗编:《马克思主义文艺研究》,中国社会科学出版社 2016 年版。

7. 范永康:《后马克思主义的文学政治学——以约翰·弗娄和托尼·本尼特为中心》,《兰州学刊》2013 年第 4 期。

8. 韩锋、刘樊德编:《当代澳大利亚》,世界知识出版社 2004 年版。

9. 黄光男:《博物馆新视觉》,文化艺术出版社(北京)2011 年版。

10. 黄兰叶:《论托尼·本尼特的社会文化批评》,山东师范大学硕士学位论文,2014 年。

11. 黄卓越等:《英国文化研究:事件与问题》,三联书店 2011 年版。

12. 金惠敏:《修正文化研究政策》,《学术界》2010 年第 4 期。

13. 刘坛茹,孙鹏程:《西方马克思主义文论的本质主义困境及解构策略——以托尼·本尼特的反本质主义文论为视角》,《文艺理论与批评》2011 年第 1 期。

14. 楼均信等选译:《1871—1918 年的法国》,商务印书馆 1989 年版。

15. 陆梅林选编:《西方马克思主义美学文选》,漓江出版社 2008 年版。

16. 陆扬、王毅:《文化研究导论》,复旦大学出版社 2006 年版。

17. 陆扬:《文化研究概论》,复旦大学出版社 2008 年版。

18. 陆扬、王毅选编:《大众文化研究》,上海三联书店 2001 年版。

19. 罗钢、刘象愚编:《文化研究读本》,中国社会科学出版社 2000 年版。

20. 吕一民:《20 世纪法国知识分子的历程》,浙江大学出版社 2001 年版。

21.《马克思恩格斯全集》第 2 卷,人民出版社 2005 年版。

22.《马克思恩格斯全集》第 42 卷,人民出版社 1979 年版。

23.《马克思恩格斯文集》第 1 卷,人民出版社 2009 年版。

24.《马克思恩格斯文集》第 2 卷,人民出版社 2009 年版。

25.《马克思恩格斯文集》第 8 卷,人民出版社 2009 年版。

26.《马克思恩格斯文集》第 10 卷,人民出版社 2009 年版。

27.《马克思恩格斯选集》第 2 卷,人民出版社 2012 年版。

28.《马克思恩格斯选集》第 3 卷,人民出版社 2012 年版。

29.《马克思恩格斯选集》第 4 卷,人民出版社 2012 年版。

30. 孟登迎:《意识形态与主体建构》,中国社会科学出版社 2002 年版。

31. 强东红:《理论与实践:托尼·本尼特的马克思主义文论研究》,《江西社会科学》2009 年第 10 期。

32. 曲师:《批评理论与社会介入——托尼·本尼特的批评理论何为》,《江苏社科界第八届学术大会学会专场应征论文论文集》2015 年 5 月。

33. 苏红:《托尼·本尼特的文化理论研究》,河北大学硕士学位论文,2014 年。

34. 孙晶:《文化霸权理论研究》,社会科学文献出版社 2004 年版。

35. 谭好哲编:《艺术与人的解放》,山东大学出版社 2005 年版。

36. 王杰、徐方赋:《美学·社会·政治——托尼·本尼特访谈录》,《文艺研究》2011 年第 3 期。

37. 王杰:《托尼·本尼特的马克思主义美学研究》,《南方文坛》2007 年第 6 期。

38. 王乐:《论托尼·本尼特的博物馆研究》,电子科技大学硕士学位论文,2013 年。

39.《习近平谈治国理政》,外文出版社 2014 年版。

40. 徐德林:《被制造的"大众英雄"——詹姆斯·邦德》,《中国图书评论》2010 年第 9 期。

41. 杨洪贵:《澳大利亚多元文化主义研究》,西南交通大学出版社 2007 年版。

42. 衣俊卿、胡长栓等:《马克思主义文化理论研究》,北京师范大学出版社 2012 年版。

43. 衣俊卿等:《20 世纪的文化批判:西方马克思主义的深层解读》,
中央编译出版社 2003 年版。

44. 张春香:《河南文化旅游资源分类及其优势分析》,《中州学刊》
2018 年第 6 期。

45. 张良丛:《大众阅读与解释的操控——试论托尼·本尼特的阅读
理论》,《北方论丛》2010 年第 3 期。

46. 张朋:《托尼·本内特的后马克思主义文学观》,《山东社会科学》
2014 年第 4 期。

47. 张朋:《托尼·本内特文化理论研究》,山东大学博士学位论文,
2013 年。

48. 张朋:《托尼·本尼特马克思主义美学研究的基本视野》,《理论
界》2010 年第 8 期。

49. 张朋:《治理性文化观:托尼·本内特对文化的新界说》,《理论学
刊》2013 年第 2 期。

50. 张首映:《西方二十世纪文论史》,北京大学出版社 1999 年版。

51. 张玉勤:《历史·社会·实践:托尼·本尼特马克思主义美学研
究的理论维度》,《北方论丛》2010 年第 3 期。

52. 郑从容:《一种"自下而上"的位移——论本尼特实现左派知识分
子文化目标的现实途径》,《马克思主义美学研究》2009 年第
2 期。

53. 周海玲、张志强:《实践精神和文化批判的耦合——当代文化研
究领军人物托尼·本尼特学术研究综述》,《南方职业教育学刊》
2013 年第 5 期。

54. 周海玲、张志强:《文化政治美学视野下的治理理论研究——从
福柯的政治治理到托尼·本尼特的文化治理》,《韩山师范学院
学报》2014 年第 2 期。

55. 周海玲:《历史中的文本——托尼·本尼特对大众文化文本的马克思主义研究》,《文艺理论与批评》2011 年第 3 期。

56. 周海玲:《审美历史化和政府治理性——试论托尼·本尼特文化研究中的关键因素》,《马克思主义美学研究》2009 年第 2 期。

57. 周海玲:《托尼·本尼特的文化政治美学研究》,南京大学博士学位论文,2011 年。

58. 周海玲:《英国语言学转向与马克思主义文论的历史唯物主义进展》,《文艺理论与批评》2014 年第 1 期。

59. 周宪:《知识分子如何想象自己的身份——关于知识分子社会角色的若干定义的反思》,陶东风主编:《知识分子与社会转型》,河南大学出版社 2004 年版。

60. 周兴杰:《批判的位移:葛兰西与文化研究转向》,中国社会科学出版社 2011 年版。

61. 周忠厚等编:《国外马克思主义文论家文论选评》,中国人民大学出版社 1991 年版。

62. 朱志荣:《西方文论史》,北京大学出版社 2007 年版。

后　记

　　2017年，我在中国社会科学院研究生院取得文学博士学位，在读书的过程中，我以托尼·本尼特（Tony Bennett，又译为本内特、贝内特、贝尼特）的文化思想为自己博士论文的选题，获得了导师陆建德先生的同意和支持。一方面，托尼·本尼特是当代重要的马克思主义美学家，英国文化研究领域的领军人物之一，他的研究领域广泛且注重文化实践，他一直秉承马克思主义批判资本主义社会，为底层大众解放而奋斗的基本思想，而且他从文学批评和文化批评方面努力将理论与实践相结合的学术研究路径和学术研究精神，于我都有着强烈的吸引力。另一方面，在我看来，作为横跨文学、文化学、社会学、哲学、政治学等诸多学科的托尼·本尼特虽蜚声国际，但国内对其关注度还远远不够，他那具有鲜明马克思主义特征的文化思想不应被遮蔽，深入研究其文化思想，颇具理论意义和现实价值。

　　2020年，我以博士论文为蓝本，在进一步深入研究的基础上，申报了教育部人文社科项目《托尼·本尼特文化思想研究》并顺利获批，使我能够在这片沃土之中继续耕耘。两年多来，我再次将关注点聚焦于本尼特文化思想之上，并搜集和整理了大量的新近资料，经过长时间深入的研究和反复认真的修改，才得以完成此书。尽管本书是在我博士论文基础上修改而成,章节结构虽基本保留原貌,但每一节都有相应的补充和完善,每一章都有最近增补的内容。因为在我看来,本尼特的文化思想就像富含珍宝的迷境,稍不留神就不知如何才能找到出口,唯有勤奋不倦的探索,才能更好地理解本尼特文化思想的内涵和实质,才能更好地挖掘和发现其蕴含的时代意义和价值。

正是基于此,在研究本尼特的文化思想时,笔者主要采取细读文本、史论结合和历史比较的方法,通过纵向梳理和横向比较,分析研究了本尼特从文学批评转向文化研究的过程。全书以本尼特的文化思想为研究主题,对其文化思想的生成背景、研究基点、建构前提和理论内涵等做了全方位的梳理与深度的开掘,并从马克思主义文化思想的视域对其进行评析。本书可能会吸引那些关注西方马克思主义文论、大众文化、文化治理和文化实践的读者,也可以作为西方文论、文化研究和比较文学等学科方向本科生和研究生学习参考之用。

在本书即将付梓之际,自觉书稿尚存很多不足,内心充满了忐忑,但忐忑之余,内心更是充满了感激。衷心感谢我的博士生导师陆建德先生,先生在指导我读书研究和写作的过程中,总是给予温情的鼓励和指导,我学术和思想的成长离不开陆老师孜孜不倦的教导、无私的支持和帮助!感谢张江教授、张政文教授、陈众议教授、高建平教授、党圣元教授、刘跃进教授、丁国旗教授、刘卓教授等等。各位专家教授不仅学识渊博、治学严谨而且和蔼可亲、平易近人,他们高尚的师德和精益求精的工作作风是我终生学习的榜样!感谢北京大学董学文教授,在读书期间,董老师无数次的鼓励和真诚帮助给了我继续坚持的信心和希望。毕业后,学习和工作中遇到任何问题只要求教于董老师,他都给予倾心指导和帮助!借此还要感谢读书和参会期间有幸结识的华南师范大学段吉方教授、河南大学张清民教授、中国人民大学张永清教授、中国艺术研究院的崔柯老师等,这些专家教授都曾给予我很宝贵的建议!感谢读博期间结识徐淑丽、毕素珍、向建京、李啸闻、王小平和李开等同窗好友,他们在我论文写作和本书的修订过程中,一直给予我启发、鼓励和帮助! 感谢我就职单位的各位领导和老师,是他们的鼓励、支持和鞭策,才使这本书能够早日付梓! 当然,我心怀感激却又亏欠最多的是我的家人,他们的理解和支持是我能够坚持拼搏的源动力!

　　本书的出版,是一场即将结束的学术研究之旅,也是新篇章的起点。谨以此书献给所有关心和帮助过我的人,他们所传授的知识、分享的经验、宝贵的建议、无私的帮助、中肯的鞭策和指导都是我终生受益的珍贵财富,我将怀着一颗感恩之心继续我未来的探究之路!

金　莉

2024 年 1 月

图书在版编目(CIP)数据

托尼·本尼特文化思想研究/金莉著. —上海:上海三联书店,2024.3
ISBN 978-7-5426-8055-6

Ⅰ.①托… Ⅱ.①金… Ⅲ.①托尼·本尼特—文化思想—研究 Ⅳ.①G0

中国国家版本馆 CIP 数据核字(2023)第 070498 号

托尼·本尼特文化思想研究

著　　者 / 金　莉

责任编辑 / 郑秀艳
装帧设计 / 一本好书
监　　制 / 姚　军
责任校对 / 王凌霄

出版发行 / 上海三联书店
　　　　(200041)中国上海市静安区威海路 755 号 30 楼
邮　　箱 / sdxsanlian@sina.com
联系电话 / 编辑部:021 - 22895517
　　　　　发行部:021 - 22895559
印　　刷 / 上海惠敦印务科技有限公司

版　　次 / 2024 年 3 月第 1 版
印　　次 / 2024 年 3 月第 1 次印刷
开　　本 / 890 mm × 1240 mm　1/32
字　　数 / 220 千字
印　　张 / 8.875
书　　号 / ISBN 978 - 7 - 5426 - 8055 - 6/G·1675
定　　价 / 68.00 元

敬启读者,如发现本书有印装质量问题,请与印刷厂联系 021 - 63779028